ullstein

Das Buch

Deutschland in den 80ern: Die neue Deutsche Welle erreicht ihren Höhepunkt. Der NATO-Doppelbeschluss teilt das Land. Wohnungen in Westberlin sind knapp. Die Tagesschau um 20 Uhr gehört zum bürgerlichen Pflichtprogramm. Und auf der Transitstrecke halten sich alle an die Geschwindigkeitsbegrenzung.

Mittendrin ist Monika, bekannt aus *Ferien bei den Hottentotten,* mittlerweile auf dem Weg zum Abitur, das der stockkonservative Onkel für vergeudete Lebenszeit hält, denn Frauen gehören für ihn noch immer an den Herd. Doch Monikas Vater betrachtet das Abi stolz als Grundlage eines soliden Lebens. Seiner Tochter liegt allerdings nichts ferner, als über Heirat oder die eigene Sicherheit nachzudenken. Sie träumt von Selbstverwirklichung, vom Frieden ohne Waffen und von der Gleichberechtigung von Mann und Frau, was ihr Vater immer häufiger am eigenen Leib zu spüren bekommt. Plötzlich soll er abwaschen, putzen und kochen.

Monikas großer Bruder hat bereits vor Jahren das Weite gesucht und wohnt in einer Landkommune in Westdeutschland, wo Monika sich zum Entsetzen ihrer Eltern immer wieder in den Ferien neue Anregungen für ihren Kampf gegen die herrschenden Moralvorstellungen holt. Als sie plötzlich zwei Verehrer hat, den rebellischen Ludger aus reichem Hause und den smarten Ferienfreund Tom, halten Eltern und Landkommunenbewohner gleichermaßen den Atem an …

Die Autorin

Manuela Golz, Jahrgang 1965, wuchs ebenfalls in einer waschechten Westberliner Familie auf und versetzte ihre Eltern in Schrecken, als sie Ferien in einer Landkommune machte. Heute lebt sie mit ihrem Mann in Berlin.

Von Manuela Golz sind in unserem Hause außerdem erschienen:

Ferien bei den Hottentotten
Fango Forever
Graue Stars

MANUELA GOLZ

Gemeinsam sind wir unausstehlich

Roman

Ullstein

Besuchen Sie uns im Internet:
www.ullstein-taschenbuch.de

Umwelthinweis:
Dieses Buch wurde auf chlor- und säurefreiem Papier gedruckt.

Originalausgabe im Ullstein Taschenbuch
1. Auflage November 2009

Umschlaggestaltung: nach einer Vorlage
von Sabine Wimmer, Berlin
Titelabbildung: Foto oben:
plainpicture p2686415/Rights Managed Serie,
Bildtitel: Verlegene Frau mit Bikini und Minirock springt
in die Höhe, Fotograf: plainpicture/Deepol/Henrik Pfeifer,
Foto unten: plainpicture p0451376/Rights Managed Serie,
Bildtitel: Hippie-Auto
Satz: LVD GmbH, Berlin
Gesetzt aus der Excelsior
Druck und Bindearbeiten: CPI-Ebner & Spiegel, Ulm
Printed in Germany
ISBN 978-3-548-28108-7

Gemeinsam sind wir unausstehlich

Endlich, die zehnte Klasse war zu Ende. Mein Zeugnis reichte aus, um die gymnasiale Oberstufe meiner geliebten Gesamtschule zu besuchen. Aus ursprünglicher Verachtung war Liebe geworden. Hatte ich in den ersten Wochen noch an jeder Ecke einen Drogendealer vermutet, so war ich heute schon stolz, wenn jemand es wagte, seinen Kaugummi auf der Klinke des Direktors abzulegen. Die Gesamtschule war nicht so schlecht wie ihr Ruf. Ich mochte die langen Gänge, die bunten Wände und den verwilderten Schulgarten. Ich liebte das Chaos auf den Vertretungsplänen, vor denen alle immer kollektiv aufstöhnten, und die freundliche Bestimmtheit des Schwarzen Bretts. »Die Schüler werden gebeten, keine Brote unter den Tischen liegen zu lassen und alles zu unterlassen, was Schäden an der Substanz der Schule verursachen könnte. Das Rauchen im Schulgebäude ist den Schülern nicht erlaubt! Die Schulleitung.«

In vier Wochen würde ich meinen 16. Geburtstag feiern. 16 Jahre, das war für mich schon fast wie 18. Ich konnte es kaum erwarten und sah ein neues Zeitalter auf mich zustürmen, vollgepackt mit Freiheit und Unabhängigkeit. Naturgemäß sah das mein Vater, Dieter Kleewe, ganz anders.

»Solange du deine Füße unter unseren Tisch stellst, wird gemacht, was wir sagen.« Wie oft schon hätte ich den Tisch am liebsten vor den Augen meiner Eltern zerhackt.

»Ich wohne hier, da muss ich meine Füße ja unter euren Tisch stellen«, entgegnete ich pampig.

»Nicht in diesem Ton, Monika!«, mahnte meine Mutter.

»Ihr wisst auch nicht immer, wo es langgeht.«

»Noch bestimmen wir, wo vorne ist«, sagte Vater daraufhin.

»Ach ja … und was ist, wenn ihr hinten steht?«

»Dann ist eben hinten vorne!«

Als ich mit meinem Zeugnis zu Hause ankam, waren Oma, Tante Elsbeth und Onkel Hartmut schon da. Tante Elsbeth war die Schwester meiner Mutter und, wie Oma immer sagte, »seit ihrer Heirat geistig nicht mehr ganz auf der Höhe«. Dass Onkel Hartmut »eine ganze Ecke« älter war als Elsbeth, hätte Oma wohl hingenommen. Aber dass ihr Schwiegersohn eine zwielichtige Vergangenheit im Dritten Reich hatte, blieb ein heikler Punkt in unserer Familie. Da Oma einen »unglaublichen Hass auf diese braune Bande« hatte, kam es immer wieder zu Auseinandersetzungen, bevorzugt an Weihnachten. Das Fest der Liebe geriet dann schnell zu einem Fest der Hiebe, doch am Ende hatten sich alle wieder »ganz lieb«.

»Na, dann lass mal dein Zeugnis sehen«, sagte Mutter.

Tante Elsbeth sah ihr über die Schulter. »Habt ihr keine Handarbeit?«, fragte sie ungläubig, während Mutter mein Zeugnis las.

»Nein.«

»Und Kochen?«, fragte Elsbeth weiter.

»Kochen haben wir noch nie gehabt«, erwiderte ich.

Onkel Hartmut schüttelte missmutig den Kopf. »Kein Kochen, keine Handarbeit … Kein Wunder, dass die Männer keine richtigen Frauen mehr finden«, meinte er.

»Ich finde, das hast du sehr schön gemacht, Monika«, sagte Mutter und strahlte.

»Und was hat sie jetzt davon? Ich meine, wozu so ein gutes Zeugnis?«, wollte Elsbeth wissen.

»Damit kann Monika Abitur machen«, sagte Vater voller Stolz.

»Wozu denn Abitur?«, fragte Onkel Hartmut erstaunt.

»Um sich zu bilden und bessere Chancen auf dem Arbeitsmarkt zu haben«, erklärte mein Vater.

»Was heißt hier Arbeitsmarkt? Der Platz einer Frau ist zu Hause«, entgegnete Hartmut und sah mich an wie einen Schwerverbrecher.

Oma machte eine abwertende Handbewegung und meinte nur, ich solle diese dummen Sprüche nicht zu ernst nehmen. »Dein Onkel Hartmut ist als Kind zu oft vom Wickeltisch gefallen – da redet man so einen Unsinn.«

»Aber es ist doch kein Wunder, dass wir immer mehr Arbeitslose haben, wenn die Frauen plötzlich alle meinen, sie müssten arbeiten! Die sollen heiraten und Kinder kriegen, wie es sich gehört!«, sagte Onkel Hartmut eine Idee zu laut.

»Dem ist damals ein Granatsplitter ins Hirn geschossen«, stellte Oma sachlich fest und warf sich ihre Jacke um. Das war das Zeichen zum Aufbruch.

Zur Feier des Tages gingen wir essen. Ein sehr seltenes und deswegen besonderes Ereignis, was alle in Aufregung versetzte, schließlich waren wir nicht »Rockefeller«. Ich hatte zum ersten Mal in meinem Leben das

Restaurant aussuchen dürfen und einen Italiener gewählt. Mein Vater hatte mit »Wenn es da auch Schnitzel gibt, ja« seine Zustimmung gegeben.

*

Wohlgeordnet marschierten wir beim Italiener ein. Die beiden Männer vorneweg. Dahinter in Zweierreihen Oma neben Elsbeth und ich neben Mutter.

»Und benimm dich ordentlich«, zischelte Mutter mir zu, als hätte ich erst am Vortag das Essen mit Messer und Gabel gelernt. Ein Kellner nahm uns mit einem strahlenden »Buon giorno, signori, buon giorno, signorina« die Jacken ab und hängte sie auf.

Mutter war begeistert. »Wie freundlich die hier sind.«

Oma aber war misstrauisch. »Ich will meine Jacke behalten«, sagte sie und klammerte sich an das Kleidungsstück wie eine Ertrinkende an ein Stück Holz.

»Mutti, jetzt lass doch die Jacke los«, mahnte meine Mutter und zerrte nun ihrerseits mit.

»Nur über meine Leiche!«

»Mutti!«, sagte Mutter und riss ihr die Jacke aus der Hand, um sie dem Kellner anzuvertrauen. Dann schob sie die widerborstige Seniorin zum Tisch. Onkel Hartmut musste seinen Platz räumen, damit Oma ihre Jacke »wenigstens immer im Auge« hatte.

Als wir endlich alle saßen, fragte Tante Elsbeth: »Wo findet denn eure Abschlussfeier statt?«

»Kreuzberg«, sagte ich und wandte mich gespannt der Speisekarte zu.

»Kreuzberg! Warum denn so weit weg?«

»Weit weg? Kreuzberg ist doch nicht weit weg. Da fahren wir mit der S-Bahn bis …« Weiter kam ich nicht.

»Du willst S-Bahn fahren? Niemals«, sagte mein Vater.

»Mensch, Papa, das eine Mal. Alle aus meiner Klasse fahren mit der S-Bahn.«

»So weit kommt es noch, dass mein Kind die Russen unterstützt«, sagte Vater. Wer S-Bahn fuhr, fuhr Reichsbahn, und die unterstand der DDR. Man gab also mit seinem Fahrschein indirekt die gute Westmark den Russen. Und das wollten meine Eltern nicht. Sie fuhren lieber U-Bahn oder Bus, auch wenn es länger dauerte.

»Ich glaube nicht, dass ich mit einem einzigen S-Bahn-Fahrschein die russische Armee wieder flottmache«, gab ich zu bedenken.

»Die Antwort lautet: Nein! Von Familie Kleewe fließt kein Pfennig in diese pseudodemokratische Diktatur, und damit basta!«

Mutter trat unter dem Tisch mit dem Fuß nach mir. Ich hatte verstanden und schwieg. Ich widmete mich wieder der Karte. Mir lief das Wasser schon im Mund zusammen.

Oma blickte skeptisch drein. »Pizza Hawaii … hm … das ist mir zu weit weg, und was ist das hier … Pizza Tonno … Tonno … ich esse nichts aus der Tonne«, sagte sie und blätterte um. Staunend sahen wir Oma an. Sie ließ sich nicht stören von dem jungen Kellner, der schon zum zweiten Mal »Prego« zu ihr gesagt hatte.

»Oma, du bist dran mit Bestellen«, wisperte ich zu ihr hinüber und gab ihr einen kleinen Stoß in die Seite.

»Bin ich hier zu Gast oder auf der Flucht?«, fragte sie säuerlich und suchte seelenruhig weiter.

»Nimm doch auch ein Schnitzel, Mutter«, schlug Vater schließlich vor.

»Schnitzel? Das kann ich mir doch selber machen. Haben Sie auch Eisbein?«, fragte sie den völlig überraschten Kellner. »Eisbein … Signora, äh … »

»Oma, das ist ein Italiener. Da gibt es Pasta und Pizza«, erklärte ich.

»Pasta? Pizza? Komm, Monika, such du mir mal was Vernünftiges aus«, sagte sie schließlich und klappte die Karte zu. Ich bestellte ihr eine Pizza Diabolo.

Mein Vater und Onkel Hartmut begannen sich über Fußball zu unterhalten. Eines der wenigen unverfänglichen Themen zwischen den beiden Männern. Meine Mutter, Tante Elsbeth und ich starrten schweigend, aber nicht unzufrieden aus dem Fenster. Oma behielt ihre Jacke im Auge.

Der Kellner brachte die Getränke. Ich durfte endlich Cola trinken, ohne vorher lange Diskussionen über den Zuckergehalt jenes köstlichen Getränkes führen zu müssen, das mir bis zu meinem zwölften Lebensjahr gänzlich vorenthalten und danach nur bei ganz besonderen Anlässen zu Hause serviert worden war. Alle stießen auf mich und meinen Schulabschluss an. Ich war stolz, und mit meiner großen Cola fühlte ich mich erwachsener denn je. Bis Oma ihr Glas ein zweites Mal erhob und lauthals sagte: »Auf unsere kleine Wuchtbrumme!«

*

Als wir wieder zu Hause waren, beschwerte sich Oma zum wiederholten Male über die »teuflisch scharfe« Pizza und schwor beim lieben Herrgott, nie wieder so einen »belegten Scheuerlappen zu essen«.

Alle anderen waren mit dem Italiener zufrieden. »Für ausländisches Essen war es wirklich gut«, lobte selbst Onkel Hartmut, der meinen Wunsch, zum Italiener zu gehen, zunächst mit großem Missfallen aufgenommen hatte. Er war davon überzeugt, dass die Italiener einem »lächelnd den Dolch in den Rücken rammen. Da wirst du verraten und verkauft, noch bevor du dich hingesetzt hast«.

»Mann, bin ich voll«, sagte meine Mutter und fuhr sich mit der Hand über den Bauch, als würde sie mir gleich ein Geschwisterchen schenken. Unmittelbar danach brachte sie Berge von Kuchen in die Stube, als habe sie den Satz eben nie gesagt. Beim Anblick dieser Kuchenmassen stöhnten alle auf. »Mit einem ordentlichen Kaffee klappt das schon«, munterte Mutter uns auf.

»Ein Schnaps wäre mir lieber«, sagte Oma.

Während wir uns durch die Kuchen quälten, klingelte das Telefon. Wenn mein Vater zu Hause war, war es seine Aufgabe, das Gespräch anzunehmen. Wenn er nicht da war, Mutters. Und nur dann, wenn keiner von beiden zu Hause war, war ich befugt, ans Telefon zu gehen. Ich fand, das sei jetzt überholt – immerhin war ich auf dem besten Weg in die elfte Klasse und in vier Wochen 16 Jahre alt. Also stürzte ich vor meinem Vater in den Flur ans Telefon.

»Monika Kleewe, hallo?«

Mein Vater nahm diese Grenzüberschreitung gelassen hin. Meine Mutter stampfte einmal kurz mit dem Fuß auf, sagte aber nichts. Am anderen Ende war mein großer Bruder, Michael.

»Hallo, großer Bruder!«

Er war einige Jahre zuvor in eine Landkommune nach Westdeutschland gezogen, sehr zum Missfallen meiner Eltern. Vater fand es unmöglich. »Die wollen wieder in der Höhle wohnen, freiwillig! Das wird eine

Brutstätte des Terrors sein, und unser Michael ist mittendrin! Das kann gar nicht gutgehen. Sie werden ihn verhaften, ich sehe es schon kommen.«

Mutter hatte eher hygienische Bedenken. »Wie kann er da nur leben? Kein fließend warmes Wasser, ein Plumpsklo – der Junge wird sich erkälten.«

»Wenn ich das schon höre, er will seine Persönlichkeit da entfalten!«

»Das ist doch an sich etwas Gutes«, sagte ich.

»Aber muss man denn dafür so lange Haare haben und riesige ausgeleierte, dreckige, kratzende Wollpullover tragen?!«

»Ich weiß nicht …«

»Es gibt Bestrebungen in diesem Land, die nicht dazu angetan sind, auf dem Boden der freiheitlich demokratischen Grundordnung zu bleiben, und unser Herr Sohn macht da mit. Sieh dir doch diese Verwirrten mal genau an, Monika.«

Mit den Verwirrten meinte Vater die Partei der Grünen. Ihren Gründungskongress im Januar 1980 hatte er mit einer Mischung aus Sorge und Verachtung begleitet. »Jetzt sieh sich das einer an – ein langhaariger Mann, der strickt, die spinnen doch … Aber da, wenigstens *ein* richtiger Mann mit kurzem Haar … Ach nein, das ist ja wieder diese Petra Kelly. Eva, das musst du dir ansehen. Was macht die rothaarige Frau da?«, fragte er und zeigte auf den Fernseher, als säße die Rothaarige bei uns auf der Wohnzimmercouch.

»Die stillt ihr Kind«, sagte meine Mutter staunend.

»Darf die das da?!«, entrüstete sich Vater.

Mutter zuckte mit den Schultern und fragte nur: »Schadet das dem Kind nicht, so in aller Öffentlichkeit?«

»Eva, ich will die Brust dieser Frau nicht sehen«,

sagte Vater, als sei Mutter für die Fernsehbilder verantwortlich.

»Dann schau halt weg, Dieter.«

»Sag mal, Papa, was findest du an den Grünen eigentlich so falsch? Sie wollen ökologisch, sozial und gewaltfrei sein.«

»Daran ist erst mal nichts falsch, Monika. Aber sieh dir die Leute genau an. ›No Atomstrom in my Wohnhome‹, wenn ich das schon lese! Sollen wir etwa wieder in Höhlen wohnen?!«

»Aber Atomkraft ist gefährlich, Papa.«

»Das kannst du beurteilen, ja? Monika, Physik vier, und du weißt, wie ein Atomkraftwerk funktioniert?!«, meinte Vater abfällig.

»Aber du als Maler weißt es ...«, entgegnete ich patzig.

»Wenn mir unsere besten Ingenieure versichern, dass die Dinger sicher sind, dann glaube ich das. Warum sollten sie lügen? Sie leben doch auch in diesem Land.«

»Aber keiner weiß, wo man den ganzen radioaktiven Müll lassen soll«, sagte ich.

»Wer weiß, vielleicht kann man den eines Tages auf den Mond schießen«, meinte Vater.

»Und was, wenn der voll ist?«, entgegnete ich.

»Dafür wird sich eine Lösung finden. Die Techniker arbeiten daran«, sagte mein Vater.

»Aber Papa, du würdest doch auch nicht in ein Flugzeug steigen, für das noch keine Landebahn existiert, oder?«

»Wo hast du diesen Vergleich wieder her? Bestimmt von den Hottentotten, die setzen dir einen Floh nach dem anderen ins Ohr.«

Trotz der Bedenken meiner Eltern durfte ich meinen Bruder seit Jahren in den Ferien besuchen. Allerdings machte das mein Verhältnis zu ihnen nicht gerade unkomplizierter. Immer wenn ich von den Hottentotten zurückkehrte, hatte ich einen Sack voller neuer Ideen dabei. Einige quittierte Vater mit einem herzhaften Lachen, andere trieben ihn an den Rand des Wahnsinns.

»Du willst einen Küchenplan aufstellen? Ich soll kochen? Warum denn das?!«

»Du kannst doch genauso kochen wie Mama«, sagte ich.

»Kann ich nicht!«

»Dann lernst du es eben.«

»So weit kommt es noch. Vater lernt kochen, ich lach mich kaputt«, war mir meine Mutter damals in den Rücken gefallen.

»Hallo, Schwesterherz, wie geht's?«, rief mein Bruder gut gelaunt in den Hörer.

»Super, wir waren gerade essen, und du glaubst nicht, wo!«

»Na, wo schon, im Schollenkrug natürlich«, sagte Michael voller Überzeugung.

»Falsch – wir waren beim Italiener!«, entgegnete ich triumphierend.

»Beim Italiener?! Und da hat Onkel Hartmut nicht gleich den Kellner erschossen?«

»Hätte er vermutlich gerne getan, aber ...«

»So, jetzt gib mir mal den Hörer, ihr vertelefoniert sonst noch euer Erbe«, sagte Mutter und riss mir den Hörer aus der Hand. Bei Telefongesprächen aus Westdeutschland schien sich der Postminister persönlich am Portemonnaie der Eltern zu bedienen.

»Na, mein Junge, wie geht es dir? ... Uns geht es gut ... Ja, wir bringen Monika vorbei ... Ob ich was habe? ... Alte BHs von mir – also, ich weiß nicht ...« Mein Vater horchte auf und sah gespannt seine Frau an. Die zuckte nur mit den Schultern und meinte, sie werde sehen, was sich machen lässt.

»Er will was haben?«, fragte Vater entsetzt.

»Alte BHs«, antwortete Mutter und war nur froh, dass Onkel Hartmut dieses Ansinnen nicht mitbekommen hatte.

Vater schüttelte den Kopf und sagte: »Der Junge ist verrückt geworden, vollkommen verrückt!«

*

Am letzten Schultag wollten wir ein paar Streiche in die Tat umsetzen. Die Zeugnisse hatten wir schon am Tag zuvor bekommen, und so konnten wir hemmungslos loslegen. Besonders am Herzen lag uns dabei der Wagen des Mathematiklehrers, Herrn Schmidt. Schmidt war ein kleiner Mann, der genauso schnell sprach, wie ein Formel-1-Auto beschleunigte – brrrrrrrrrmmmmmmmm. Er fuhr einen grünen Golf, den er immer an der Straßenecke gegenüber der Turnhalle parkte. Herr Schmidt hatte sich, trotz meiner mathematischen Vollmeise, immer wieder bemüht, mir Zahlen und Formeln schmackhaft zu machen. Denn er brannte für die Mathematik wie für eine Geliebte. Jede falsche Antwort von mir war ein Stich in sein Herz, ein Inferno, ein Anschlag. Und genauso führte er sich dann auch auf.

»Bete zu Gott, dass Pythagoras deine Formelauflösung nicht mehr sehen kann!«

»Amen«, entgegnete ich mit gefalteten Händen.

»... egal wie du es auch rechnest, ich schwöre, Monika, es gibt keinen Würfel mit drei Seiten!«

»Alles verändert sich, wenn man es verändert«, versuchte ich einen philosophischen Ansatz.

»So wahr ich Schmidt heiße: Zwei Parallelen können sich nicht treffen, nicht in Spanien, nicht auf dem Mars und auch nicht in der Unendlichkeit! ... Also, Monika, noch eine falsche Antwort, und ich muss zum Psychiater.«

»Vielleicht reicht es fürs Erste auch, wenn ich Ihnen ein paar Beruhigungstabletten besorge?«

»... ich werde irre, deine Pyramide ist eine Kugel ... Ich werfe mich vor die nächste U-Bahn ...«

»Die S-Bahn wäre mir lieber.«

Gerne hatte ich den Job übernommen, für das Einpacken von Schmidts Wagen Klopapier zu besorgen – bei Oma, bei meinen Eltern, bei Tante Elsbeth und Onkel Hartmut.

Als wir um die Ecke bogen, stand ein roter Opel da. Sein grüner Golf war weit und breit nicht zu sehen. Mist. Die anderen waren schon dabei aufzugeben, aber ich wollte unbedingt meinen Spaß haben und suchte fieberhaft nach dem Wagen. »Der ist bestimmt mit dem Auto gekommen, irgendwo muss es stehen!« Und richtig, vorsichtshalber hatte Schmidt seinen Wagen diesmal direkt vor dem Haupteingang geparkt. »Ich hab ihn gefunden! Er steht vorne«, verkündete ich jubelnd.

Zuerst bemalten wir den grünen Golf mit knallroten Lippenstiftherzen. Auf der Motorhaube stand: »Wir lieben Sie alle!« Dann packten wir den Wagen ein. Die leeren Papprollen banden wir wie eine Halskette um die Frontscheibe. Es sah herrlich aus, und wir konnten es kaum erwarten, in Schmidts Gesicht zu blicken.

Dann kam er. Er wünschte uns allen eine »rosige Zukunft«. Mir empfahl er noch, im Abitur Mathematik als Prüfungsfach unbedingt zu vermeiden. Kichernd folgten wir ihm. Irritiert sah Schmidt sich um und fragte: »Was habt ihr denn?«

»Ach nichts ... Kommen Sie gut nach Hause.«

Als er an der Turnhalle abbog, senkten sich große Fragezeichen auf meine Stirn. Schmidt wühlte in seiner Tasche nach dem Schlüssel, blieb beim roten Opel an der Ecke stehen und schloss ihn auf. Er winkte uns noch einmal lachend zu und entschwand nach Hause.

*

Meine langjährige Klassenkameradin Marina und ich fuhren frustriert nach Hause. Das heißt, ich war frustriert über den misslungenen Abschiedsscherz. Marina, die alle nur Mäuseschwänzchen nannten, hatte dagegen Angst. Bei der Einschulung in die Gesamtschule hatte ihre Mutter sie vor der versammelten Schüler- und Lehrerschar mit diesem possierlichen Kosenamen gerufen.

»Wer weiß, wem der Wagen gehört. Was, wenn man uns anzeigt? Das ist bestimmt Sachbeschädigung«, jammerte Mäuseschwänzchen.

»Aber wir haben doch nichts kaputtgemacht«, versuchte ich sie zu beruhigen.

»Mal ehrlich, Moni, kann man uns dafür verhaften?«

»Verhaften? Glaube ich nicht.«

»O Gott, wenn das in meinem Führungszeugnis steht, finde ich nie eine Lehrstelle«, sagte sie mit schreckgeweiteten Augen.

»Jetzt mach erst mal Abitur, und dann sehen wir weiter«, beruhigte ich sie und nahm sie tröstend in den Arm. Marina kannte ich, seit ich auf der Welt war. Wir erblickten, im Abstand von nur wenigen Stunden, im selben Krankenhaus das Licht der Welt, gingen in denselben Kindergarten und besuchten dieselbe Schule. In knapp zehn Jahren hätten wir Silberhochzeit. Scherzhaft hatte ich einmal gesagt, wenn es so weiterginge, würde ich Marina noch heiraten.

»Dazu wird es, Gott sei Dank, niemals kommen, dass Homosexuelle, egal ob Frauen oder Männer, heiraten«, hatte mein Vater sofort erwidert.

»Was wäre denn so schlimm daran?«, fragte ich.

»Von mir aus kann jeder jeden lieben, aber die Ehe ist für Familien da«, sagte mein Vater.

»Aber zwei Männer oder zwei Frauen können doch auch eine Familie bilden«, erwiderte ich.

»Ach ja. Und wo sollen die Kinder herkommen?«

»Wie, wo sollen die herkommen?«

»Aus dem Kühlhaus?«, provozierte mein Vater mich.

»Man kann doch Kinder adoptieren.«

»Damit die auch gleich homosexuell werden?«, meinte Vater abweisend.

»Mensch, Papa, man wird doch nicht einfach so schwul. Oder kannst du dir etwa vorstellen, dich in einen Mann zu verlieben?«, fragte ich schmunzelnd.

»Ich und ein warmer Bruder? Natürlich nicht!«, entgegnete er lautstark und rang nach Luft.

»Na siehst du. Man kann es nicht einfach werden. Entweder man ist es oder eben nicht.«

»Trotzdem, ich halte es für gefährlich. Vielleicht überträgt sich das irgendwie«, sagte Vater.

»Mensch, Papa, das ist doch keine Krankheit. Es ist einfach nur Liebe.«

»Was weißt du denn schon von Liebe – oder hast du etwa schon …« Mein Vater wurde weiß wie die Wand. Nachdem er sich wieder beruhigt hatte, stellte ich breit grinsend fest, dass Marina und ich sowieso nicht heiraten könnten. »Und warum nicht?«, wollte Vater wissen.

»Marina mag Abba und trägt weiße Kniestrümpfe. Sie passt nicht zu mir«, warf ich meinem Vater lachend entgegen.

*

Die meisten Lehrer waren zur Abschlussfete gekommen. Im Schein der gemütlich rotierenden Diskokugel wirkten sie wie Fremde. Neben mir stand Ronny, Ronny Schulze. Er war vor kurzem auf unsere Schule gewechselt und eigentlich ein lieber Kerl. Allerdings gehörte er zu der Sorte Jungs, die ihr Leben lang immer nur ein guter Kumpel bleiben. Er trug ein verwaschenes weißgeripptes Männerunterhemd, das sich stramm über seinen Muskeln wölbte. Die Jeans schlackerte ihm um die Hüften und war verölt, die Fingernägel ewig schwarz, die Haare auf die Länge der Borsten einer Zahnbürste getrimmt, und am Unterarm prangte ein offensichtlich selbstgebranntes, unleserliches Tattoo.

Sein Vater war Tankwart und seine Mutter mit einem anderen durchgebrannt. Wenn Ronny in der Schule nach dem Beruf der Mutter gefragt wurde, gab er immer Schlampe an. Er wohnte mit seinem Vater in einer kleinen Wohnung über der Tankstelle und half ihm, so gut er konnte.

»Übernimmst du die Tankstelle von deinem Vater?«

»Ja klar«, sagte Ronny mit strahlenden Augen.

»Und wofür willst du Abitur machen?«, fragte ich.

»Mein Alter will das, sonst bekomme ich die Tankstelle nicht.«

Mäuseschwänzchen trat zu uns und musterte Ronny. »Wenigstens heute hättest du dir ja mal ein sauberes Hemd anziehen können«, moserte sie und rümpfte die Nase.

»Wird eh nur wieder schmutzig«, sagte Ronny.

Dann schwiegen wir und starrten die Diskokugel an, als wäre sie ein UFO. Frau Weber, meine alte Deutschlehrerin, trat hinzu. Sie war streng, unnahbar und glaubte an die Literatur wie andere an Gott, weswegen die Schüler bei ihr meistens Ruhe bewahrten.

Nach einer halben Ewigkeit fragte Ronny mich: »Was machst du eigentlich in den Ferien?«

»Ich fahre gleich morgen zu meinem Bruder in die Landkommune.«

»Landkommune«, wiederholte Ronny.

Dieser Einfaltspinsel, der weiß bestimmt nicht, was das ist, dachte ich und schob nach: »So mit freier Liebe und nackt ums Feuer tanzen und so.«

»Wofür soll das gut sein?«

»Zur Selbstentfaltung.«

»Und wo ist diese Kommune?«, fragte Ronny ohne jedes äußere Zeichen der Regung. Frau Webers Augen hingegen wurden vor Überraschung rund wie ein Flummi. Das sah ihr ähnlich, vermutlich war sie noch nie um ein Feuer getanzt, schon gar nicht nackt. Frau Weber war eine, die bei einer Tasse Tee und einem »guten Buch« in einem dicken Ohrensessel saß, während das wahre Leben an ihr vorbeirauschte.

»Das Dorf heißt Wonkel«, sagte ich lässig.

»Ach da, Wonkel«, meinte Ronny und ging lässig von dannen.

Angeber, dachte ich. Einer, der die masurische Seenplatte in Mauretanien vermutete, wusste wohl kaum, wo Wonkel lag.

»Wonkel, das ist doch bei Klonkeberg«, sagte plötzlich Frau Weber.

Ich sah sie an wie einen Geist. Woher, um alles in der Welt, kannte sie Klonkeberg? In Goethes Faust stand es nicht, das wusste ich genau. Denn zwei Jahre zuvor war ich in der Landkommune eine völlig bescheuerte Wette eingegangen. Unter dem Jubel der Mitbewohner hatte jemand folgenden Vorschlag gemacht: »Du darfst an einem Joint ziehen, wenn du es schaffst, mehr Text auswendig zu lernen als ich.« Horst, der Oberkommunarde, entschied sich für Goethes Faust, weil er die Wette »irgendwie mephistophelisch« fand. Ich verlor die Wette. Der Faust war trotzdem hängengeblieben, und da stand nichts von Klonkeberg drin!

»Stimmt. Woher wissen Sie das?«, fragte ich erstaunt.

»Mein Freund lebt da in der Nähe«, sagte sie.

Ich konnte es nicht fassen: Eine Deutschlehrerin mit Hochsteckfrisur hatte einen Freund aus Fleisch und Blut. Ich fiel aus allen Wolken. Sollten Lehrer etwa doch ganz normale Menschen sein?

*

Meine Eltern fuhren mich mit dem Auto in die Landkommune meines Bruders. Anschließend wollten sie weiter in die Lüneburger Heide, um dort selbst Urlaub zu machen. Sie fuhren immer in denselben Ort, in dieselbe Familienpension, und als Höhepunkt hatten sie immer dasselbe Zimmer. Einige Gäste waren wie sie Stammgäste, und man schrieb sich zu Weihnachten Postkarten, mit herzlichen Grüßen, bis zum Wiedersehen im nächsten Jahr. Meine Eltern kannten die

Wanderwege besser als die Einheimischen und wurden in der Konditorei gegrüßt wie alte Bekannte. Während meine Mutter vormittags im kleinen hauseigenen Schwimmbad mit hochgerecktem Kopf ihre Bahnen zog, lag mein Vater auf der Terrasse und las »mal in Ruhe« Zeitung. Mein Vater schien überhaupt nur in Urlaub zu fahren, um endlich einmal alles »in Ruhe« machen zu können. Frühstücken, Mittag essen, Abend essen, spazieren gehen und eben Zeitung lesen. Meine Mutter bewunderte alles an der Lüneburger Heide, was lebte: die verschwenderisch wuchernden Erikapflanzen, für die man zu Hause ein Heidengeld ausgeben musste, Rotwild, an das sich meine Eltern anschlichen wie Raubtiere, und jede Menge trillernde Vögel, deren Namen meine Mutter aussprach, als handele es sich um fliegende Edelsteine. »Da, sieh nur, Dieter, ein Wintergoldhähnchen, einfach entzückend!«

»Für ein Hähnchen ganz schön klein, oder?«, neckte Vater und gab Mutter einen verschmitzten Kuss im Wald. Für meine Eltern war die Lüneburger Heide zu einem zweiten Zuhause geworden. Noch zwei Jahre, dann würden sie für ihre Treue mit einem Porzellanteller und der silbernen Ehrennadel des Ortes geehrt werden.

Der Fahrt Richtung Westdeutschland ging seit Jahren immer das gleiche Ritual voraus. Mein Vater putzte den Wagen, so dass er wie neu aussah. Er wollte immer und überall einen guten Eindruck hinterlassen. Er kaufte die aktuellen Straßenkarten vom ADAC und benutzte sie doch nie, weil er den Weg auswendig kannte. Morgens um fünf Uhr lud mein Vater die Koffer ein, und dann ging es auch schon los. Am Abend vorher die Koffer einzuladen kam meinem Vater nicht in den Sinn. »Wenn sie den Wagen in der Nacht klauen, sind die Koffer weg. Nicht mit mir.«

Wir fuhren über die Stadtautobahn zur Avus, wo mein Vater »endlich mal den Wagen ausfahren« konnte, bevor er sich wieder in die Tempo-100-Knechtschaft des Transit Westberlin begeben musste. An der Grenze in Dreilinden fuhren wir unter der Brücke durch, atmeten das letzte Mal freie Luft, und dann kamen die Symbole der Angst auf uns zu: der russische Panzer, Hammer und Zirkel und schier endlose Schlangen von Fahrzeugen, deren Insassen hofften, an der Grenze nicht zurückgewiesen zu werden. Meine Mutter suchte nach der Schlange, die vermutlich am schnellsten abgefertigt werden würde. »Bloß nicht an die zwölf, da steht einer mit ausländischem Kennzeichen. Das dauert immer.«

Mein Vater tastete sich langsam voran. »Wo denn nun, Eva?«

»Dieter, hier vorne, Spur sieben ist gut.«

»Sieben? Sicher?«

»Sieben ist meine Glückszahl«, sagte Mutter voller Überzeugung. Mein Vater gehorchte, beobachtete aber, ob die Schlange neben ihm auch wirklich langsamer war. Als wir nach fast zwei Stunden kurz vor dem ersehnten Glashäuschen ankamen, in das wir unsere Papiere reichen mussten, hob ein Volkspolizist die Hand. Das hieß nichts Gutes. Nur ein heran- oder durchwinkender Volkspolizist war für uns ein guter Volkspolizist, einer, der die Hand hob, verursachte bei meinen Eltern dagegen schlimmste Alpträume.

»Was will er?«, fragte Mutter ängstlich.

»Euren Skalp«, rief ich lachend nach vorne.

»Monika, ich bitte dich, halt deinen Mund«, zischte Vater nach hinten.

Der Volkspolizist trat ans Fenster. »Die Reihe sieben ist geschlossen. Stellen Sie sich in Reihe zwölf neu an.«

Widerspruch war zwecklos. »Jawohl«, sagte mein Vater nur und rangierte den Wagen vorsichtig durch die Reihen.

»Das darf doch wohl nicht wahr sein«, stöhnte meine Mutter auf. Aber auch diesmal überlebten wir die Abfertigung an der Grenze. Und weil es so lange gedauert hatte, lüftete meine Mutter schon an der Elbbrücke bei Dessau, während wir an dem »Plaste und Elaste aus Schkopau«-Schild vorbeizogen, das Geheimnis ihres Korbes: Brote, geschnittene Äpfel, Saft, Kaffee, Schokoladenstückchen und Servietten.

Meine Eltern atmeten jedes Mal auf, wenn wir den Rastplatz Helmstedt erreichten. »Geschafft«, sagte Vater dann erleichtert, als würde sich erst hier wieder die Erde um die Sonne drehen. Er machte ein paar Kniebeugen, und meine Mutter reihte sich in die Schlange der Wartenden vor den Münzfernsprechern ein, um Oma zu sagen, dass wir »heil durch die Zone« gekommen waren. Es kursierten die wildesten Gerüchte: von Westberlinern, die irgendwo in den Weiten des sibirischen Eises verschwunden waren, weil sie den Grenzer des Arbeiter- und Bauernstaates mit »Guten Tag, Bauer« begrüßt haben sollen.

Nachdem Mutter Oma angerufen hatte, ging unsere Fahrt weiter.

»So, dann wollen wir dich mal bei den Verrückten abliefern«, sagte mein Vater, als sei er tatsächlich dabei, mich in die Klapsmühle zu bringen.

*

Bei meinem Bruder an der Hofeinfahrt hing ein großes bemaltes Laken. Darauf sah man einen Polizisten mit krummer Hakennase, riesigen Augen und einem Kinn, das Wellen schlug. Daneben stand: »Wir müssen draußen bleiben.« Mein Vater starrte auf das Laken und sagte, er wisse wirklich nicht, ob es gut sei, mich hier immer abzugeben. Meine Mutter dagegen meinte, der Mann sehe doch ganz lustig aus.

»Eva, das ist eindeutig ein Polizist! Eine Respektsperson des Staates! Das sieht doch aus wie … wie …«

»Verarschung«, ergänzte ich grinsend.

»Monika! Wo hast du diesen Ton nur her?!« Dann kam mein Bruder, an seinem Arm eine kleine, vollbusige Frau in flatternder roter Kleidung, die mit Sicherheit nicht die Frau war, die er an Weihnachten mitgebracht hatte, Beate. Es war auch nicht die Frau, die er uns im letzten Sommer als seine neue Lebensgefährtin vorgestellt hatte, Sabine.

»Wer ist das?«, fragte meine Mutter flüsternd.

»Keine Ahnung. Vermutlich eine seiner Freundinnen«, sagte ich.

»Eine seiner Freundinnen …«, wiederholte mein Vater bedächtig, als wiederholte er chinesische Vokabeln.

Die Frau machte meinem Vater die Autotür auf. Als er seinen Kopf zu ihr drehte, hätte er ihr in die Brüste beißen können, so klein war sie. »Sie müssen Michaels Vater sein. Schön, Sie kennenzulernen«, sagte die Frau und reichte ihm die Hand.

Er schlug vorsichtig ein und stieg aus, sichtbar bemüht, einen unzweideutigen Abstand zwischen sich und den Brüsten herzustellen. »Guten Tag, Kleewe, Dieter Kleewe. Das ist meine Tochter Monika, und da drüben, das ist meine Frau, Eva«, stellte er uns förmlich vor. Mutter war, vor lauter Freude, Michael endlich wiederzusehen, gerade damit beschäftigt, meinen Bruder halb totzudrücken.

»Hallo, Vater«, rief der über das Autodach, nachdem er sich halbwegs aus der Umarmung unserer Mutter befreit hatte.

»Was soll das hier?«, fragte Vater ohne Gruß und zeigte auf das Laken am Zaun.

»Das ist ein bemaltes Laken«, antwortete Michael.

»Das sehe ich!«

»Was fragst du dann so komisch?«, sagte mein Bruder und ging zu der kleinen, rotgewandeten Frau. Ich hatte das Gefühl, die Begrüßung war nicht gut gelaufen. Mein Bruder grinste breit vor sich hin, während die Lippen unseres Vaters schmal wie ein Strich wurden. »Das ist übrigens Meripara«, sagte Michael und umfasste sie in einer Art und Weise, die meiner Mutter die Schamesröte ins Gesicht trieb.

»Meri... was?«, fragte Vater irritiert.

»Meripara«, wiederholte die Frau mit einem sanften Lächeln auf den Lippen.

Mein Vater starrte sie lange an. Man konnte ihm seine Gedanken von der Stirn ablesen. Meripara, was sollte das für ein Name sein? Im gleichen Moment verließ eine Gruppe lachender Menschen, ebenfalls in Rot gekleidet und mit braunen Holzketten um den Hals, den Hof. Sie winkten uns zu. Meine Eltern starrten ihnen nach, als seien Außerirdische gelandet.

»Kommen Sie doch rein«, sagte Meripara.

Während sie loslief, trat Nina heulend aus dem Haus, hinter ihr ihre Mutter Beate. Nina war die Stieftochter meines Bruders, und wenn man meinen Eltern Glauben schenkte, war sie völlig verzogen.

»Mit mir nicht!«, schrie das Kind.

»Aber Ninalein, wir sind eine Gemeinschaft«, sagte Beate sanft.

»Ich denke überhaupt nicht daran, mich von eurem Küchenplan drangsalieren zu lassen!« Meinem Vater stand der Mund offen. Die beiden liefen an uns vorbei. Beate grüßte kurz meine Eltern, »Tag, Frau Kleewe, hallo, Herr Kleewe«, dann wandte sie sich wieder ihrem süßen Kind zu.

»Wenn du das von mir verlangst, sind wir geschiedene Leute!«, schrie Nina, schlüpfte aus den Sandalen und schmiss sie ihrer Mutter entgegen.

»Die hat die Göre nicht im Griff«, sagte plötzlich Meripara.

»War das Michaels Beate?«, fragte meine Mutter.

Ich nickte. »Ja, und das gehorsame Kind davor war Nina«, ergänzte ich.

»Das war ja nicht zu verkennen«, sagte Mutter und wollte Meripara folgen, als ein buntgeschmückter Trecker ins Dorf gefahren kam. Auf dem Hänger saß der geballte Alptraum meines Vaters: langhaarige Männer in zerschlissenen Kordhosen und kurzhaarige Frauen mit Zigaretten im Mund. Der Trecker fuhr zweimal hupend um den Dorfanger und kam vor meinem Bruder zum Stehen. Plötzlich strömten aus allen Ecken des Hofes Menschen zusammen, johlten, klatschten und pfiffen. Dann begannen alle zu singen.

Hejo, leistet Widerstand
gegen das Atomkraftwerk im Land.
Schließt euch fest zusammen, schließt euch fest zusaaaaaaammen.
Hejo, leistet Widerstand,
denn der Wind treibt Strahlen übers Land.
Schließt euch fest zusammen, schließt euch fest zusaaaaaaammen.

Hejo ...

Mein Vater musste sich vor Schreck an seinem Auto abstützen. Das Lied nahm kein Ende. Auf den anderen Höfen traten die Bauern vor ihre Türen und sahen sich das Schauspiel an. Einige sangen mit, andere öffneten ihre Hoftore, um sich mit ihren Treckern anzuschließen. Als mein Vater schon gar nicht mehr damit gerechnet hatte, brach der kleine Freizeitchor seine Darstellung ab. Alles klatschte.

»Wir leisten Widerstand, wir sind der Staat!«, rief jemand und reckte die Faust zum Himmel. Wieder klatschte alles. »Nieder mit dem Kapital!«

Bevor mein Vater nun auf die Idee kam, mich lieber wieder mitzunehmen, schleppte ich schon mal unauffällig meinen Koffer ins Haus. Wenige Minuten später setzte sich der Zug in Bewegung und fuhr seines Weges.

»Was war das?«, fragte meine blass gewordene Mutter.

Mein Bruder erklärte, dass es sich um Bauern gehandelt habe, die gegen das Atommüllendlager protestierten.

Mein Vater sah in die Richtung, in die der Zug verschwunden war. »Bauern? Das waren doch keine Bauern! Das waren ... ich weiß nicht, was, aber bestimmt keine Bauern«, sagte er.

»Doch, Vater, das waren überwiegend Bauern«, erklärte mein Bruder.

»Junge, ich weiß doch noch, wie Bauern aussehen«, beharrte mein Vater.

»Das ist doch jetzt auch vollkommen egal, ob es Bauern waren oder nicht. Hauptsache, dieser Lärm ist zu Ende«, sagte meine Mutter und betrat den Hof, vorbei an dem *Wir müssen draußen bleiben*-Laken.

Mein Vater zögerte. »Michael, was soll das hier mit dem Polizeibeamten sein?«, fragte er vorwurfsvoll.

Man sah meinem Bruder an, dass er so gar keine Lust hatte, mit seinem ehemaligen Erziehungsberechtigten zu diskutieren. »Lass gut sein, Vater, komm einfach rein«, sagte er.

»Junge, ich habe dich was gefragt. Warum diffamiert ihr einen Staatsdiener?«

»Wir wollen keine Polizei auf dem Hof, das ist alles.«

»Die Polizei muss überall Zutritt haben«, sagte Vater.

»Das Gewaltmonopol des Staates verlangt nach Widerstand«, erklärte mein Bruder.

»Unsinn!«, entgegnete Vater mit Nachdruck.

»Vater, sei doch mal ein bisschen locker. Die Zeichnung ist doch ganz hübsch«, sagte ich aus sicherer Entfernung.

»So weit kommt es noch, dass meine Tochter mir sagt, was hübsch ist!«, rief mein Vater.

»Monika ist kein kleines Kind mehr, die weiß schon, was sie sagt«, gab mein Bruder zurück.

»Wenn Monika hier etwas passiert, mache ich dich persönlich dafür verantwortlich, verstanden?«

Mein Vater spielte damit auf eine sehr unerfreuliche Episode zwei Jahre zuvor an. Seinerzeit hatte ich mit einer Sportkameradin meinen Bruder besucht, und der hatte uns erlaubt zu trampen, wenn wir immer zusammenbleiben würden. Wir waren in den VW-Käfer zweier junger Männer gestiegen, die uns dann, fernab von anderen Menschen, am Ende eines Waldweges ihre wahren Absichten offenbarten. Wir konnten flüchten, landeten aber wenig später in den Armen eines übereifrigen Polizisten. Da unsere Eltern uns das

Trampen verboten hatten, erzählten wir nichts von jenem unguten Ereignis, sondern fragten den »Herrn Wachtmeister« erst mal nach seiner Dienstnummer, was er wohl in den falschen Hals bekam. Als Monate danach die Rechnung der Polizei für »die polizeiliche Rückführung Ihrer Tochter Monika Kleewe zu Ihrem Sohn Michael Kleewe« gekommen war, war das Entsetzen meines Vater groß gewesen.

»Hast du mich verstanden, Michael? Du bist mir dafür verantwortlich, dass Monika den Boden der Legalität nicht verlässt, ist das klar?!«, sagte Vater drohend.

»Ich bin schon älter als fünf und treffe meine eigenen Entscheidungen«, mischte ich mich ein, was die Stimmung unseres Vaters nicht eben verbesserte.

»Monika, noch ein Wort, und du kommst gleich wieder mit!«

Mein Bruder ging auf unseren Vater zu, legte ihm vertrauensvoll die Hand auf die Schulter und meinte, er müsse sich keine Sorgen machen. »Komm, Vater, du kannst auch in unserer Einfahrt stehen bleiben«, sagte er.

»Wie oft habe ich dir schon erklärt, dass das nicht *eure* Auffahrt ist, sondern öffentliches Straßenland?«, fragte mein Vater gereizt.

Mein Bruder lachte nur und ging Richtung Haus. Meine Mutter gab ihm unauffällig eine kleine Tüte. »Also, Junge, ich weiß wirklich nicht, ob das gut ist …«

»Ist doch nur für ein Spiel, Mutter, mach dir keine Sorgen.«

»Ich will sie auch nicht wiederhaben«, sagte sie und warf noch einmal einen letzten Blick in die Tüte, wie um sich zu vergewissern, dass sie ihrem Sohn tatsächlich ihre alten Büstenhalter gab.

In der Küche war alles wie immer: Berge von Geschirr stapelten sich, ein Tellerberg sah aus, als würde er jeden Moment umfallen. »Das kommt davon, wenn man die Teller nicht nach ihrer Größe übereinanderstapelt«, sagte meine Mutter und wollte sich sofort fachmännisch darüber hermachen.

»Eva, lass das sein. Die sollen ihren Dreck schön selber wegräumen«, sagte mein Vater, der inzwischen auch ins Haus gekommen war. Er fuhr mit dem Finger über eine Stuhllehne, als wolle er eine Staubprobe machen. Dann beobachtete er, wie mein Bruder den Kaffee aus einer orangefarbenen Tüte holte.

»Ist das auch richtiger Kaffee?«, fragte er misstrauisch.

»Nicaraguanischer Hochlandkaffee«, sagte mein Bruder.

»Nicaraguanischer Hochlandkaffee? Was soll das wieder sein?« Wortlos gab Michael die Tüte meinem Vater, der das Ganze sorgsam betrachtete. Als er den Preis sah, sprang ihm das Entsetzen aus jedem Knopfloch. »Ich glaub, mein Schwein pfeift! 25 Mark für Kaffee! Seid ihr Rockefeller?«

»25 Mark für das bisschen Kaffee? Das kann doch nicht sein«, sagte meine Mutter ungläubig und nahm Vater das Päckchen aus der Hand.

»Das ist der reelle Preis, wenn man die Arbeiter in den Anbauländern korrekt entlohnen will. Der Kaffee kommt aus einem Kollektiv, das sich abgekoppelt hat von den kapitalistischen Großkonzernen«, erklärte mein Bruder.

»Bei Tschibo kostet der Kaffee nur die Hälfte«, sagte Mutter.

»Tschibo liegt ja auch nicht in Nicaragua«, erwiderte ich spontan.

*

Ich fand mich, wie immer, schnell zurecht auf dem Hof. Vergessen war die Ordnung daheim mitsamt dem Schlüsselschränkchen gleich neben der Wohnungstür. Hier gab es keine Schlüssel. Alles war immer offen. Meine Sachen legte ich nicht mehr ordentlich über den Stuhl, sondern feuerte sie in die Ecke. Auf Empfehlung meines Bruders hatte ich Freundschaft mit einem Baum geschlossen, den ich nun allabendlich umarmte. Ich erzählte dem Baum meine Wünsche und Sorgen und hielt das schon am ersten Abend für völlig normal.

Horst, so etwas wie der Oberkommunarde, versuchte mir die Welt zu erklären. Und nicht nur mir. Jeder, der es hören wollte, war eingeladen, auf einer Wiese seinen Ausführungen zu folgen. Wenn Horst von Karl Marx erzählte, hatte man immer das Gefühl, er wohne gleich nebenan. Ich verstand zwar nicht alles genau, aber eins wurde mir immer klarer: Das Kapital macht uns fertig. Was genau das Kapital war, wusste ich zwar nicht, aber es hatte was mit den Banken zu tun, so viel hatte ich schon mitbekommen.

»Banken haben nur einen Sinn: Kapital zu mehren. Und wenn einer immer mehr bekommt, dann muss einem anderen etwas weggenommen werden!«, mahnte Horst.

Ich dachte an mein Postsparbuch. Seit meiner Geburt waren fast jeden Monat fünf bis zehn Mark auf dieses Konto gewandert. Bekam jemand weniger, weil ich dafür alljährlich Zinsen kassierte? Wie oft hatte ich schon mit stolzgeschwellter Brust am Schalter gestanden, wo ein muffiger Postbeamter genötigt wurde, zahlreiche Stempel in unzählige Listen einzutragen. Mit leuchtenden Augen hatte ich damals auf die frischen Stempel in meinem kleinen blauen Büchlein gestarrt. Und ich konnte es nicht verhehlen, ich fühlte mich reich. Seit ich begriffen hatte, dass dieses Geld mit 21 Jahren mir gehörte, malte ich mir aus, was ich mir dafür einmal kaufen würde. In den ersten Jahren waren es 3000 Colalollis, dann 20 bunte indische Tücher und inzwischen ein Fahrrad mit 21 Gängen. Nun jedoch bekam ich bei derlei Gefühlen ein richtig schlechtes Gewissen. War ich etwa auch schon ein Kapitalist?

»Der Kapitalismus will, dass wir konsumieren, konsumieren und nochmals konsumieren. Er ist ein unersättliches Tier! Dieser Konsumterror wird uns moralisch fertigmachen!«, rief Horst. Vielleicht sollte ich mein Geld spenden – am besten an die Sandinisten in Nicaragua, damit sie die bösen Amerikaner wieder aus ihrem Land werfen konnten. Ich war gespannt, wie meine Eltern diese Idee finden würden.

Als ich meinen Bruder vor vier Jahren das erste Mal besucht hatte, fand ich Horst irgendwie merkwürdig. Er tanzte um eine Feuerstelle wie Rumpelstilzchen, redete mit den Schafen und saß stundenlang im Schneidersitz in einer Baumkrone. Inzwischen hatte ich mich an ihn gewöhnt und bestaunte seine umfangreiche Körperbehaarung immer wieder aufs Neue. Hierzu hatte ich häufig Gelegenheit, denn Horst rannte im Sommer lediglich mit einem Lendenschurz bekleidet durch die Gegend und machte seltsame Geräusche. Was dazu führte, dass er von meinen Eltern nur noch »das seltsame Tier« genannt wurde.

*

Auch in Sachen Ehe lernte ich neue Gesichtspunkte kennen, die meine Eltern misstrauisch beobachteten. Bylle hatte mir erklärt, wie verrückt es sei, sein ganzes Leben mit ein und demselben Partner zu verbringen.

»Da kann es keine Ekstase mehr geben, nur noch Blümchensex«, sagte sie. Ich hatte keine Ahnung, was sie mit Blümchensex meinte, fand ihn aber auch sofort langweilig, was ich meinen Eltern anlässlich einer kleineren Diskussion, quasi unverblümt, mitteilte.

Es ging um einen Nachbarn, der von seiner Frau verlassen worden war. Das war eine mittlere Sensation. Dass Männer ihre Frauen verließen, kam schon vor, aber Frauen ihre Männer?

»Die war aber auch mit nichts zufrieden«, sagte meine Mutter.

»Stimmt. Er hat ihr sogar ein eigenes Auto gekauft!«, bestätigte mein Vater.

»Vielleicht lag es ja auch nicht am Auto«, gab ich zu bedenken. Meine Eltern sahen mich fragend an, und ich zauberte mit dem Satz »Vielleicht hatte sie einfach nur genug von diesem Blümchensex« neue Falten in ihre verwunderten Gesichter.

»Monika! Wie kannst du so etwas auch nur denken!«

»Die Gedanken sind frei.«

»Aber deswegen muss man sie nicht immer aussprechen«, mahnte Vater, der nur froh war, dass wir gerade unter uns waren und nicht in gemütlicher Nachbarsrunde bei Kaffee und Kuchen saßen.

Noch am selben Abend kam meine Mutter zu mir ins Zimmer. Das Wort Blümchensex aus meinem Munde hatte etwas in ihr ausgelöst. Eine Sorge, womöglich eine Lawine von Sorgen.

»Ich glaube, es ist an der Zeit, dass wir mal ernsthaft miteinander reden, Kind. So von Frau zu Frau, meine ich.«

»Ach ja …«

»Also …« Meine Mutter suchte nach Worten. Ich sah sie an, gespannt, was jetzt kam. Sie holte das Heft mit den Krankenscheinen aus ihrer geblümten Schürze hervor.

»Ich bin nicht krank«, sagte ich überrascht.

Mutter trennte sorgfältig einen Schein an der Perforation heraus und unterschrieb ihn. »Du weißt, dass du, wenn du zum Frauenarzt willst, einen Krankenschein brauchst … hier ist er … wenn du willst, begleite ich dich auch … also, ich meine … es wäre an der Zeit, dass du … damit kein Unglück passiert … das Datum musst du selber einsetzen … versteh das nicht falsch, aber Vorsicht ist besser … du musst ja nicht … aber falls … da, der Schein gilt bis Quartalsende«, sagte Mutter und atmete auf, erleichtert, es endlich angesprochen zu haben.

»Du meinst, falls die Biene und die Blume … wegen dem Bestäuben und so«, gab ich grinsend zurück.

Mutter kratzte sich am Ohr. »Ich fand es ja auch ein bisschen spät. Aber dein Vater hat darauf bestanden, dass ich mit dir offen rede. Das habe ich hiermit getan«, sagte sie.

»Bravo«, erwiderte ich, gab ihr einen kleinen Kuss und nahm den Krankenschein an mich.

»Können denn zwei Menschen allein grundsätzlich nie glücklich sein?«, hatte ich Bylle gefragt.

»Zwei allein, glücklich? Wenn Menschen zwei Beine haben, sollen sie sich bewegen und nicht auf der Stelle stehen, verstehst du?« Ich verstand nicht und schüttelte den Kopf. »Das mit der Liebe ist nicht so wie … wie bei … zum Beispiel bei einem Kartoffelfeld. Das ist irgendwann abgeerntet, und das war es dann. Die Liebe aber ist immer da, in Unmengen, da gibt es keine

Mengenbegrenzung. Man kann sie mit vollen Händen ausgeben«, erklärte Bylle.

»Aber im nächsten Jahr wachsen die Kartoffeln doch nach«, sagte ich.

»Willst du ein ganzes Jahr warten?! Du weißt doch gar nicht, ob du nächstes Jahr noch lebst. Stell dir vor, kurz vor der Ernte stirbst du, und dann?«

»Dann ärgere ich mich schwarz«, sagte ich, die plötzlich das Gefühl hatte, einen neuen Kontinent zu entdecken.

»Genau. Also genieß alles, jetzt, hier und gleich, ganz entspannt.«

Nach und nach konnte ich dem großzügigen Umgang mit der Liebe, zumindest theoretisch, auch etwas abgewinnen. Mein Bruder schien da mit seinen drei Frauen schon beim praktischen Teil angekommen zu sein. So langsam dämmerte mir, warum meine frühere Frage, wer auf dem Hof eigentlich mit wem verheiratet sei, zu einem kollektiven Lachanfall der Bewohner geführt hatte. Es gab niemanden, der verheiratet war, und auch niemanden, der vorhatte, etwas derart Verrücktes zu tun. So bekam ich allmählich das Gefühl, nicht die Hofbewohner, sondern meine Eltern seien die Verrückten …

Nach und nach fühlte auch ich mich für den Kampf gegen die bürgerlichen Moralvorstellungen der Monogamie gerüstet. Die schärfste Waffe war, wie Bylle mir mehrfach versicherte, die gelebte Tat. Das sollten meine entsetzten Eltern bald zu spüren bekommen.

*

Und weil auf dem Hof kein Versuch ungenutzt blieb, dem jeweils anderen Geschlecht zu erklären, wie Mann bzw. Frau sich fühlte, hätte ich um ein Haar früher abreisen müssen.

Es war an meinem 16. Geburtstag. Mein Bruder begrüßte mich breit grinsend und in einen bunten Wickelrock gehüllt in meinem neuen Lebensjahr. »Herzlichen Glückwunsch zum Geburtstag!«

Ich starrte ihn ungläubig an. »Was treibt dich in den Rock, Bruder?«, fragte ich und rieb mir den Schlaf aus den Augen. Erst jetzt sah ich, dass Michael auch einen ausgestopften BH trug.

»Spinnst du?!«, fragte ich mit leichtem Entsetzen in der Stimme.

»Wir spielen Rollentausch. Die Männer sind heute Frauen, und die Frauen sind Männer.«

»Ah ja«, sagte ich, so wie ein Psychiater ein überraschendes Geständnis begleitet.

»Toll, was?!«

»Und wofür soll das gut sein?«, fragte ich, beruhigt, dass der Spuk nicht tagelang anhalten würde.

»Damit jeder mal sieht, wie sich der andere im Alltag so fühlt«, sagte Horst, der im Türrahmen gestanden hatte und nun, in einen Minirock gezwängt und mit freiem Oberkörper, eintrat. Aufgrund seiner fellartigen Ganzkörperbehaarung wirkte der BH an ihm besonders seltsam. Ich erhob mich langsam. »BHs und Röcke haben wir noch, aber ich glaube, mit den Schwänzen ist es eng geworden«, sagte Horst und rief: »Habt ihr noch einen Schwanz für das Geburtstagskind übrig?« Es klang, als würde das männliche Geschlechtsorgan ortsüblich einfach so am Wegesrand herumliegen.

Die anderen kamen herein, und noch ehe ich mich's versah, schnallte man mir einen Gürtel um. Zwischen meinen Beinen prangten zwei kleine, mit Sand gefüllte Luftballons, die an einem mit Watte gefüllten Kondom hingen, das auch einem Elefanten gepasst hätte. Darüber musste ich eine enge Turnhose ziehen.

»Und, wie fühlt es sich an?«, fragte Bylle freudestrahlend und rückte ihr künstliches Gemächt lachend zurecht.

Ich zerrte an meinem neuen Geschlechtsteil herum und sagte: »Potenz für den ganzen Landkreis.«

Wir bildeten eine Polonaise und liefen johlend, Arm auf Schulter, über das ganze Hofgelände. Als wir wieder am Haupthaus ankamen, unterbrach ein spitzer Schrei das Treiben. Mutter stand am Hofzaun, daneben Vater, in der Hand ein Kuchenpaket, das mit einem »Platsch« zu Boden fiel.

*

»Hallo, Mutti!«, rief ich und winkte unseren Eltern zu, als sei nichts Besonderes.

Auch Michael winkte ihnen kurz zu. »Huhu, Vater, huhu, Mutter!«

Beate rief: »Tag, Frau Kleewe«, und Nina sagte: »O Gott, die Spießer sind da.«

Da unsere Eltern wie angewurzelt stehen blieben und kein Wort hervorbrachten, lenkte Horst die Polonaise direkt auf sie zu.

Mein Vater sprang zur Seite. »Fassen Sie mich nicht an!«, schrie er mit hochrotem Kopf.

Mutter war inzwischen dabei, sich mit den Papptellern Luft zuzufächeln. Dann sagte sie mit letzter Kraft zu ihrem Mann: »Monika kann hier auf keinen Fall bleiben, die machen das Kind ja irre.«

Es dauerte eine Weile, bis man meinen Eltern den Sinn des Ganzen erklärt hatte. Nur mühsam ließen sie sich davon überzeugen, dass ich keinen seelischen Schaden davontragen würde, wenn ich wie geplant bis zum Ende der Ferien auf dem Hof bliebe. Nachdem der erste Schreck aus den Gliedern unserer Eltern gewichen war, sagte mein Vater leichenblass, er müsse sich hinsetzen, als hätte Familie Kleewe gerade einen Flugzeugabsturz überlebt.

»Herzlichen Glückwunsch, mein Sonnenscheinchen«, sagte meine Mutter und gab mir einen Schmatzer auf die Backe, mit dem man Tote hätte erwecken können.

»Mensch, Mama, das ist doch voll peinlich«, sagte ich und wischte mir demonstrativ über die Wange.

»Ich werde ja wohl mein Kind noch küssen dürfen«, entgegnete meine Mutter und gab mir, zur Erheiterung der Hofbewohner, einen zweiten Schmatzer auf die Wange.

Horst kochte nicaraguanischen Hochlandkaffee, und mein Bruder brühte Brennnesseltee auf.

Dann widmete ich mich dem kleinen Geschenk der Hofbewohner.

Meine Mutter war gerührt, dass die anderen überhaupt an meinen Geburtstag gedacht hatten. Sie war der Meinung, bei dem ganzen Durcheinander wisse keiner mehr, wer in diesem Leben wann Geburtstag habe. »Und, was ist es denn Schönes, Monika?«, fragte meine Mutter gespannt und versuchte kopfüber zu lesen, was ihr Sonnenscheinchen da Entzückendes in der Hand hielt. Langsam entließ sie Buchstabe für Buchstabe in den Raum. »L-o-n-d-o-n, e-x-t-r-a-f-e-u-c-h-t, g-e-f-ü-h-l-s-e-c-h-t.« Sie begann nervös an ihren Nägeln zu kauen. Der Kehlkopf unseres Vaters schien einen Salto zu vollziehen.

»Danke«, brachte ich leise hervor.

»Michael, gibt es da etwas, was Vater und ich wissen sollten?«, fragte meine Mutter mit zitternder Stimme. War sie mit ihrem Krankenschein etwa schon zu spät dran gewesen?

»Tom kommt«, erklärte Bylle, als würde das alles erklären.

»Tom? Etwa der aus Göttingen?«, fragte Mutter, die sich sofort an seinen Brief erinnerte, als sei es gestern gewesen.

*

Tom war der erste Junge, mit dem ich nackt gekuschelt hatte, mit dem ich bis an den Rand der Besinnungslosigkeit geknutscht und der mir den ersten Liebesbrief meines Lebens geschrieben hatte. Genau in der Reihenfolge. In der Landkommune war eben alles anders. Man hielt sich hier nicht an die übliche Prozedur: Kino, Küssen, Kuscheln. Man kuschelte erst, und wenn das gut lief, ging man ins Kino oder zum Makramee-Kurs.

Bisher hatte ich meinen Eltern nichts von Tom erzählt, zumal er zwei Jahre älter war als ich, was sie sicher nicht gutgeheißen hätten. Außerdem fand ich damals, dass es an der Zeit war, Geheimnisse vor den Eltern zu haben, je größer, umso besser.

Leider hatte Tom die Auflösung der privaten Besitzverhältnisse wörtlich genommen und sich letztes Jahr mit einer anderen eingelassen. Hätte ich ihm eine Szene machen sollen? Wir waren doch keine Spießer. Ich hatte mich einfach bemüht, nicht an Tom zu denken, so gut es eben ging. Aber allein sein Name elektrisierte mich sofort wie eine überlastete Oberleitung.

»Wann kommt er denn?«, fragte ich betont beiläufig und packte dabei das Geschenk meiner Eltern aus.

»Bald«, sagte Bylle.

Bald, dachte ich und phantasierte lauter kleine Herzen in die Maserung des Tisches. Warum nicht sofort? Ich war für alles gerüstet. Gerade als ich mich bei meinen Eltern für ihr Geschenk bedanken wollte, klopfte es an der Tür. Tom stand da, braungebrannt, in zerschlissener Jeans, Haare fast bis zur Hüfte und eine selbstgedrehte Zigarette hinter dem Ohr. Ich war selber überrascht, um nicht zu sagen erschrocken, wie männlich er inzwischen aussah. Ich hörte noch, wie meine Mutter zu Vater sagte: »Das ist ja schon ein richtiger Mann.« In ihrer Stimme schwang Panik mit.

»Hallo, Süße!«, sagte Tom, kam auf mich zu und nahm mich in den Arm, als ob nie etwas gewesen sei. An seinem Hals prangte ein Knutschfleck, in meiner Wahrnehmung so groß wie Madagaskar. Monogamie ist nur was für Spießer, versuchte ich mich selbst zu beruhigen und lächelte ihn an.

»Guten Tag, mein Name ist Dieter Kleewe, und wer bitte schön sind Sie?«, fragte mein Vater.

»Hallo, Herr Kleewe, ich bin Tom«, sagte Tom lässig und gab meinem Vater die Hand.

»In welcher Funktion sind Sie … also, ich meine … wie stehen Sie zu …« Er räusperte sich umständlich. Dann fuhr er mit seinem Gestammel fort. »Als Vater ist es … also, ich will mal sagen … durchaus mit einer gewissen Sorge behaftet, dass … äh … na, Sie wissen schon.«

Tom sah meinen Vater fragend an. »Was weiß ich schon?«

»Jetzt hilf mir doch mal, Eva«, mahnte mein Vater seine Frau.

Meine Mutter holte tief Luft, und dann sagte sie klar und deutlich: »Mein Mann möchte nicht, dass irgendein dahergelaufener Langhaariger unserer Tochter die Unschuld raubt. Dafür haben wir Monika nicht erzogen.« Plötzlich war Totenstille in der Küche. Mann, war das peinlich. Ich hätte Mutter und Vater am liebsten in ein Heim für schwererziehbare Eltern gegeben.

»Könnten Sie den Satz noch einmal wiederholen?«, fragte Horst mit einer Mischung aus Staunen und Heiterkeit.

»Welchen?«, fragte Mutter.

»Den mit der Unschuld«, sagte Horst und legte seinen Kopf erwartungsvoll auf die Seite.

»Mein Mann möchte nicht, dass ein dahergelaufener Langhaariger …«

»Jetzt ist aber mal gut, Mama!!!«, fiel ich ihr ins Wort. Ich fand ihr Benehmen unmöglich. Wo hatte sie nur ihre Kinderstube genossen? Ach ja, richtig, bei Oma. Aber von der konnte sie so etwas nicht gelernt haben.

»Mach dich nicht unglücklich, Monika«, sagte Mutter zum Abschied und drückte mich, als bestiege ich gleich die Titanic. Mein Vater warf einen finsteren Blick auf Tom, sagte aber nichts weiter. Allerdings sah man ihm an, dass er Tom am liebsten nicht nur die langen Haare abgeschnitten hätte.

Tom und ich waren wie zwei Magnete und lösten uns in der kommenden Woche nur zum Abschiednehmen voneinander. Ich war hin und weg, wollte aber auf gar keinen Fall den Eindruck erwecken, altmodisch zu sein. Dabei hätte ich ihn am liebsten an mir festgebunden.

»Wir sehen uns wieder«, sagte Tom lächelnd. O Mann, dieses Lächeln, total ultrasüß!

»Mal sehen«, erwiderte ich cool.

*

Meine Rückkehr nach Berlin war nicht unkompliziert, was meinem Bruder und seinem weiblichen Begleittross zu verdanken war. Die kleine rotgewandete Meripara und Beate schienen noch ein Hühnchen miteinander rupfen zu wollen. Dazu kam Nina, die achtjährige Tochter von Beate, die meinem Bruder immer wieder klarmachte, dass er ihr gar nichts zu sagen hatte. »Du bist nicht mein Papa, also halt die Klappe!« Mein Bruder sah das anders und fühlte sich immer wieder genötigt, Nina klarzumachen, wer von ihnen der Erwachsene und wer das Kind war.

Beate war die erste Freundin, die mein Bruder vor ein paar Jahren zu Hause »vorgestellt« hatte. Sie war mit ihrer Tochter Nina auf den Hof gezogen, schien aber inzwischen nicht mehr mit meinem Bruder zusammen zu sein. Ganz sicher war ich mir jedoch nicht.

Als Beate uns damals besuchte, waren meine Eltern total nervös. Die Platzdeckchen strahlten mit dem guten Essservice um die Wette, und mein Vater hatte seine Hausjeans gegen eine Leinenhose getauscht. Beate war mindestens zehn Jahre älter als mein Bruder, und das Schlimme war, man sah es ihr auch an. Die Begeisterung meiner Eltern für Beate hielt sich aus verschiedenen Gründen in Grenzen. Sie war Vegetarierin und hatte unserem Vater, der Fleisch für ein notwendiges Grundnahrungsmittel hielt, erklärt, dass Fleisch »nicht aus sich selbst heraus wachsen kann. Im Gegensatz zu Gemüse. Das kann man auf den Boden werfen, und rasch entwickelt sich neue, gesunde Nahrung.« Dem hatte mein Vater entgegengehalten, dass er sein Fleisch auch nicht auf den Boden werfen, sondern essen wolle.

Als Beate dann noch von einer Kfz-Werkstatt »von Frauen für Frauen« schwärmte, lief das Emanzenwarnsystem meines Vaters auf Hochtouren. Frauen, die an Autos schraubten, waren in höchstem Maße verdächtig und wurden nur noch übertroffen von Frauen, die Fußball spielten. »Wenn der liebe Herrgott gewollt hätte, dass Frauen Fußball spielen, dann hätte er ihnen andere Beine gegeben«, pflegte er immer zu sagen.

»Frauen könnten bestimmt genauso gut Fußball spielen, wenn man sie nur ließe«, hatte Oma eingeworfen. Wobei man ehrlich sagen muss, dass Oma nicht mal in der Lage war, einen ruhenden Ball zu treffen.

»Blödsinn. Jemand, der nicht weiß, wo rechts und links ist, kann keinen Flügel vernünftig wechseln«, erklärte Vater.

»Ach, die haben Flügel, wie niedlich«, hatte Oma schelmisch gesagt und den Flügelschlag eines lahmen Vogels nachgeahmt.

Die größte Sorge unserer Mutter hatte sich dagegen auf Beates Kind Nina gerichtet. »Das Kind ist doch schon so alt und nimmt den Jungen gar nicht mehr als Vater an«, hatte sie orakelt. Und sie hatte recht behalten.

Wir fünf – Meripara, Beate mit der lieben Nina, mein Bruder und ich – fuhren also mit dem VW-Bus Richtung Berlin. Bis zum Grenzübergang hatte Nina uns mit einem ohrenbetäubenden Singsang aus der Sesamstraße genervt und die Bitte meines Bruders, sie möge damit endlich aufhören, mit dem altbekannten Satz, er sei nicht ihr Vater, habe ihr gar nichts zu sagen und solle die Klappe halten, beantwortet.

»Wenn du nicht gleich aufhörst, scheuer ich dir eine«, drohte mein Bruder.

»Gewalt ist auch keine Lösung«, erwiderte Nina und sang weiter.

»Beate, könntest du deinem Kind bitte sagen, es möge mit der Singerei aufhören«, schloss Meripara sich meinem Bruder an.

»Nina singt eben gerne«, sagte Beate und machte keine Anstalten, ihr Kind zur Ordnung zu rufen. Wir fuhren in die Grenzkontrollanlagen der DDR ein.

»Es nervt aber!«, sagte Meripara.

»Du hast doch gewusst, das Nina mitfährt. Wenn du die Selbstentfaltung eines kleinen Kindes nicht erträgst, dann steig doch einfach aus«, sülzte Beate.

»Wenn du deine verzogene Göre nicht im Griff hast, solltet ihr vielleicht besser aussteigen«, entgegnete Meripara. Mein Bruder schaltete das Standlicht an und fuhr langsam auf die Abfertigungshäuschen am Grenzkontrollpunkt zu.

»Hast du eben verzogene Göre gesagt?«, fragte Beate.

»Völlig verzogen«, sagte Meripara.

»Was weißt du denn schon, wie anstrengend es ist mit einem Kind! Du bist doch nur für dich verantwortlich und musst dich um nichts weiter kümmern!«, keifte Beate.

»Du hättest das Kind ja nicht kriegen müssen«, gab Meripara zurück.

Mein Bruder kurbelte die Scheibe herunter, um dem Soldaten der Nationalen Volksarmee das Fahrtziel zu nennen. In dem Moment erhob sich Beate, so gut es in dem VW-Bus eben ging, von ihrem Sitz und schrie Meripara hysterisch an. Ich weiß nicht mehr, was sie schrie, aber es reichte, um den Soldaten zu veranlassen, uns rechts heranfahren zu lassen und mit unseren Papieren in einem grauen Blechhaus zu verschwinden.

»Stellen Sie den Motor ab!«

»Scheiße«, zischte mein Bruder und biss sich auf die Lippe. Während sich die beiden Frauen wie die Kesselflicker stritten, stieg Nina unbemerkt aus. Ein anderer Soldat rief ihr nach, sie solle sofort stehen bleiben. Ich hörte noch, wie Nina erwiderte: »Du hast mir gar nichts zu sagen, halt die Klappe.« Dann setzte sie schnellen Schrittes ihren Weg Richtung Westen fort. Zehn Sekunden später hatte Nina das Knie eines nervösen Grenzbeamten im Kreuz und lag schreiend am Boden.

»Was machen Sie da mit meinem Kind?!«, schrie nun Beate und rannte zum Ort des Geschehens, während Meripara nur meinte, das geschehe der Göre ganz recht. Schließlich lagen Mutter und Tochter nebeneinander auf dem Boden und sahen in die Läufe der auf sie gerichteten Waffen. Mein Bruder musste breitbeinig mit den Händen auf dem Autodach stehen bleiben, und ich sollte mich nicht von der Stelle bewegen. Meripara hockte am Rand und rauchte schweigend eine Zigarette nach der anderen.

Dann wurde der VW-Bus auseinandergenommen. Komplett. Die Sitze bzw. Bänke wurden herausgeschraubt, die Türverkleidung abgerissen und jedes Kleidungsstück auf dem Boden ausgebreitet. Der Unterboden wurde sorgfältig mit einem Spiegel betrachtet, und zu guter Letzt wurde ein riesiger Scheinwerfer in den Motorraum gerichtet und überall einmal kräftig dagegengeklopft. Mein Bruder wurde immer blasser.

Nina hatte sich inzwischen beruhigt und war erschöpft in Beates Armen eingeschlafen. Drei Stunden später durften wir unseren imperialistischen Kram zusammenpacken und weiterfahren. Leider fehlten einige Schrauben, so dass die vordere Bank wackelte und die Seitenverkleidung an der Beifahrertür nicht mehr festzumachen war. Egal, Hauptsache, wir waren nicht verhaftet worden. Die Fahrt durch die Zone verlief ohne weitere Zwischenfälle. Nina schlief in den Armen ihrer blassen Mutter, Meripara qualmte mit bösem Blick auf das Kind, und mein Bruder lenkte schweigend den Bus.

Doch kaum waren wir auf der Avus, änderte sich die Stimmung schlagartig. Zumindest bei meinem Bruder. Er trommelte auf das Lenkrad und rief: »Yeah!!!!« Ich sah ihn fragend an. Wieder rief er: »Yeah!!!«

»Michael, ist alles in Ordnung mit dir?«

Er nickte nur und fummelte mit der Hand an der Lenksäule herum. Dann zog er ein flaches schwarzes Päckchen von der Größe eines Taschenkalenders hervor: Es war eine nicht eben unerhebliche Menge gepresster Schwarzer Afghane.

*

Nachdem wir die drei schwierigen Passagiere abgesetzt hatten, fuhren mein Bruder und ich nach Hause. Als wir ankamen, sortierte unser Vater gerade seinen Kleinteilekasten auf dem ausgezogenen Tisch, und Mutter sah ihm dabei bewundernd zu. Etliche Gläser, Schachteln und Schächtelchen warteten darauf, gefüllt zu werden. So großflächig, wie die Nägel-, Schrauben- und Dübelhäufchen über den Tisch verteilt waren, arbeitete mein Vater seit Stunden an dem Ordnungsprojekt.

»Endlich seid ihr da. Wo wart ihr denn die ganze Zeit?! Wir haben uns schon solche Sorgen gemacht«, wurden wir von unserer besorgten Mutter begrüßt.

»Es gab Stress an der Grenze«, erklärte mein Bruder lapidar und stellte meinen Koffer ab.

»Kein Wunder, bei deinen langen Haaren sind sie natürlich misstrauisch«, sagte mein Vater, ohne von seinen Schrauben aufzusehen. Dann füllte er das erste Schächtelchen und schrieb auf ein eigens vorbereitetes Zettelchen »6–8 mm«. Er nahm einen Streifen Tesafilm vom Finger unserer Mutter und klebte es samt Zettelchen zufrieden auf das Schächtelchen. Wir sahen den Eltern schweigend zu, als würden sie eine heilige Handlung vollziehen. »Was war denn los, warum kommt ihr so spät?«, fragte er schließlich.

»Michael konnte gar nichts dafür, es war eher die Schuld von Beate«, sagte ich, stellte mich an den Tisch und bewunderte, wie exakt mein Vater das Schildchen beschriftet hatte. Es sah aus wie gedruckt.

»Beate? Das ist doch wohl nicht etwa die alte Frau, mit der du uns mal heimgesucht hast?!«

»Welche alte Frau?«, fragte Michael verwundert.

»Na, diese Gemüsetante, die am liebsten Karotten in den Tank füllen würde«, sagte Vater.

»Doch«, erwiderte Michael grinsend und sah unserem Vater dabei zu, wie er das nächste Schächtelchen anvisierte.

»Und ist ihre Frauenwerkstatt schon pleite?«, fragte Vater in Erwartung eines klaren Ja.

»Ich weiß nicht«, antwortete mein Bruder.

»Bestimmt, Frauen und Autowerkstatt, wenn das funktionieren würde, könntest du auch Oma zur Olympiade anmelden«, sagte Vater irgendwie selbstzufrieden.

»War ihre Tochter auch dabei, diese Nina?«, fragte meine Mutter.

»Hm«, machte mein Bruder.

»Sie hat dem Grenzer erklärt, er habe ihr gar nichts zu sagen«, erzählte ich.

Meine Mutter schlug die Hand vor den offenen Mund. »Das darf doch nicht wahr sein«, sagte sie mit schreckgeweiteten Augen.

»Ist ja alles gutgegangen«, beruhigte ich sie.

»Zum Glück! Wenn man den Grenzern nicht passt, dann schikanieren sie einen ohne Ende, nicht wahr, Dieter?«, fragte Mutter.

»Ja, die können einem das ganze Auto auseinandernehmen, einfach so«, sagte mein Vater.

»Haben sie doch auch. Stellt euch mal vor, sogar die Sitzbank haben sie rausgeschraubt und die Seitenteile abgemacht«, erwiderte ich.

»Ach Gott nein, wie ärgerlich«, sagte meine Mutter.

»Keine Sorge, das Wesentliche haben sie nicht gefunden«, plauderte ich unbedacht weiter.

Plötzlich hielt mein Vater mit der Sortiererei inne und sah auf. Sein Blick war schärfer als jede Klinge. »Wesentliche? Was war das?« Wir schwiegen. »Michael, was meint deine Schwester damit?!«, setzte unser Vater scharf nach.

Ich hatte plötzlich das Gefühl, mein Vater rieche den Afghanen drei Meilen gegen den Wind. Mir wurde schwindlig, einfach so, aus heiterem Himmel, und ich musste mich am Tisch festhalten. Mein Bruder gab mir noch einen Schubs, und schon fiel ich um, die Tischdecke fest umklammert.

»Nein, die Schrauben!!!«, schrie meine Mutter, den nächsten Tesastreifen schon am Finger.

Vater musste hilflos mit ansehen, wie sich sein Ordnungswerk in Sekundenschnelle auflöste. Mit großen Augen starrte er seine Frau an. »Eva, sag sofort, dass das nicht wahr ist«, jammerte er.

Ich lag am Boden, um mich herum Schrauben, Dübel, Nägel, in der Hand hatte ich noch immer den Zipfel der Tischdecke. Ich hielt ihn in die Luft und sagte: »Du blöder Zipfel, wie kannst du es wagen, dich in meine Hand zu legen?!« Mein Bruder bekam einen Lachanfall. Vater ging wortlos in die Küche. »Hoffentlich nimmt er sich jetzt nicht das Leben«, sagte ich lachend. Meine Mutter hätte auch gerne gelacht, aber sie verkniff es sich und versuchte Dieter Kleewe, so gut es eben ging, zu trösten. Mein Bruder machte sich rasch vom Acker, und ich sammelte die Kleinteile vom Teppich auf.

*

Noch am selben Abend kam Oma vorbei, um sich bei uns »Aktenzeichen XY« anzusehen. Sie gruselte sich immer bei der Sendung und war froh, wenn sie danach bei uns schlafen konnte. Besonders schauderte es Oma bei den »Filmfällen«, bei denen Verbrechen mit richtigen Schauspielern nachgespielt wurden – im Gegensatz zu den langweiligen »Studiofällen«, bei denen bloß Fotos von halbwegs hergerichteten Leichen und blutigen Messern gezeigt wurden.

Nun könnte man einwenden, Oma hätte sich die Sendung ja nicht ansehen müssen. Aber so einfach war das nicht. Sie wollte auf dem Laufenden sein, denn Eduard Zimmermann war unter den Senioren ein Fernsehstar. Schließlich jagte er nicht nur Diebe und Mörder, sondern bewahrte Menschen mit »Vorsicht Falle« vor Neppern, Schleppern und Bauernfängern. Allerdings konnte man sich auch fragen, wie viel Promille Alkohol das Opfer intus hatte, als es dem freundlichen Herrn von der Post gutgläubig sein Sparbuch samt Sicherungskarte aushändigte, weil der es angeblich, als besonderen Service der Post, in ein kostenfreies Schließfach legen wollte. Oma war empört. »Der machte doch einen so gepflegten Eindruck, der Mann, wie kann der nur … und so freundlich …«

»Nun, als bekifftem Langhaarigern im Norwegerpullover würde ihm vermutlich niemand das Sparbuch anvertrauen«, stellte ich ruhig fest.

»Ich bezweifle, dass ein Langhaariger im Norwegerpullover im Besitz eines richtigen deutschen Postsparbuches ist«, merkte Vater an. Es war einfach schrecklich mit ihm, andauernd musste er das letzte Wort haben.

Zwischendurch schaltete Herr Zimmermann zu Peter Nidetzky nach Wien und zu Konrad Toenz nach Zürich. Wobei Peter Nidetzky mit seinem mausgrauen Anzug und dem Wiener Schmäh den Eindruck machte, als könne er locker den seriösen Postbeamten aus »Vorsicht Falle« geben.

»Na, meine kleine Wuchtbrumme, wie war es denn bei deinem verrückten Bruder?«, fragte Oma, nachdem sie mich aus ihrem Würgegriff, sie sprach von harmloser Umarmung, entlassen hatte.

»Ganz witzig«, antwortete ich.

»Witzig – geht das etwas genauer?«, fragte sie.

»Ich durfte für einen Tag Mann sein, und Michael war für einen Tag Frau.«

»Wie bitte?«

»Ich hatte soooooo einen Schwanz zwischen den Beinen hängen.«

»Einen was?«, fragte Oma nach.

»Schwanz.«

»Du meinst einen Piephahn?«

»Von mir aus auch Piephahn … mit richtigen Eiern, also, ich meine Hoden.«

Oma schüttelte sich, dabei sah sie mich an, als würde

sie am liebsten mal Fieber messen. »Und Michael, was hatte der zwischen den Beinen?«

»Na das, was er da immer hat.«

»Gott sei Dank«, sagte Oma, als habe sie schon das Schlimmste befürchtet.

»Dafür hatte Michael einen ausgestopften BH um die Brust gespannt.«

Oma schwieg. Nach einer Weile fragte sie, ob mal einer die Schrauben in den Oberstübchen ihrer Enkelkinder festziehen könnte. Dann wandte sie sich wieder Eduard Zimmermann zu.

Als Oma später in meinem Bett lag und ich auf dem Boden zu ihren Füßen, sagte sie plötzlich: »Hatte da nicht jemand letzte Woche Geburtstag?«

Plötzlich war ich wieder hellwach. »Na klar, ich!«

»Dann ist das hier wohl für dich«, sagte Oma und schob mir einen Briefumschlag zu. Es war eine Konzertkarte für Udo Lindenberg und sein Panikorchester. »Keine Angst, ich komme nicht mit«, sagte Oma grinsend und zog eine zweite Karte hervor. »Mach dir einen schönen Abend, mit wem auch immer …«

»Danke!« Meine erste Konzertkarte! Mein erstes Konzert! Endlich! Ich war überglücklich.

*

Ich beschloss, Mäuseschwänzchen mitzunehmen. Eigentlich stand ich nicht auf Udo Lindenberg, aber das änderte sich mit der Konzertkarte schlagartig. Ich lieh mir seine Langspielplatten in der Bibliothek aus und lernte viele Texte auswendig. Schließlich wollte ich auf dem Konzert nicht doof herumstehen, sondern aus Leibeskräften mitsingen.

Mutter gab mir noch ein paar »gutgemeinte« Ratschläge mit auf den Weg. »Zieh dir eine Jacke über«, mahnte sie.

»Mama, ich mach mich ja zum Gespött der Leute«, stöhnte ich auf.

»Am Abend ist es kalt.«

»Du tust ja so, als würde ich im Tigerfell durch die Straßen laufen«, protestierte ich und drückte ihr die Jacke wieder in die Hand.

»Und keinen Alkohol, keinen Streit mit den Ordnungskräften, höre, wenn sie dir was sagen, und nach dem Konzert auf direktem Weg nach Hause. Wir warten, bis du wieder da bist«, ermahnte mich Vater.

»Jawohl«, sagte ich und wuschelte mir die Haare durcheinander, damit sie möglichst ungekämmt aussahen. Meine Mutter schüttelte den Kopf und krallte die Finger in die Jacke. So stand ich da: zerzauste Haare, selbstgefärbtes grünes T-Shirt mit kreisförmigen Mustern, Jesuslatschen, eine bunte Stofftasche mit geflochtener Umhängekordel und eine weiße Jeans, deren Kauf mich alle Überredungskünste dieser Welt gekostet hatte.

»Monika, eine weiße Hose, das ist doch völlig verrückt! Ich gebe dir keine fünf Minuten, dann ist da der erste Fleck drin!«, hatte meine Mutter verzweifelt gesagt und die Hände zum Himmel erhobenen, als könne dadurch der liebe Herrgott auf mich einwirken.

»Aber Mama, alle tragen solche Hosen.« Meine Mutter blickte aus dem Laden und meinte, sie sehe nicht einen Einzigen mit weißer Hose da draußen.

»Ich pass auch ganz doll auf«, versprach ich ihr.

»Das sagst du immer.«

»Ich schwöre es – beim Augenlicht von Oma.«

»Lieber nicht, sonst ist sie morgen blind«, sagte Mutter schmunzelnd.

»Ich passe so doll auf die Hose auf, wie ich noch nie auf irgendetwas aufgepasst habe!«, flehte ich und setzte den treusten Blick auf, zu dem ich fähig war.

»Ich bin doch nicht verrückt, eine weiße Hose, so ein Unsinn.«

»Bitte, bitte. Ich werde auch nie wieder mit Vater über den NATO-Doppelbeschluss streiten.«

Die Verkäuferin merkte plötzlich auf. »Sie will was nicht mehr tun?«, erkundigte sie sich überrascht.

»Fragen Sie lieber nicht nach«, sagte meine Mutter zur Verkäuferin und machte eine wegwerfende Handbewegung. Missmutig drehte sie die Hose hin und her.

»Bitte ... Komm, sag ja, Mama!«

»Monika, hör auf zu betteln wie ein Hund«, sagte Mutter unwirsch.

Aber ich spürte, sie stand an der Schwelle zum Nachgeben. Ich ließ nicht locker. »Bitte ... Gib deinem großen Herzen einen kleinen Stoß ...«

»Aber ich sag dir gleich, ich reibe dir die Flecken da nicht raus«, meinte sie seufzend. Jubelnd fiel ich ihr um den Hals. Nun war ich stolze Besitzerin einer weißen Wrangler, die mich zum Star auf dem Konzert machen würde.

Ich wurde noch Zeuge, wie Mäuseschwänzchen sich unter Schmerzensschreien die verbrannten Haare aus dem Lockenstab zerrte. Dann machten wir uns auf den Weg.

Udo Lindenberg trug seinen riesigen Gürtel und tanzte, mein Vater würde sagen: hampelte, fast drei Stunden über die Bühne.

Bei den Textzeilen
»Herr Präsident, ich bin jetzt
zehn Jahre alt,
und ich fürchte mich in diesem
Atomraketenwald.
Sag mir die Wahrheit, sag sie mir jetzt,
wofür wird mein Leben
aufs Spiel gesetzt?«
wurden Feuerzeuge entzündet, und unsere Angst vor der atomaren Bedrohung war plötzlich zum Heulen schön. Zum Schluss war ich genauso erschöpft wie Udo, der klatschnass mit einem »Macht's gut, Leute« von der Bühne wankte. Ich war so erschöpft vom Klatschen, Singen, Tanzen und wohl auch vor lauter Glück, dabei gewesen zu sein.

*

Unsere »Einschulung« in die gymnasiale Oberstufe war vom mahnenden Zeigefinger des Direktors geprägt. Schenkte man seinen Worten Glauben, würden die meisten von uns in ein paar Jahren von Drogen zerfressen unter der Brücke schlafen. Wir sollten uns »am Riemen reißen« und »Bildung endlich ernst nehmen«. Zur gleichen Zeit tropfte Regenwasser in die große Turnhalle, zwei Schüler teilten sich einen Platz im Sprachlabor, und das Land Berlin hatte kein Geld mehr, um uns die Schulbücher zu schenken.

»Geht sorgsam mit den teuren Atlanten um, der Jahrgang nach euch will auch noch sehen können, wie die Hauptstädte heißen.«

»Und was, wenn sich die Welt nächstes Jahr geändert hat?«

»So schnell ändert sich die Welt nicht!«

Eins stand jetzt schon fest, Mäuseschwänzchens Bücher würden auch in ein paar Monaten aussehen wie neu. Sie hatte vorsorglich bunte Schutzhüllen mitgenommen. Außerdem hatte sie ein Oktavheft dabei. Vorne stand in Schönschrift: Marina Kern, 11. Klasse. Ich konnte es mir nicht verkneifen und strich heimlich eine Eins durch.

Bei den Lehrern tat sich einiges. In vielen Fächern traf ich auf neue Gesichter – außer in Mathematik. Herr Schmidt blieb mir erhalten. Als er mich wieder in seinem Kurs sitzen sah, war er mindestens genauso entsetzt wie ich. »Monika! Du hier?«

»… und nicht in Hollywood«, ergänzte ich matt.

Er schüttelte fassungslos den Kopf und meinte nur: »Nun gut, irgendwie werden wir einander schon überleben.«

Mein neuer Biolehrer, seines Zeichens auch mein Klassenlehrer, war ein kleiner rundlicher Mann, der Käsebrote vermutlich quadratmeterweise zu sich nahm. Er trug einen dunkelgrünen Anzug, im dem er auch als Jäger hätte tätig werden können, und stellte sich als Herr Feisel vor. Dabei fügte er gleich hinzu, dass er »grundsätzlich am längeren Hebel« sitze. Herr Feisel lugte unter seiner breiten Brille hervor und entzifferte mühsam mein Namensschild. »Monka«, sprach er mich an.

»Monika«, korrigierte ich.

»Bei der Sauklaue kann man das als Monka lesen«, sagte Feisel. Ich betrachtete mein Schild. War Feisel blind? Zugegeben, es war nicht gerade Sonntagsschrift, aber es gab keinen wirklichen Grund, Monka zu lesen. »Also, Monka, was haben die linken Spinner und eine bakterielle Infektion gemeinsam?«

»Wen meinen Sie mit ›linke Spinner‹?«, stellte ich mich doof.

»Ungekämmte Mädchen und langhaarige Jungen zum Beispiel.« Ach herrje, dachte ich. Feisel und ich würden mit Sicherheit nicht Freunde fürs Leben werden, so viel stand schon nach zwei Minuten fest. »Also, noch mal zum Mitschreiben: Was haben die linken Spinner und eine bakterielle Infektion gemeinsam?«, fragte Feisel.

»Hat das jetzt was mit Biologie zu tun?«, fragte ich zurück.

»Sie breiten sich rasant aus und bringen Krankheit und Verderben. Verstanden?«

Wenn ich jetzt einfach genickt oder wenigstens geschwiegen hätte, wäre mir vieles erspart geblieben. Aber es ging nicht, und so fragte ich Feisel: »Was haben alle Waldameisen gemeinsam?« Er sah mich irritiert an. »Ihr Intelligenzniveau liegt deutlich höher als …« Ich machte eine Pause und blickte den Dicken direkt an. In der Klasse war es plötzlich totenstill.

Feisels Augen waren zu kleinen Schlitzen mutiert, er zitterte vor Zorn. »Als was?!! Über welchem Intelligenzniveau liegen die Waldameisen?«, fragte er drohend und neigte sich am Tisch zu mir herunter, was in Anbetracht seiner Größe ein relativ kurzer Weg war.

Dann sagte ich ganz gelassen: »Waldameisen liegen mit ihrem Intelligenzniveau über dem einer Amöbe. Stimmt doch, oder?«

Ein Schweißtropfen fiel von Feisels Stirn auf unseren Tisch. Er wusste genau, wen ich mit Amöbe meinte. Sein Bauch ruhte auf der Tischkante wie ein überdimensionaler Medizinball. Ich sah auf den Schweißtropfen und dachte: Da wird doch jetzt nicht seine

Haus-und-Hof-Amöbe drin baden? »Du wirst mich noch kennenlernen, Monka«, zischte Feisel mich an.

»Monika«, sagte ich wieder und wusste, in Biologie war der Zug für mich schon abgefahren, bevor er losfuhr.

*

Gerade als die ersten Bücher verteilt wurden, trat der Direktor ein, hinter ihm ein neuer Schüler. Er kam in unsere Schule wie ein Auffahrunfall, vollkommen überraschend. »Ich darf Ihnen Ludger Lewander vorstellen«, sagte der Direktor.

Feisel machte einen kleinen Diener, man wusste nicht genau, ob vor seinem Chef oder dem neuen Schüler. »Schön, dich zu sehen, ich habe ja schon viel von dir gehört, Ludger. Nimm doch bitte hier drüben Platz«, sagte er.

Ludger sagte: »Hallo«, und setzte sich. Er hatte ein zauberhaftes Lächeln, strahlend weiße Zähne und halblange blonde Haare, die er immer wieder mit seinen schon unglaublich behaarten Händen hinter die Ohren zirkelte. Er sah irrsinnig gut aus und ließ die Phantasien der Mädchen so lange rotieren, bis man ihnen den Drehschwindel von den Augen ablesen konnte. Mir stand der Mund offen, und Mäuseschwänzchen bekam ihn vor Überraschung gar nicht erst auf. Innerhalb kürzester Zeit wurde Ludger Lewander zum neuen Star der Jahrgangsstufe, ohne dass er etwas Herausragendes geleistet hätte.

Ich wehrte mich gegen das Gefühl, das Ludger mit seinem plötzlichen Auftauchen auch in mir ausgelöst hatte. Nein, ich war nicht verliebt in ihn, niemals. Ich hatte Tom – in Göttingen, weit weg … Ja gut, ich fand Ludger umwerfend, aber verliebt? Nein. In der Landkommune meines Bruder hatte ich ja gelernt, dass Mädchen sich nicht zum Lustobjekt von Jungen machen sollten. Vielmehr sollten sie selbstbewusst ihren Partner auswählen und nicht warten, bis der Prinz sie mit dem Pferd auf sein Schloss zerrte.

»Von einer festen monogamen Beziehung bis zur Ehe ist es nur ein Katzensprung«, hatte mein Bruder mir warnend erklärt. Ich würde mich nicht mehr selbst verwirklichen können, meine Ziele aus den Augen verlieren und mich zur Dienerin eines überholten Beziehungssystems machen.

»Aber warum sind dann so viele Menschen verheiratet?«, fragte ich.

»Weil sie glauben, sich dem gesellschaftlichen Druck beugen zu müssen.«

»Aber irgendwann muss man sich doch für einen entscheiden, oder?«, fragte ich verunsichert.

»Heute sieht das ganz anders aus, Monika«, schaltete sich Beate ein. Man müsse nicht mehr in den Kerker der Ehe einfahren, zumal dies ein »saumäßig bezahlter Arbeitsplatz« sei, erklärte sie mir weiter. Fehlt nur noch, dass die Ehefrauen sich gewerkschaftlich organisieren, dachte ich und fragte, wie denn heute die Beziehungswelt aussehe. »Man lässt die Männer erst mal an sich abtropfen und zappeln. Dann überlegt man sich gut, ob der Mann psychisch in der Lage ist, eine Frau als gleichberechtigte Partnerin zu akzeptieren. Das halten viele Männer nämlich gar nicht aus«, klärte Beate mich auf.

Also ließ ich Ludger erst mal abtropfen, auch wenn der davon nicht viel mitkriegte. Schon bald stellte ich fest, dass Ludger keiner von uns war. Er kam aus Frohnau, einem Bezirk im Norden Berlins, in dem die Villen mit riesigen Hecken vor neugierigen Blicken geschützt wurden und dürre Windhunde hektisch durch die Gärten liefen.

Wir dagegen lebten, wie es sich für Kinder von Arbeitern und Angestellten gehörte, fast alle in Mietshäusern. Am Sonntag trafen sich die Väter an den Pumpen und wuschen ihre Autos, die Kinder schliefen bis zum Mittagessen aus, und die Mütter werkelten in der Küche. Die Väter diskutierten über »die RAF-Bande«, die man am besten alle »einen Kopf kürzer machen« sollte. Und wenn das Thema durch war, kamen die »unfähigen Bundesligatrainer« an die Reihe, die von den waschenden Vätern dauernd »in die Wüste« geschickt wurden.

Mutter erklärte mir mit erhobenem Zeigefinger, dass man »den Arbeiter achten muss, schließlich war euer Vater auch mal einer«.

»Und jetzt? Arbeitet Vater etwa nicht mehr?«, fragte ich erstaunt.

»Unsinn. Natürlich arbeitet Vater!«

»Hat er einen anderen Beruf?«

»Nein, er macht immer noch dasselbe! Aber er ist jetzt Angestellter im öffentlichen Dienst geworden«, sagte meine Mutter mit strahlenden Augen, so als hätte mein Vater morgen eine Yacht kaufen können.

*

Als ich von meinem Einschulungstag nach Hause kam, war ich tief enttäuscht: Ein Frohnauer Schnösel, der blöderweise irrsinnig gut aussah, hielt sich widerrechtlich auf meiner schönen schmuddeligen Gesamtschule auf, ein Klassenlehrer, der zu doof war, mein Namensschild zu lesen, ein Mathematiklehrer, der im Angesicht meiner bloßen Anwesenheit einen Herzkasper bekam, und mein Tom, unerreichbar fern – es war zum Heulen. In diesem Zustand traf ich auf die verhasste Schrankwand in meinem Zimmer.

Ich starrte das Ungetüm an, als habe es Schuld auf sich geladen. Als mein Bruder ausgezogen war, war ich glücklich gewesen: Endlich bekam ich ein eigenes Zimmer, nur für mich! Das Glücksgefühl hatte jedoch nicht lange angehalten, denn meine Eltern hatten mir kurz darauf offenbart, dass sie den frei werdenden Platz mit einer Schrankwand belegen würden. Alles Protestieren hatte nichts geholfen. »Aber ich denke, das soll jetzt mein Zimmer werden! Ich will keine Schrankwand in meinem Zimmer haben!«

»Was hier dein und mein ist, entscheiden immer noch wir«, hatten meine Eltern mich wissen lassen.

»Ich will nicht schuld sein am Tod auch nur eines einzigen Baumes!«, krakeelte ich.

»Dann hör auf, Papier zu benutzen, und schlage deine Hausaufgaben in Stein«, hatte Vater mir entgegengehalten.

Ein paar Wochen später wurde die Schrankwand aufgebaut, und mit jedem Tag wuchs meine Ablehnung dagegen. Selbst meine bunten Aufkleber vermochten ihre Wuchtigkeit nicht zu entkräften. Wozu diese ganzen Türen? Total unpraktisch, nichts konnte man einfach so rausnehmen. Das Leben war zu kurz, um sich dauernd mit dem Öffnen von Türen zu befassen, oder? Auf dem Hof meines Bruders ging es doch auch ohne Türen. Alles offene Regale, luftig und frei wirkte das. Und hier? Alles hoch geschlossen. Mein Entschluss reifte nicht langsam heran, sondern kam wie der Urknall über mich. Ich nahm einen Schraubenzieher und machte mich spontan ans Werk. Mit meinen Eltern zu diskutieren war in dem Fall aussichtslos, also schaffte ich Tatsachen. Ich schleppte die Türen in den Keller, wobei sich in der Hektik hier und da ein Kratzer nicht vermeiden ließ. Egal, schließlich war es mein Zimmer. Als ich mit der letzten Tür in Richtung Keller unterwegs war, betrat Frau Riester das Haus.

Riesters wohnten unter uns und waren Erstmieter. Als Erstmieter war man wer. Der allererste Mieter in unserem Wohnhaus war Paul Riester, ihr Mann. Vor ein paar Jahren war er von seinem Sessel aus mit dem Kopf in Richtung Tischplatte gefallen, direkt auf ein offenes Zahnstocherfässchen. Als der Arzt ihn aufgerichtet hatte, hatten lauter Zahnstocher mittig in seiner Stirn gesteckt. Ich hatte mich noch gewundert, warum Paul Riester den Schmerz so klaglos ertrug. Der Grund war einfach: Er war tot. Und seit seinem Tod hatte Frau Riester noch mehr Zeit, das Treiben der Nachbarschaft zu beobachten.

»Hallo, Monika, was machst du denn da?«, fragte sie mich misstrauisch.

»Das ist die Tür von der Schrankwand«, antwortete ich.

»Das sehe ich. Was sagt denn deine Mutter dazu?«, fragte sie mit gerunzelter Stirn.

»Ich soll sie in den Keller bringen«, entgegnete ich.

Frau Riester sah sich die Tür an. »Eva hat ja Nerven! Du kannst die Tür doch nicht einfach so in den Keller stellen, die staubt sofort ein und zerkratzt«, sagte Frau Riester.

Wenn das ihre einzige Sorge war, sollte es mir recht sein. »Ich soll ja auch eine Decke rüberhängen«, erwiderte ich blitzschnell.

»Hätte mich auch gewundert, aber dann ist ja alles gut«, sagte Frau Riester und hielt mir die Kellertür auf. Geschickt drapierte sie eine Decke zwischen die Türen und ließ meine Eltern von ihr grüßen.

»Mach ich«, antwortete ich und ging wieder nach oben.

Als ich vor der türlosen Schrankwand saß, fand ich die offenen Fächer mit der Bettwäsche und den Handtüchern nervig. Also nahm ich meine bunten Tücher und hängte sie damit zu. Da die Tücher jedoch immer wieder abfielen, half ich mit ein paar Reißzwecken nach. Auf die Schubfächer malte ich mit Deckweiß ein paar lustige Figuren, und in die frontalen Montagelöcher der Türen steckte ich Räucherstäbchen. Ich war sehr zufrieden.

Allerdings konnte mein Vater diese Zufriedenheit nicht teilen. Als er mein Werk erblickte, pumpte er wie ein Maikäfer. »Keine Sorge, ich habe die Schrauben und die Scharniere alle in einen Beutel getan und ordentlich zugeklebt.« Mein Vater gestikulierte mit den Armen, als müsse er einen Schwarm Wespen abwehren.

»Mir gefällt es«, sagte ich ruhig.

Dieter Kleewe brachte keinen Ton heraus, sondern schloss die Tür hinter sich. Er würde sich schon daran gewöhnen, dachte ich und fand mich genial. Nach fünf Minuten war er wieder da. »Monika, du hast genau eine Stunde Zeit, um den alten Zustand wiederherzustellen«, sagte er.

»Aber wieso denn?«, fragte ich erstaunt.

»Weil ich es dir sage!«

»Ach, und wenn du mir sagst, Monika, spring vom Dach, dann soll ich das auch tun?«, gab ich beleidigt zurück.

»Nicht in diesem Ton!«

»Das ist mein Zimmer, und das bleibt so«, schob ich

mit verschränkten Armen nach. In dem Moment kam meine Mutter nach Hause. Sie stieß nur einen ihrer gefürchteten spitzen Schreie aus, als sie die »modernisierte« Schrankwand sah. Dann musste sie sich an meinem Vater abstützen, der sie vorsichtig auf einen Stuhl setzte und ihr ein Glas Wasser brachte. Ich verstand die ganze Aufregung nicht. Es war mein Zimmer, und die Schrankwand stand immer noch drin. Nur leicht verändert. Wo also lag das Problem?

»Monika! Das sieht ja aus wie bei den Hottentotten«, presste Mutter hervor.

»Soll es doch auch«, erklärte ich.

*

Was das erste Halbjahr der elften Klasse betraf, so hatte man uns mächtig Angst gemacht. Es werde schwer werden, und rasch werde sich die Spreu vom Weizen trennen. Wobei Feisel »Brief und Siegel« darauf verwettete, dass ich zur Spreu gehören würde.

»Kleewe, du wirst hier nicht weit kommen.« Zum Glück täuschte er sich, und so konnte ich noch einige Jahre staunend unserem Kunstlehrer Silvan Patrice zusehen. Er war ein Verrückter. Das wussten alle sofort – offensichtlich nur die nicht, die ihn eingestellt hatten.

Patrice wollte »aus einer Schar von Blinden« – gemeint waren wir Schüler – »künstlerisch sehende Menschen« machen. Dieser Aufgabe widmete er sich mit so viel Enthusiasmus und ungewöhnlichen Ideen, dass er zu meinem Lieblingslehrer wurde. Es ging das Gerücht um, er habe keine pädagogische Ausbildung, sondern sei, sozusagen als Versuchsballon, allein in seiner Eigenschaft als Künstler auf die Schüler losgelassen worden. In der Kunstszene kein Unbekannter, in der Schule ein Außerirdischer, so ließe er sich beschreiben.

Er sprang auf den Tisch, um uns die Standbein-Spielbein-Stellung zu erläutern. Dabei riss er sich die Hosenbeine hoch und rief: »Was seht ihr?«

»Beine«, antwortete Mäuseschwänzchen brav.

»Was noch?«, fragte Patrice hektisch und zerrte weiter an seinen Hosenbeinen.

»Einen Irren auf einem Tisch«, sagte Ludger und erntete damit Beifall.

»Klatscht ihr nur, ihr Spießbürgerkinder! Die anderen, was seht ihr?«

»Haare«, sagte Mäuseschwänzchen.

»Bravo, Marina!«, rief Patrice und klatschte in die Hände, als habe Mäuseschwänzchen bei »Jugend forscht« den ersten Preis gewonnen. »Genau, Haare! Das ist Leben. Wenn ihr eure Beine malt, und ihr habt da Haare, dann versteckt sie nicht auf den Bildern, gebt ihnen Raum!!!« Dann sprang er vom Tisch und skizzierte mit ein paar Strichen sein behaartes Bein an der Tafel. »So muss das aussehen. Kleewe, komm mal her. Los, mal dein Bein«, sagte er hektisch.

»Wie, jetzt?«, fragte ich überrascht.

»Los, mach schon. Nicht überlegen, lass dein Bein in die Tafel fließen«, wiederholte er ungeduldig.

Ich gab mein Bestes, aber irgendwie schien mein Bein an die Tafel zu hinken, statt zu fließen. Mühsam setzte ich die Striche. »Fertig«, sagte ich und fand mein Werk gar nicht schlecht.

»Was ist das?«, fragte Silvan Patrice die Klasse.

»Monikas Bein«, sagte jemand.

»Wer ist noch der Meinung, dass es sich hierbei«, und er donnerte mit der Faust auf die Tafel, dass es rappelte, »dass es sich hierbei um Kleewes Bein handelt?« Zögerlich hoben die meisten die Hand. Sie dachten vermutlich dasselbe wie ich. Was sollte es auch sonst sein, wenn nicht mein Bein? »Seid ihr alle blind?!«, tobte Patrice. »Das ist doch nicht das Bein von Monika Kleewe! Das ist bestenfalls das Bein eines Storches«, sagte er und zerrte mich auf den Tisch. Er krempelte mein Hosenbein bis zum Knie hoch und packte mich am oberen Knöchel. Plötzlich stand ich auf einem Bein da. Ich musste mich auf dem Kopf von Patrice abstützen, um nicht rückwärts vom Tisch zu fallen. Aber das störte den Irren alles nicht. Er war begeistert von meinem Bein.

»Hier, seht euch diese perfekte Linienführung an, dieser Übergang zum Schienbein, das ist ein Gedicht!« Alle glotzten auf mein Schienbein, als sei es eine Offenbarung. »Lewander, komm her, und mal Kleewes Bein, los!«

Ludger erhob sich und malte zögerlich das, was er malen konnte. »So?«, fragte er verunsichert.

»Mensch, Lewander, da sind ja die Stamper meiner Großmutter schöner.« Patrice riss ihm die Kreide aus der Hand, und zack, 20 Sekunden später prangte mein Bein perfekt an der Tafel. Ein Raunen ging durch die Klasse.

»So muss das aussehen.« Dann half er mir freundlich vom Tisch und bedankte sich »für deine Güte, uns dein Bein zu offenbaren«. Ich sagte ja schon, er war verrückt. Aber sein Unterricht war spannend. »Nach den Ferien haben alle ihre Beine gemalt, mit Bleistift! Und vor allem, denkt an die Haare! Gebt ihnen Raum. Haare sind Leben, Leidenschaft und Wollust!« Von da an betrachtete ich behaarte Beine mit ganz anderen Augen …

*

Mein Vater war angenehm überrascht von meinen ersten Klausurergebnissen. »Sehr schön, Monika. Wir haben uns übrigens überlegt, dass wir dein Notengeld nun anders ansetzen werden.« Notengeld gab es seit der Grundschule: für eine Eins eine Mark und für eine Zwei 50 Pfennig. Ich fand die Bezahlung nicht eben üppig, zumal ich selten in den Einserbereich vordringen konnte, fand die Idee an sich aber nicht falsch.

Auf dem Hof hatte diese Vorgehensweise aber zu einer kleinen Diskussion geführt, besonders von Seiten Ninas. Sie fand, das Notengeld sei »gequirlte kapitalistische Scheiße«. Ich hingegen glaubte, sie sagte das weniger aus einer ernsthaften politischen Überzeugung heraus, sondern weil sie sich nur mit Dreien und Vieren über Wasser hielt.

»Ich kann das Geld ganz gut gebrauchen«, meinte ich.

»Dein Vater zahlt dir Geld für gute Noten? Wie seid ihr denn drauf?«, fragte Horst.

»Wieso, wer was leistet, soll dafür entlohnt werden«, sagte ich voller Überzeugung.

»Monika, genau das ist imperialistisches Leistungsdenken«, mahnte Horst.

»Wenn es eine Leistung ist, kann sie von mir aus auch imperialistisch sein«, gab ich zu bedenken und ließ einen etwas ratlosen Oberkommunarden zurück.

»Also, eine Eins wird vermutlich nur noch schwer zu erreichen sein. Deswegen honorieren wir ab sofort eine Eins mit zwei Mark, eine Zwei mit einer Mark und eine Drei mit 50 Pfennig. Wie findest du das?«, fragte Vater strahlend.

»Das ist nett von dir, aber ich finde, man müsste das

differenzierter angehen.« Mein Vater sah mich an, als würde er gleich von einem Bus überfahren.

»Was meinst du damit, differenzierter angehen?«

»Eine Vier in Mathematik ist für mich doch wie eine Eins«, erklärte ich.

Ich sah, wie mein Vater innerlich zu kochen begann. »Soll das heißen, du willst zwei Mark für eine läppische Vier in Mathematik?!«, fragte er.

»Ich gebe zu bedenken, daß die Vier in Mathematik für mich viel aufwendiger zu erreichen ist, und bei dem momentanen System wird das überhaupt nicht belohnt«, erklärte ich sachlich.

»Dann streng dich mehr an.«

»Ein kleiner finanzieller Anreiz könnte helfen.«

»Sind wir Rockefeller?«

»Du hast mich doch gefragt, wie ich das finde. Nun sage ich, wie ich das finde, und es ist auch wieder nicht richtig«, entgegnete ich patzig.

»Monika, warum kannst du nicht einfach mal mit etwas zufrieden sein? Warum musst du immer über alles diskutieren?«, fragte Vater mehr verzweifelt denn wütend.

Bis ich die Landkommune meines Bruders kennengelernt hatte, hatte ich seinen Ausführungen stets widerspruchslos gelauscht. Doch damit war seit einigen Jahren Schluss. »Man muss immer alles ausdiskutieren, sonst weiß man nicht, wie der andere es gemeint hat«, erklärte ich.

»Aber so viel Zeit hat doch kein Mensch. Und überhaupt, wohin soll das führen?«

»Zu einer gerechteren Welt«, sagte ich voller Überzeugung.

»Zu einer gerechteren Welt? Ich bin dein Vater, was habe ich mit der Welt zu tun? Ich bin ein kleiner Angestellter im öffentlichen Dienst, der Wände streicht. Wie soll ich dazu beitragen, dass in Afrika die Menschen genug zu essen haben? Das können nur große Staatsmänner. Zum Beispiel der amerikanische Präsident.«

»Ausgerechnet der!«

»Ja, der. In seiner Haut möchte ich auch nicht gerade stecken. Überleg mal, was für eine Verantwortung Ronald Reagan zu tragen hat!«

»Der wäre besser weiterhin in seinen Filmen durch die Prärie geritten. Ein Cowboy an der Spitze einer Supermacht, das ist doch absurd.«

»Monika, er ist demokratisch gewählt worden, das kannst selbst du nicht ignorieren.«

»Davon wird seine Politik auch nicht besser! Dieses idiotische Modell: Wir rüsten so lange auf, bis der Russe abrüstet – wo soll das hinführen? Ich kann es dir sagen: direkt in die atomare Katastrophe. Weißt du eigentlich, dass inzwischen auf jeden Haushalt in der BRD …«

»Monika, zum hundertsten Mal: Das heißt Bundesrepublik Deutschland!«

»Was hängst du dich immer an den drei Buchstaben auf, BRD … Bundesrepublik … Du weißt doch, was ich meine. Du willst einfach nicht begreifen, was für ein Irrsinn Rüstung ist«, erregte ich mich.

»Wann wirst du endlich begreifen, dass der Russe kein lieber Onkel ist!«, tobte Vater.

»Und wann wirst du endlich begreifen, dass der Amerikaner ein Kriegstreiber ist?!«, gab ich zurück.

Vater und ich waren wieder an dem Punkt, wo einer von uns gleich aufstehen und den Raum verlassen würde. Ich hatte mich schon erhoben, um ihm ein letztes Wort entgegenzuschleudern. Da hielt Mutter mich fest, zerrte mich wieder auf den Stuhl und sah mich drohend an. Nach ihrem nächsten Satz wusste ich, dass Mütter die perfidesten Erziehungsmaßnahmen anwenden. »Noch ein Wort, und deine weiße Jeans kommt in die Altkleidersammlung!«, sagte Mutter bestimmt. Ich war vollkommen überrascht von einer derartigen Drohung und schwieg.

Es war die Zeit des NATO-Doppelbeschlusses, der nicht nur die Politik, sondern auch die Bevölkerung entzweite, meinen Vater und mich natürlich eingeschlossen. Schon 1979 hatte die Regierung beschlossen, dass atomare Mittelstreckenraketen in der Bundesrepublik stationiert werden sollten, falls die Sowjetunion ihre SS-20-Raketen nicht aus Osteuropa abziehen würde. In zwei Jahren sollte es so weit sein, und vielen war nicht wohl dabei.

Mutter fragte sich, ob dann die ganzen Raketen im Wald stehen würden. »Wer weiß, ob wir dann noch so schön durch die Lüneburger Heide wandern können, wenn überall diese Raketen stehen?«

Vater war von dem Doppelbeschluss auch nicht restlos begeistert, aber er sah zur Zeit des Kalten Krieges keine andere Möglichkeit. »Monika, mir tut das Ganze auch leid«, sagte er, so als müsse er in zwei Jahren persönlich eine Abschussrampe auf die Wiese vor unser Haus stellen.

»Aber Vater, damit werden wir doch erst recht zum Ziel eines Angriffs!«, sagte ich.

»Aber wir können uns wehren«, erwiderte mein Vater.

»Was hilft uns das, wenn wir alle tot oder auf Jahrhunderte verseucht sind?«, fragte ich.

»Ich sehe natürlich auch die Gefahr in den atomaren Waffen, aber wir müssen dem Osten etwas entgegensetzen, damit die nicht denken, sie können alles mit uns machen«, sagte mein Vater.

»Wir sind zivilisierte Völker, da muss man doch miteinander reden«, entgegnete ich.

»Das haben die Amerikaner lange genug getan. Irgendwann muss es auch mal Konsequenzen geben, sonst lernen die da drüben nie etwas dazu.«

»Aber Papa, der Warschauer Pakt ist doch kein Kind, das erzogen werden muss. Da leben Menschen wie du und ich.«

Mein Vater sah mich erstaunt an, als hätte ich versucht, uns Westeuropäer mit einer Herde Wildschweine zu vergleichen. »Das muss sich erst noch zeigen, ob das Menschen sind wie du und ich. Immerhin werden die Menschen im Ostblock seit Jahrzehnten unterdrückt, und wer sich nicht unterdrücken lässt, dem gnade Gott. Was glaubst du, wie viele Lager es allein in der Sowjetunion gab und vermutlich immer noch gibt. Da werden politisch unliebsame Gestalten einfach zum Schweigen gebracht. Das nennen sie dann noch vornehm Umerziehungslager«, sagte er mit Grabesstimme.

»Bei uns heißt es Stammheim«, erwiderte ich spontan und war selbst überrascht, dass mir der Vergleich mit dem Hochsicherheitstrakt für die Terroristen so plötzlich in den Sinn gekommen war. Ich hielt das für ungemein schlau, Vater hielt es für »bodenlosen Unsinn«.

*

Die Herbstferien kamen, und Oma hatte eine »hübsche Idee«: »Ich komme noch einmal mit zu den Verrückten«, kündigte sie an.

Mutter war entsetzt. »Mutti, du bist 81!«

»Na und, darf man mit 81 nicht mehr verreisen?«

»Doch, schon, aber doch nicht zu den Hottentotten, ohne fließendes warmes Wasser.«

»Hat Oma doch jetzt auch nicht, fließendes warmes Wasser«, mischte ich mich ein.

»Monika, ich bitte dich, das ist doch nichts mehr für Oma, die steile Treppe da im Haus …«

»Ich wohne im dritten Stock, Altbau«, sagte Oma ungerührt.

»Aber du hast kein Plumpsklo.«

»Ich fall schon nicht rein, Kind«, erwiderte Oma lachend.

Mutter rang die Hände zum Himmel, als habe sie ein unerzogenes Kind vor sich. »Was willst du da den ganzen Tag machen? Die haben nicht mal einen richtigen Fernseher!«

»Da läuft sowieso nichts Vernünftiges«, sagte Oma, die den Fernseher meistens nur als Einschlafhilfe benutzte.

»Genau, man kennt doch alles schon, immer nur Wiederholungen«, sagte ich und zitierte damit lediglich meinen Vater.

»Mutti, ich halte das für keine gute Idee. Außerdem warst du doch schon mal da«, unternahm meine Mutter einen letzten Versuch, Oma von ihrem Vorhaben abzubringen.

»Das ist aber schon eine Weile her. Eva, ich bin eine alte Frau und habe nicht mehr unendlich viel Zeit, um mir das Leben meines Enkels noch einmal anzusehen. Auch ich unterliege dem Naturgesetz, dass man nicht gesünder wird im Alter. Also, wenn ich jetzt nicht fahre, wann dann?«, fragte sie.

»Aber du weißt, es wird schon empfindlich kühl abends, und die haben da nur Ofenheizung.«

»Mensch, Mama, Oma hat jetzt auch Ofenheizung«, sagte ich belehrend.

»Jetzt hör auf, dich andauernd einzumischen«, erwiderte Mutter gereizt.

»Beruhig dich, Eva«, sagte Oma, und man spürte am Tonfall, dass sie gleich etwas sagen würde, was die Beziehung der beiden Frauen empfindlich stören würde. Oma nahm einen Schluck Kaffee und sah ihre Tochter durchdringend an.

»Was ist?«, fragte die irritiert.

»Eva, ich kann nichts dafür, dass du beschlossen hast, dein Leben der Sicherheit und Langeweile zu widmen. Ich werde das nicht tun.«

Eva Kleewes Nasenflügel vibrierten, als stünden sie unter Strom. Dann sagte sie in schneidend scharfem Ton: »Dann fahr doch, aber glaub ja nicht, dass wir dich abholen, wenn etwas ist, Mutter!«

Ich war total begeistert. Mit Oma in Wonkel, das hieß Spiel, Spaß und Spannung. Ich schrieb meinem Bruder sofort eine Postkarte, Telefon hatte er ja nicht.

Lieber Michael, holt schon mal die Scheren raus, besorgt Putzlappen und kauft Herva mit Mosel ein, Oma kommt!

Wir fuhren mit der Bahn. Michael holte uns ab. Er war begeistert, dass Oma ihn besuchte. »Die langen Loden müssen ab«, sagte sie zur Begrüßung und zog an Michaels Haaren, als wolle sie eine Gardine zur Seite schieben.

»Hallo, Oma«, antwortete Michael und fuhr ihr mit den Händen durchs Haar. »Du musst dir aber auch mal die Haare kämmen«, sagte er anschließend schelmisch grinsend.

Oma sah aus wie frisch geschleudert. Als sie sich im

Autospiegel betrachtete, meinte sie: »Na ja, mit der Frisur falle ich bei den Irren nicht besonders auf.«

Horst begrüßte Oma mit einer Mischung aus Ehrfurcht und Sorge. »Hallo, Frau Hammer, wie geht es Ihnen?«

»Jetzt, wo ich sehe, dass Sie Ihr Chaos hier wohlbehalten überlebt haben, gut«, sagte sie und schritt in die Küche.

Bylle und Uwe erhoben sich von ihren Stühlen, als käme hoher Besuch. Man sah der Küche an, dass aufgeräumt worden war. Die üblichen Abwaschberge waren verschwunden, der Tisch war abgewischt, der Komposteimer leer, die Flaschen mit Holundersaft verstaut, und jemand hatte die Messer in einen Messerblock sortiert. »Tag, Frau Hammer, schön, Sie zu sehen.«

»Freuen Sie sich nicht zu früh«, wehrte Oma ab, kniff ein Auge zu und ließ sich auf einen Stuhl fallen. Sie wolle sich einen Moment ausruhen und sich dann an die Arbeit machen.

Alle sahen Oma fragend an. »Arbeit? Was für Arbeit?«

»Hausputz. Wo kann ich mich ausruhen?«, fragte Oma und erhob sich mühsam wieder. Bylle wollte ihr aufhelfen. »Nicht doch, das können Sie machen, wenn ich alt bin«, erwiderte Oma etwas unwirsch und ließ sich ihr Zimmer zeigen.

Die übrigen Hofbewohner sahen ihr staunend nach. »Was meint eure Oma mit Hausputz?«, fragte Uwe schließlich entsetzt. Michael und ich zuckten mit den Schultern, wir waren selber gespannt. Es herrschte eine ungute Stimmung in der Küche. Immer und immer wieder sahen wir uns um. Was meinte Oma nur? Hausputz … »Vielleicht die Kacheln am Kochherd?«, fragte Horst und begann die Fugen zu schrubben. Als er damit fertig war, wusste er nicht recht, ob damit alles getan war. »Vielleicht ist es ja auch der Holzschuber unter dem Herd – bestimmt sogar, schaut mal hier«, sagte er und zog ein Holzscheit hervor, über das eine Spinne hastete.

Er wollte sie gerade mit dem Finger wegschnippen, als mein Bruder rief: »Bist du verrückt, wer weiß, wer da reinkarniert ist!« In dem Moment ließ sich die Spinne an einem Faden herab.

»Was heißt das, reinkarniert?«, fragte ich.

»Wiedergeboren«, erklärte Uwe.

Ich verstand kein Wort. »Wie wiedergeboren?«, wollte ich wissen.

»Es gibt Menschen, die glauben, dass wir wiedergeboren werden.«

»Als Spinne?!«

»Als Spinne, als Schaf, als anderer Mensch – je nachdem.« Mein Bruder und Horst suchten den Herd nach der Spinne ab.

»Je nach was?«, fragte ich.

»Je nachdem, wie du dein Leben gelebt hast. Wenn du etwas nicht erledigt hast in deinem alten Leben, dann bekommst du in deinem nächsten Leben noch einmal die Chance dazu.« Das würde meinen Vater beruhigen. Denn das hieße ja, dass ich auch noch im nächsten Leben zum Mathematikgenie werden könnte. Horst fand die Spinne, kniete sich auf den Boden und leitete sie vorsichtig mit einem Blatt Zeitungspapier Richtung Tür. »Und wenn man richtig fies war in seinem Leben, dann wird man als ein niederes Tier wiedergeboren«, führte Uwe weiter aus. Als Amöbe!, schoss es mir durch den Kopf, und ich dachte an Feisel.

»Und wenn du alles erledigt hast, nichts mehr offen ist in deinem Leben, dann bist du fertig mit der Welt«, erklärte Horst und sah der Spinne zufrieden nach.

»Und dann werde ich nicht mehr wiedergeboren?«, fragte ich.

»Nein. Dann bist du erleuchtet«, sagte Horst und freute sich, da die Spinne die Schwelle ins Freie erreicht hatte.

In dem Moment kam Nina um die Ecke, schrie sofort panisch auf und trat das Tier tot.

»Und nun?«, fragte ich mit Blick auf den kleinen schwarzen Fleck auf der Schwelle.

»Nun, nun ist die Spinne tot«, sagte Uwe zerknirscht.

*

Dafür war der nächste Gast umso lebendiger. Tom stand in der Tür und strahlte mich an. Ich strahlte zurück. Natürlich hatte ich gehofft, dass er da sein würde, aber ich wollte ihm nicht zu viel Raum in meinen Gedanken geben – vor lauter Angst, ihn gleich heiraten zu wollen. In dem Moment kam Oma in die Küche und musterte den Neuen.

»Wer ist das?«, fragte sie.

»Oma, das ist Tom. Tom, das ist meine Oma.«

»So, so. Tom … Tom … Muss mir der Name was sagen?«

»Tom besucht … alle … und mich. Tom ist … also … er ist so was wie ein guter Freund«, eierte ich herum und war selber erstaunt, wie schwer es mir fiel, zu sagen, wer Tom war.

»Dass er nicht von der Post ist, dachte ich mir schon«, sagte Oma lachend und fügte leise hinzu: »Er scheint mir mehr der Eiermann zu sein.« Ich bekam einen knallroten Kopf, während Uwe sich vor Lachen kaum noch halten konnte. Oma begann den Herd anzuheizen. »Sieh einer schau, da hat aber jemand die Kacheln geputzt«, stellte sie anerkennend fest. Tom stand noch immer an der Tür und wusste nicht weiter. Oma sah ihn an. »Mann, ist der schüchtern«, murmelte sie vor sich hin und sah mich kopfschüttelnd an. »Nun hilf dem Jungen mal«, sagte sie schließlich und schubste mich zu ihm hin. Nachdem wir uns unter dem strengen Blick meiner Oma einen flüchtigen Kuss gegeben hatten, fragte sie enttäuscht: »Soll das alles gewesen sein? Wie langweilig.«

»Oma!«, rief ich ehrlich empört.

»Er darf Emmy zu mir sagen – aber seine langen Loden müssen ab«, sagte Oma und setzte Wasser auf. »Noch jemand einen Tee?«

Tom gewöhnte sich allmählich an Oma und ihre direkte Art. »Wenn du Monika ein Kind machst, bekommst du es mit mir zu tun, verstanden?«

»Jawohl.«

Eines Tages lagen wir im hohen Gras und beobachteten, wie Oma mit einem Klappstuhl unterm Arm über die Wiese lief. Dann stellte sie den Stuhl hin und setzte sich drauf. Nach wenigen Minuten erhob sie sich wieder und suchte einen neuen Platz. Das Ganze wiederholte sie etliche Male. »Was macht deine Oma da?«, fragte Tom.

»Keine Ahnung.« Schließlich erhob ich mich und ging zu ihr.

»Kann ich dir helfen, Oma?«

»Nein danke, ich baue das Haus sowieso nicht mehr.«

»Welches Haus?«

»Na, mein Haus. Ich habe immer von einem Haus geträumt, aber in meinem Leben war kein Platz für ein Haus«, sagte sie ohne Gram.

»Und nun?«

»Ich kann mir noch immer einen Platz aussuchen, wo es hätte stehen können. Also, hier wäre die Terrasse. Das kleine Birkenwäldchen da hinten wäre dann genau in der Mitte meines Blickfeldes.« Ich setzte mich neben ihr ins Gras und starrte auf das Birkenwäldchen.

»Und hier drüben«, sie stand auf und wies mit dem Arm nach rechts, »hier hätte ich einen schönen Blick vom Schlafzimmerfenster auf die Weide gehabt.« Oma schritt den vermeintlichen Grundriss auf der Wiese ab. »Hier hinten hätte ich ein eigenes kleines Zimmer gehabt. Mit einem Radio, einem Schaukelstuhl und einem Tisch mit einem großen roten Hibiskus – dem hätte ich in Ruhe beim Blühen zugesehen. Und im Schlafzimmer hier«, sie ging einen Schritt zur Seite und stellte sich in die Mitte eines imaginären Raumes, »hier hätte ich mir einen knackigen Jüngling gehalten …«, sagte Oma und grinste breit. Ich sah Oma an und fragte mich, ob sie jetzt verrückt wurde.

Inzwischen war Tom zu uns herübergekommen. »Was macht ihr hier?«, fragte er.

»Oma zeigt mir, wo sie ihr Haus gebaut hätte«, gab ich mit ironischem Unterton zur Antwort.

»Und wo?«, fragte Tom interessiert.

»Hier, genau hier. Zwischen dem Birkenwäldchen und der Weide«, antwortete Oma, als habe sie gerade den ersten Spatenstich gemacht.

»Aber Oma, du sagst doch selber, dass du kein Haus mehr bauen wirst«, sagte ich.

»Darum geht es doch gar nicht«, meinte Tom.

»Worum geht es dann?«, fragte ich gereizt.

»Um Träume«, sagten Oma und Tom im Chor und umarmten sich wie alte Freunde.

*

»Wovon träumst du?«, fragte ich meinen Vater, als ich wieder zu Hause war.

»Wenn ich schlafe, dann schlafe ich. Ich weiß nicht, was sich da nachts in mir abspielt.«

»Und am Tag, wovon träumst du am Tag?«, fragte ich weiter.

»Da träume ich nicht, da arbeite ich.«

»Mensch, Papa, du musst doch auch mal von irgendwas träumen! Hast du denn keine Wünsche?«

»Doch, aber die gehen keinen was an.«

»Los, sag schon, Papa, einen Wunsch wenigstens ...« Er machte eine abwehrende Handbewegung. »Träumst du von andern Frauen?«, fragte ich.

»Was fällt dir ein! Nie! Deine Mutter und ich sind sehr glücklich miteinander.«

»Glaubst du nicht, dass man auch mit zwei Frauen glücklich sein kann?«

»Unsinn. Das kostet nur Zeit, Nerven und vor allem Geld«, wehrte mein Vater ab.

»Also, wenn du viel Geld hättest, würdest du über eine zweite Frau nachdenken?«

»Nein. Was soll die ganze Fragerei? Welchen Floh haben dir die Hottentotten diesmal ins Ohr gesetzt? Monogamie ist spießig, es lebe die Vielweiberei, oder was?«

»Wie wäre es mit Vielmännerei?«, fragte ich unbedarft.

Mein Vater sah mich wieder mit diesem unguten Blick

an. Er holte dreimal tief Luft, dann fragte er mit Grabesstimme, ob ich womöglich davon »betroffen« sei, als handle es sich um eine schwere Krankheit.

»Nein, aber Tom lebt in Göttingen, wir sehen uns eher selten und …«

»… und das ist auch gut so, mein Kind, dann kannst du dich viel besser auf deine Schule konzentrieren«, erklärte mir mein Vater.

»Schule! Ich gehe doch nicht für den Rest meines Lebens zur Schule. Da kommen noch ganz andere Sachen auf mich zu.«

»Das kann man wohl sagen. Ausbildung, Beruf, Ehe, Kinder. Da wirst du gar keine Zeit haben, den Pfad der Monogamie zu verlassen. Und überhaupt, dieser neumodische Kram ist nicht gut. Er schafft nur Unruhe. Für eine Frau ist es wichtig, dass sie gesichert an der Seite eines Mannes lebt«, sagte mein Vater mit erhobenem Zeigefinger.

»Warum?«

»Man muss einen festen Ankerplatz im Leben haben, damit einem die Stürme des Lebens nichts anhaben können«, erläuterte er.

»Wenn man die Segel richtig setzt, können einem die Stürme auch nichts anhaben.«

»Ich kenne keine Frau, die sich über einen aufmerksamen und gutverdienenden Ehemann beschwert.«

»Bei Michael auf dem Hof sind aber einige Frauen …«

»Bei Michael auf dem Hof! Das sind doch keine richtigen Frauen! Die finden gar keinen normalen Mann mehr mit ihrer verschrobenen Art.« Es hatte keinen Sinn, mit meinem Vater über derlei Dinge zu diskutieren. Im Hinausgehen hörte ich noch, wie er sagte: »Ich kenne keinen Mann, der eine Frau haben will, die ihm erklärt, wie sein Auto funktioniert, oder die bei

Neumond um den Wohnblock schleicht, um kosmisch korrekten Löwenzahn zu pflücken.«

*

In der Schule trieb Silvan Patrice wieder sein Unwesen mit uns. Ich sagte schon, dass man ihn quasi als Versuchsballon, ohne pädagogische Ausbildung, kraft seines Künstlerdaseins auf uns Schüler losgelassen hatte.

»Dann zeigt mal her die Beine, Zeit genug war ja«, sagte er und lief durch die Reihen, um unsere Werke zu betrachten. Mäuseschwänzchen hatte ihre Zeichnung als Erste draußen, fein säuberlich in einer Schutzhülle, auf der Schutzhülle ein Aufkleber mit ihrem Namen. Patrice riss das Blatt an sich und prustete sofort los. »Ich sagte, zeichnet eure eigenen Beine und nicht die des Großvaters!«

»Aber, das sind meine Beine«, verteidigte sich Mäuseschwänzchen.

»Niemals! Das sind Mensch gewordene Gurken, aber mit Sicherheit keine Beine!«

»Aber wenn sie sagt, es sind ihre Beine, dann sind es eben ihre Beine«, mischte ich mich ein.

»Unsinn!«, erwiderte Patrice lachend und begann genüsslich das Blatt zu zerreißen.

»Aber Sie können doch nicht meine Beine zerreißen, wie wollen Sie die dann noch benoten?«, fragte Mäuseschwänzchen ernsthaft.

»Gurken! Marina, ganz grässliche Gurken sind das!!! Dafür gibt es nur eine einzige Note: Sechs!«

Dann sahen alle mit an, wie Ronny sich erhob und ganz langsam auf den Künstler zuging. Als er noch einen Schritt von Patrice entfernt war, stemmte Ronny die Hände in die Hüften und sagte: »Wenn Marina sagt, das sind ihre Beine, dann sind das auch ihre Beine, ist das klar.«

In der Klasse war es mucksmäuschenstill. Patrice hielt dem Blick von Ronny stand und entgegnete: »Wenn ich sage, das sind Gurken, dann sind es auch Gurken, klar?!«

Ronny trat noch einen halben Schritt dichter an Patrice heran. Ich hielt den Atem an. Die erste Reihe neigte sich schutzsuchend zur Seite, Mäuseschwänzchen biss sich die Lippen blutig. Dann sagte Ronny: »Sie entschuldigen sich jetzt bei Marina, ansonsten gibt's was auf die Zwölf.«

Man sah Patrice an, dass er nicht wusste, was Ronny mit »auf die Zwölf« meinte. »Zwölf? Was soll das? Außerdem, ich wüsste nicht, wofür ich mich entschuldigen sollte«, gab Patrice zurück und trat vorsichtshalber einen Schritt zurück.

Ronny folgte ihm, die Hände noch immer in die Hüften gestemmt. Ich stand auf und hielt ihn von hinten am Hosenbund fest. »Für die Gurken«, sagte Ronny.

»Und für die Demütigung«, warf ich hinterher.

»Demütigung? Also, Kleewe, ich bitte dich, immer dieses theatralische Element in deinen Worten ...«

»Monika hat recht. Es war eine Demütigung übelster Sorte«, sagte Ludger.

»Lewander, jetzt spiel hier nicht den starken Hengst«, sagte Patrice, wirkte aber verunsichert.

»Als Mann ein Mädchen so anzumachen ist echt das Letzte«, sagte Daniel, ein Punk der ersten Stunde.

»Du lern dir erst mal die Haare kämmen«, erwiderte Patrice.

»Und Sie lernen erst mal, wie man mit Schülern umgeht«, sagte Ludger. Dann lächelte er mich an und zerriss ganz ruhig seine eigene Zeichnung, die Schnipsel ließ er auf den Tisch rieseln. Das war der Moment, in dem ich mich in ihn verliebte, und das Furchtbare war, ich konnte nichts dagegen tun. Es war wie eine Explosion. Monika Kleewe, dem Arbeiterkind, bebte der Bauch, klappten die Hirnlappen zur Seite, als ein Frohnauer Schnösel Papierschnipsel herstellte. Es war zum Verzweifeln.

»Was soll das?«, fragte Patrice irritiert.

»Ich hätte auch gern eine Sechs«, sagte Ludger.

»Ich auch!«, rief Daniel, der allein mit seinem Haarspray tagtäglich das Ozonloch vergrößerte. Er zerriss sein Bild, und weil er schon mal dabei war, nahm er sich auch das von seinem Hintermann vor, einem lupenreinen Popper. »Der will auch eine Sechs«, fügte Daniel breit grinsend hinzu. Noch bevor der verdutzte Popper etwas sagen konnte, klinkte auch ich mich ein. Leichten Herzens zerriss ich mein Bild. Die Beine sahen sowieso aus, als müssten sie mal chirurgisch versorgt werden.

»Nicht doch!«, rief Mäuseschwänzchen. »Ihr versaut euch doch die Note!«, fügte sie ängstlich hinzu.

»Halt dein Maul«, fuhr Ronny sie an.

»Aber Ronny, ich wollte doch nur …«

»Maul halten!« Mäuseschwänzchen nickte und sah still zu, wie die meisten in der Klasse ihr Bild zerrissen.

Vorsichtig zog ich Ronny von Patrice weg. Der tupfte sich inzwischen den Schweiß von der Stirn. Als endlich wieder Ruhe eingekehrt war, murmelte Patrice leichenblass vor sich hin: »Das war ein versuchter tätlicher Angriff auf einen Lehrer«, und zückte das Klassenbuch. Das bedeutete damals einen Tadel, vermutlich sogar den Schulverweis.

»Na ja, besonders geschickt haben Sie sich aber auch nicht verhalten«, gab ich zu bedenken.

»Wieso?«, fragte Patrice ernsthaft, der sich keiner Schuld bewusst war.

»Marina hat sich bestimmt irre Mühe gegeben mit ihren Gurken … äh, Beinen, und Sie zerreißen es einfach und lachen … ist doch wirklich nicht nett … und Ronny hat ein Faible für … für Gerechtigkeit, an sich doch eine gute Eigenschaft … vielleicht etwas ungeschickt vorgetragen … und dass andere auch ihre Blätter zerrissen haben, ist doch an sich eine mutige Leistung, solidarisch«, stammelte ich weiter.

»Und was hilft es Marina, wenn Ronny jetzt ihretwegen von der Schule fliegt?«, fragte Ludger von hinten und fuhr sich langsam mit seiner traumhaft behaarten Hand durch die halblangen blonden Haare. Ich fragte mich, ob er schon Haare auf der Brust hatte, und spürte, wie mir heiß wurde.

»Genau«, schluchzte Mäuseschwänzchen, »ich fühle mich trotzdem gemütigt.«

»Gedemütigt«, korrigierte Ludger.

»Und wer weiß, vielleicht sehen Marinas Beine wirklich aus wie Gurken«, fügte Daniel sachlich hinzu.

»Komm mal nach vorne«, sagte schließlich Patrice zu Mäuseschwänzchen. Schluchzend ging sie nach vorne. »Stell dich auf den Tisch«, befahl er. Vorsichtig krempelte er ihr die Hose bis zu den Knien hoch, lief um sie herum, überlegte und befand schließlich, dass die Form der Beine möglicherweise zeichnerisch ganz gut getroffen war. »Sagen wir, die Zeichnung war eine Vier.«

»Vier plus«, zischte Ronny.

»Also gut, Vier plus, und wir einigen uns darauf, dass auch Gurken schön sein können, okay?« Die meisten nickten. »Und Lewander, du gehst ins Sekretariat und holst Tesafilm für die ganzen Schnipsel hier.«

Am Abend lag ich auf meiner schwarz-rot karierten Liege und versuchte an Tom zu denken. Wie süß er doch war, wie liebevoll, wie schlau, wie zärtlich ... wie weit weg! Ich schrieb ihm einen flammenden Liebesbrief. Den ersten meines Lebens. Darin geißelte ich die Monogamie, weil ich nicht wollte, dass er sich von mir bedroht fühlte. Aber ich beklagte die Liebe in der Ferne und die allabendlich unerfüllte Sehnsucht.

Ich ging zur Post, kaufte eine Briefmarke und fand mich erwachsener denn je. Als ich vor dem Briefkasten stand und die Klappe für »Andere Richtung« anhob, hoffte ich, dass das mit Ludger nur eine Laune war und bald vergehen würde. Ich warf den Brief ein, ging wieder nach Hause und versuchte nicht an Ludger zu denken. Dieses Lächeln – Wahnsinn.

*

Im Herbst 1981 setzte sich Innensenator Heinrich Lummer immer stärker mit seiner Politik durch. Nach und nach ließ er besetzte Häuser räumen, was meistens in Straßenschlachten endete. Ich wollte zu einer Demonstration gehen. Ich kannte zwar keinen einzigen Hausbesetzer und war auch nie in einem besetzten Haus gewesen. Aber ich hatte verstanden, dass Wohnungsspekulanten Häuser leer stehen ließen, um nach einer Modernisierung Mieten verlangen zu können, die kein Normalsterblicher mehr würde bezahlen können. Und das in einer Zeit, da Wohnraum in Berlin knapp war. Die Stadt konnte sich nicht einfach ausweiten wie andere Städte, sie war begrenzt durch die Mauer. Mehr Häuser ließen sich nicht bauen, also musste man mit dem zurechtkommen, was schon da war. Da schmerzte jedes leerstehende Haus doppelt. Ich fand das ungerecht, gemein und niederträchtig.

Selbst mein Vater fand es »nicht in Ordnung«.

»Und warum unternimmst du dann nichts? Komm mit auf die Demonstration, zeig Flagge, Vater«, sagte ich und wusste selber, dass es eine vollkommen absurde Idee war. Vater auf einer Demonstration – da hätte man auch gleich Hans Dietrich Genscher für einen Segelkurs anmelden können. Groß genug waren seine Ohren ja …

»Wir leben nun mal in einem freien Land, und da kann jeder mit seinem Eigentum machen, was er will«, sagte Vater dann auch.

»Aber Eigentum verpflichtet zur Erhaltung«, sagte ich.

»Das sagt ja genau die Richtige! Wenn du mal einen Blick auf die völlig verstümmelte Schrankwand werfen würdest – da kann ja wohl von Erhaltung keine Rede sein!«

Bis dahin war das Thema ausgespart geblieben. Ich hatte die Türen nicht wieder angebaut, sehr zum Verdruss meiner Eltern, und ich verdrehte die Augen. »Die Schrankwand ist doch kein Wohnraum.«

»Aber Eigentum!«, sagte mein Vater und rang die Hände zum Himmel. »Teures Eigentum, was du nicht einmal ansatzweise zu würdigen weißt.«

»Ich wollte dieses Monstrum nie in meinem Zimmer haben!«

»Das ist nicht dein Zimmer. Das ist unsere Wohnung, wann begreifst du das endlich?!«

»Verzeih, dass auch ich hier wohne«, sagte ich in

dem typisch beleidigten Tonfall eines gekränkten Kindes im Hormonwirbel seiner Zeit.

»Monika, so war es doch nicht gemeint. Ich bin sehr glücklich, dass du hier wohnst, meistens jedenfalls. Aber du wirst doch wohl zugeben müssen, dass unser Wohnraum begrenzt ist. Wir haben nur zwei Zimmer, weswegen deine Mutter und ich ein paar Quadratmeter von deinem Zimmer beanspruchen müssen, oder möchtest du, dass wir im Stehen schlafen?«

Ich verstand meinen Vater, er hatte ja recht, aber ich war nicht bereit, es zuzugeben. Dafür war ich einfach noch ein paar Jahre zu jung. Dass Eltern auch mal recht haben könnten, das kann man bis zum zwölften Lebensjahr zugeben. Danach erst wieder ab 20, die Zeit dazwischen ist ein Minenfeld. Und so löste mein Vater eine Explosion nach der anderen aus, ohne zu wissen, warum. »Es herrscht Wohnungsnotstand, da können wir doch jede freie Wohnung dringend gebrauchen«, sagte ich.

»Wir brauchen keine Wohnung, wir haben eine sehr schöne Wohnung«, entgegnete mein Vater.

»Aber die Hausbesitzer verteuern den Wohnraum unnötig durch den Leerstand und die anschließende Sanierung«, sagte ich.

»Man kann sich nicht einfach etwas nehmen, was einem nicht gehört«, sagte mein Vater.

»Ich bin dagegen.«

»Dagegen, dagegen, dagegen! Das ist alles, was du kannst, dagegen sein. Wenn es dir hier nicht passt, dann geh doch rüber«, meinte Vater erregt.

»Damit ihr endlich mein Zimmer habt«, giftete ich zurück.

»Hör auf mit dem Unsinn! Wir wollen einfach nur friedlich miteinander leben, was ist denn daran so schwer zu verstehen? Sei doch mal für etwas, Kind, das ist doch konstruktiver!«

»Ich bin füüüüüüüüüüüüüüüür preiswerten Wohnraum, und das werde ich öffentlich zum Ausdruck bringen«, sagte ich und dehnte das »für« so lang, wie es mein Atem zuließ.

Ich hatte genug von den braven Ostermärschen. Ich wollte den Nervenkitzel erleben, der die anderen Demonstrationen umgab. Und je mehr mein Vater gegen »dieses vermummte, kriminelle Pack« wetterte, umso stärker zog es mich zu den Demonstrationen nach Kreuzberg beziehungsweise Schöneberg.

»Du wirst auf gar keinen Fall zu dieser Demonstration gehen«, sagte mein Vater in schneidend scharfem Ton.

»Willst du wieder mal meine bürgerlichen Grundrechte beschneiden?«, fragte ich provokant.

»Ja!«

Ich sah meinen Vater an, als habe er mir Folter angedroht. »Das ist jetzt nicht dein Ernst?!«

»Und wie das mein Ernst ist. Monika, das ist viel zu gefährlich da. Ich verbiete dir, dort hinzugehen, hast du mich verstanden!?«

Glaubte man den Medien, gab es bei den Demonstrationen Mord und Totschlag. Andauernd liefen blutende Menschen durchs Bild, und Polizisten wurden, gestützt von Kollegen, aus der Gefahrenzone geführt. Mein Vater machte sich vermutlich nur Sorgen, aber das war mir zu dem Zeitpunkt egal. Ich fühlte mich eingezwängt, unverstanden und in meinem Erwachsenwerdenwollen nicht ernst genommen. Am liebsten wäre ich sofort von zu Hause ausgezogen. Ein Wunsch, der ab und zu auftauchte, sich aber in aller Regel rasch wieder verflüchtigte. Spätestens, wenn meine Mutter die Wäsche wusch oder das Essen servierte und Vater die Getränkekartons heranschleppte.

Türenschlagend lief ich in mein Zimmer und trat gegen den verstaubten Gummibaum. Der fiel sofort um. Mein Vater kam hinterher: »Hier werden nicht die Türen geknallt, mein Fräulein.«

»Dann mach sie doch einfach wieder leise zu!«

»Monika! Nicht in diesem Ton.«

»Könnte das Familienoberhaupt sich bitte entschließen …« Den Rest meiner kleinen geschwollenen Rede bekam Vater nicht mehr mit, er hatte vorher schon kopfschüttelnd die Tür geschlossen und meine Mutter gefragt, ob andere Kinder auch so schwierig seien.

*

Nachdem ich mich einigermaßen beruhigt hatte, rief ich Mäuseschwänzchen an. Es gab kein schnurloses Telefon, mit dem man in seinem Zimmer verschwinden konnte. Das mausgraue Telefon war, dank eines knapp bemessenen Kabels, auf einen Umkreis von einem halben Meter an die Kommode im Flur gebunden. Telefonisch konnte es hier keine Geheimnisse geben. Ich knallte Mäuseschwänzchens Nummer in die Wählscheibe und gestaltete das Gespräch betont laut. »Hallo, hier ist Monika, bist du heute Nachmittag da?«

»Nein, ich muss …«

»Ja genau, wegen Mathematik«, unterbrach ich Mäuseschwänzchen.

»Monika? Alles in Ordnung bei dir?«, fragte sie verunsichert.

»Ja doch, gerne, heute Nachmittag bei dir zum Üben«, sagte ich unbeirrt.

»Aber ich bin nicht da, ich muss mit meinen Eltern ...«, versuchte Mäuseschwänzchen mich zu unterbrechen.

Ich ließ mich jedoch nicht abbringen. »Prima, dann bis gleich, Marina«, sagte ich unsinnig laut, legte auf und machte mich startklar.

»Wo willst du hin?«, fragte mein Vater sofort, obwohl er genau gehört haben musste, was ich vorhatte. Sein Misstrauen war groß.

»Ich geh zu Marina, Mathematik üben, was dagegen?«, sagte ich patzig und spürte, dass ich rot wurde von meiner eigenen Lüge.

»Du übst für Mathematik?«, fragte Vater ungläubig.

»Herrgott, jetzt tue ich mal was für dieses bescheuerte Fach, und dann ist es auch wieder nicht recht«, tobte ich.

»Wenn es die Wahrheit ist, kannst du gehen«, sagte Vater, und es war unübersehbar, dass er mir kein Wort glaubte.

Verdammt, er hatte hellseherische Fähigkeiten. Jetzt bloß nicht schwach werden, redete ich mir selber gut zu. »Willst du etwa behaupten, dass ich lüge?«, trötete ich übertrieben empört.

»Ich sagte doch, wenn es die Wahrheit ist, dann kannst du gehen«, erwiderte mein Vater scharf und musterte mich wie ein Raubtier, kurz bevor es seine Beute erlegt. Ich fühlte mich nicht sonderlich wohl in meiner Haut.

Meine Mutter drückte im Flur fest meine Hand. »Monika, ich warne dich, tu nichts Unüberlegtes!«, zischte sie mir zu und verschwand in der Küche.

Ich war drauf und dran, meinen Plan fallenzulassen. Aber mein Vater spielte zum zweiten Mal auf »drüben« an, und das ließ bei mir alle Hemmungen fallen.

»Meine Tochter wird ja wohl nicht so blöde sein, diesen Nichtsnutzen zu folgen. Die sollen doch alle nach drüben gehen, wenn es ihnen hier nicht passt!«

»Dann sitzt du hier aber bald allein«, sagte ich.

»Lieber tot als rot«, entgegnete mein Vater lautstark.

»Das heißt: Lieber rot als tot«, korrigierte ich mindestens genauso lautstark.

»Was weißt du Rotzlöffel denn schon? Noch nichts geleistet, noch nichts erlebt und willst mir die Welt erklären, so weit kommt es noch!«

Ich nahm meine Schlüssel und ging. Aus dem Augenwinkel glaubte ich unsere Mutter am Küchenfenster gesehen zu haben. Aber ich drehte mich nicht wie sonst üblich zu einem Winken um. Heute nicht! Tief vergrub ich mich in mein schwarz-weißes Palästinensertuch und fühlte mich mal wieder unglaublich schlau.

*

Als ich in Schöneberg aus der U-Bahn stieg, stürmten schwarzvermummte Gestalten auf den Bahnsteig. Einige sprangen in die Bahn, andere rannten weiter, direkt auf mich zu. Ich wusste nicht, was ich tun sollte. Ich war wie gelähmt. Also blieb ich einfach stehen, ließ die U-Bahn ohne mich wieder abfahren und harrte der Dinge, die nun passieren würden. Ein Fehler, wie sich wenige Sekunden später herausstellte. Noch spürte ich so etwas wie Abenteuer in mir, echte Vermummte, direkt vor mir, wie spannend. Aber dann folgten behelmte Polizisten mit Schlagstöcken in der Hand. Bis dahin hatte ich noch nie selber Gewalt erlebt. Sie fand nur in den Berichten der Abendschau statt. Die Vermummten warfen mit Steinen nach den

Polizisten. Die hatten Mühe, dem Steinhagel auszuweichen. Und da ich nun zwischen den Fronten stand, musste auch ich mich ducken.

Während ich noch dachte: »Das glaubt mir mein Vater wieder nicht«, spürte ich einen unglaublichen Schmerz. Ein Vermummter schubste den Polizisten, der gerade dabei war, mich zu verdreschen, weg. Er riss mich hoch und schrie: »Komm, weg hier!« Ich rannte, so schnell ich konnte. Auf der anderen Seite des Bahnhofs kam uns beißendes Tränengas entgegen. Wir hasteten die Stufen hoch. Farbbeutel flogen, und alles, was ich denken konnte, war: Gut, dass ich meine weiße Hose nicht anhabe.

Irgendwann kam ich am Straßenrand zum Sitzen. Mein Körper schmerzte, die Augen brannten, ich sah kaum noch etwas. Ich hörte eine Feuerwehr und dachte noch: Gut, dass sie endlich kommen. Aber sie fuhr an mir vorüber. Ich zitterte am ganzen Körper und betete, dass ich nicht mein Augenlicht verloren hatte. Ich wusste auch nicht, ob ich wegen des Tränengases oder vor lauter Angst heulte. Am Hinterkopf hatte ich eine blutende Platzwunde. Neben mir saß der Demonstrant, der mich weggerissen hatte. »Danke«, sagte ich krächzend.

»Gerne«, sagte er und legte mir seine Jacke um die Schultern. Er nahm seine Sonnenbrille ab und schob das schwarze Tuch nach unten. Dann fiel meine Kinnlade auf den tiefsten Punkt, den sie jemals erreicht hatte. Neben mir saß Ludger.

»Was machst du denn hier?«, fragte er.

Ich schlotterte am ganzen Leib. »Das wüsste ich auch gerne … Eigentlich wollte ich zur Demo, aber wie du siehst, bin ich nicht sonderlich weit gekommen.« Ludger lachte und legte seinen Arm um mich.

»Und was machst du hier?«, fragte ich ihn und betastete vorsichtig meine Wunde am Kopf.

»Dich retten?«

»Ach, wie romantisch«, hörte ich mich sagen und gab Ludger einen Kuss, der es in sich hatte. Wie hatte Bylle gesagt: Genieß alles, jetzt, hier und gleich. Ich setzte es in die Tat um. Ludger war von meiner forschen Vorgehensweise nicht weniger überrascht als ich selber.

»Das war ja mal eine klare Ansage«, sagte er verzückt lächelnd und drückte mich fester.

»Die Liebe ist immer da, in Unmengen, da gibt es keine Mengenbegrenzung wie bei den Kartoffeln.«

»Kartoffeln?«, fragte Ludger verwundert.

»Man kann die Liebe mit vollen Händen ausgeben, sie wächst immer«, erklärte ich ihm selbstbewusst und konnte mein Glück kaum fassen.

*

Wir saßen noch eine Weile knutschend am Bordstein und hatten beide keinen Blick mehr für das, was sich um uns herum abspielte. Der Demonstrationszug konnte uns mal gerne haben.

»Sag mal, Ludger, was machst du eigentlich hier?«, wiederholte ich schließlich meine Frage.

»Dasselbe könnte ich dich doch auch fragen«, sagte Ludger.

»Warum ich hier bin, ist doch völlig klar. Irgendwann will ich von zu Hause ausziehen, und dann brauche ich eine bezahlbare Wohnung. Und deswegen bin ich gegen diese ganzen fiesen Spekulanten.«

»Ach ja?«

»Du mit deinem Haus in Frohnau musst dir doch um

Wohnraum keinen Kopf machen«, sagte ich halb im Scherz, halb im Ernst.

Ludger musterte mich eine Weile von der Seite. Je länger er nichts sagte, desto unsicherer wurde ich. Würde unsere Liebe enden, noch bevor sie richtig begonnen hatte? »Du bist echt süß«, war alles, was Ludger sagte. Dann küssten wir uns wieder. »Ich muss nach Hause – in mein großes Haus«, sagte er schließlich.

Ich fand das sehr schade. Vom Gefühl her hätte ich mit Ludger am liebsten gleich hier eine Familie gegründet, aber ich wollte es mir nicht anmerken lassen. Es schien mir das Wichtigste, cool zu bleiben, und so sagte ich nur: »Ich habe auch keine Zeit mehr, ich muss dringend weiter.«

»Schade, ich hätte mich total gefreut, wenn du mitgekommen wärst.«

Ich schluckte. Mist, das war ein Schuss in den Ofen. Ich Idiot. Aber gesagt war gesagt. »Vielleicht ein anderes Mal«, sagte ich seufzend und gab Ludger einen letzten Kuss. Erst jetzt beim Aufstehen spürte ich wieder die Schmerzen am ganzen Körper. Je weiter ich mich von Ludger entfernte, umso mehr schmerzten meine Knochen, und auch die Augen begannen wieder zu tränen. Es war noch früh, was sollte ich jetzt schon zu Hause? In meinem Zustand …

Ich beschloss, mich auf den Weg zu Oma machen. Als ich mich zu ihrer Wohnungstür hochgearbeitet hatte, schlug sie die Hand vor den Mund.

»Schätzchen, wie siehst du denn aus?!«

»Attraktiv, sexy und begehrenswert«, antwortete ich ironisch und legte mich auf die Couch. Oma zog mir die Schuhe aus und legte kalte, in Essig getränkte Tücher auf meine Arme. »Essig, bin ich ein Salat?«, fragte ich.

»Ein ziemlich blauer Salat«, sagte Oma nur und wickelte das nächste Tuch um meine Hand. »Warum hast du so rote Augen, mein Kind?«

»Damit ich dich besser fressen kann«, gab ich scherzend zurück.

»Blöder Wolf«, sagte Oma. Sie brachte mir ein Malzbier und stellte ein Päckchen Partykugeln auf meinen Bauch. Ich konnte kaum liegen, so sehr schmerzte mein Rücken, meine Unterarme waren blau angelaufen, und die Augen beruhigten sich nur langsam.

Es dauerte ewig, bis ich wieder einen klaren Gedanken fassen konnte. Oma hatte meine Füße in die Hand genommen und massierte sie schweigend. Zwei der wenigen Körperteile, die nicht blau waren. »Raus mit der Sprache, was ist passiert?«, sagte sie schließlich.

»Ich war auf der Demonstration und …«

»Aber dein Vater hatte es verboten, oder?«, fiel sie mir ins Wort.

»Ja schon, aber mal ehrlich, Oma, hast du immer alles gemacht, was dein Vater gesagt hat?«, fragte ich.

»Nein, das ging auch nicht«, sagte Oma.

»Warum nicht?«

»Weil mein Vater im Ersten Weltkrieg gefallen ist.«

»Das wusste ich gar nicht«, sagte ich betreten.

»Nun weißt du es, und es wird nichts daran ändern, dass du nicht auf deinen Vater hörst. Also, du warst auf der Demonstration – und dann?«

»Das heißt, ich wollte auf die Demonstration gehen. Aber schon am U-Bahnhof war Schluss.«

»Also, ich finde, du siehst aus, als habe da erst alles angefangen«, kommentierte Oma und massierte seelenruhig weiter.

»Ich habe wirklich nichts gemacht«, sagte ich.

»Das erkläre mal deinem Vater«, erwiderte Oma, ohne von meinen Füßen zu lassen.

Vater? Wieso denn Vater, ich hatte doch vorgesorgt. Für ihn war ich bei Marina zum Lernen. Aber das konnte Oma ja nicht ahnen. Ich erzählte ihr, was mir unterwegs passiert war.

»Ludger? Mensch, Monika«, sagte Oma unwirsch. Sie ist bestimmt sauer, weil ich auf der Demonstration war, dachte ich. Aber Oma hatte ganz andere Sorgen.

»Bist du sauer?«, fragte ich.

»Ja!«

»Aber warum denn?«

»Jetzt habe ich mir endlich den Namen Tom gemerkt. Im Altenclub haben sie immer wieder gefragt, wie er heißt: Thomas, Theodor, Thadeus? Nein, habe ich gesagt, er heißt Tom. Er hat ein wenig zu lange Haare, ist aber sonst vorzeigbar. Ich war ganz stolz, dass ich mir einen so komischen Namen merken konnte. Und jetzt kommst du schon wieder mit einem neuen Namen an. Also wen soll ich mir nun merken, Tom oder Lothar?«

»Nicht Lothar, Ludger, Oma.«

»Also wen jetzt?!«, fragte sie gereizt.

Ich wusste es selber nicht und knabberte mich durch die letzten Partykugeln. »Nach den Ereignissen des heutigen Tages würde ich sagen, Ludger. Immerhin hat er mich gerettet, und er hat ein so süßes Lächeln ...«

»Das gibt sich«, meinte Oma.

»Aber nach den Ferien kann es auch wieder Tom sein«, sagte ich unschlüssig.

Oma seufzte. »Müssen es denn wirklich beide sein? Das gibt doch nur Komplikationen«, sagte sie.

»Es kann sein, dass einer von beiden mich nicht bekommt. Der hat dann eben Pech«, antwortete ich mit gespieltem Selbstbewusstsein.

»Ach, übrigens hast du jetzt schon Pech«, erklärte Oma und legte meine Füße vorsichtig auf einem Kissen ab.

»Wieso?«, fragte ich, noch lächelnd.

»Deine Eltern und ich haben einen kleinen Sonntagsspaziergang gemacht«, sagte sie und gab den Füßen einen letzten Streichler.

»Ist doch schön für euch«, erwiderte ich, bar jeder Vorstellung, worin mein Pech bestehen könnte.

»Wir haben Marina Kern mit ihren Eltern getroffen«, erklärte Oma. Sie küsste meinen großen Zeh und stand auf.

»O mein Gott«, sagte ich und sah Oma hilfesuchend an.

»Tja, da hat meine kleine Wuchtbrumme jetzt ein Problem.«

»Was hat denn Vater gesagt, als ihr Marina getroffen habt?«, fragte ich.

»Gar nichts. Du kennst ihn doch. Er wird sich seinen Teil gedacht haben.« Das konnte er gut, sich seinen Teil denken. Ich hätte das zwar auch gekonnt, neigte aber dazu, meinen Teil immer lauthals herauszuposaunen, aus Sorge, einer meiner bahnbrechenden Gedanken könnte überhört werden.

»Und Mutter, wie hat sie reagiert?«

»Sie hat sich in meinen Arm gekrallt und gesagt: Na warte, die – gemeint warst du – kann was erleben, wenn sie nach Hause kommt«, antwortete Oma sachlich.

*

Als ich bei meinen Eltern ankam, war niemand zu Hause. Ich ging zum Telefon. Hier lagen ein kleiner Schreibblock und ein Stift, mit dem sich die Familienmitglieder Nachrichten zukommen ließen. Und nachdem der Stift immer wieder verschwunden war, hatte Vater ihn nun mit einer Strippe am obersten Kommodenknopf festgebunden. Manchmal lag auch eine Mark auf dem Schreibblock, und Mutter hatte eine Eistüte und ein kleines Herz dazugemalt.

Doch diesmal war der Nachrichtenplatz leer. Ich hob den Block an, ob nicht darunter ein Hinweis lag, nichts. Zum ersten Mal hatten meine Eltern mich ohne ein Wort des Abschieds, der Ermahnung oder der Liebe zurückgelassen. Es war kein schönes Gefühl.

Dann hatte ich eine Idee, wie ich meine Erziehungsberechtigten gnädig stimmen konnte. Ich schleppte die Schranktüren hoch und stellte den alten Zustand der Schrankwand wieder her. Nachdem ich das erste Mal lautstark gegen das Treppengeländer gestoßen war, öffnete Frau Riester sofort wieder die Tür.

»Monika, was machst du da?«, fragte sie mit strengem Blick.

»Ich bringe die Schranktüren nach oben«, sagte ich.

»Aber die hast du doch erst neulich runtergebracht«, stellte sie erstaunt fest.

»Stimmt, aber jetzt müssen die Türen wieder hoch«, sagte ich nur und setzte meinen Weg fort.

»Also, deine Mutter weiß auch nicht, was sie will«, meinte Frau Riester und verschwand wieder in ihrer Wohnung. Die kleinen Kratzer in der Tür übermalte ich mit Tusche. Im Grunde genommen konnte ich auch so leben, dachte ich auf einmal und betrachtete zufrieden mein neues Werk. Ich sortierte gerade meine

T-Shirts nach Farben, als meine Eltern zurückkehrten. Vater kam auf mich zu und umarmte mich wortlos. Was war in ihn gefahren? Alles nur wegen der wiederhergerichteten Schrankwand? Eigentlich hatte ich mit einem richtigen Donnerwetter gerechnet. Mutter stand im Türrahmen und beobachtete die Szene schweigend. Dann ging sie zum Telefon und rief jemanden an.

»Monika ist zu Hause, Gott sei Dank«, sagte sie nur und legte wieder auf.

»Monika, warum hast du mich angelogen?«, fragte Vater.

»Ich weiß auch nicht. Vielleicht, weil ich keine Lust hatte auf die Diskutiererei«, antwortete ich.

»Aber Kind, das ist doch der Grundpfeiler menschlichen Zusammenlebens, dass man miteinander diskutiert«, sagte er.

»Aber zwischen unseren Ansichten liegen doch Welten«, erwiderte ich, fast schon ein wenig verzweifelt darüber, dass er so ruhig geblieben war.

»Das macht doch nichts. Glaubst du im Ernst, deine Mutter und ich sind immer einer Meinung?« Ich fragte mich oft genug, ob Mutter überhaupt eine eigene Meinung hatte. Doch das behielt ich in dem Moment lieber für mich und zuckte nur mit den Schultern. »Deine Mutter und ich sehen manche Dinge auch unterschiedlich. Und trotzdem feiern wir Silberhochzeit«, sagte mein Vater freudig.

»Ist das nicht wunderbar?«, fragte Mutter schwärmerisch, ohne Zweifel daran aufkommen zu lassen, dass es sich bei einer Silberhochzeit um ein herausragendes Ereignis handelte. Während ich nur dachte: 25 Jahre der gleiche Partner, Gott bewahre mich davor.

»Seid mir nicht böse, aber ich glaube, dass es schönere Dinge im Leben gibt.«

»Was denn?«, fragte Vater.

»Experimentelle Ekstase«, sagte ich, ohne eine Vorstellung davon zu haben, was ich damit sagen wollte. Ich fand nur, dass es mal wieder irre schlau klang.

»Was soll das denn sein?«, fragte Mutter.

»Ach, Mama, das verstehst du nicht mehr«, sagte ich in einem Tonfall, als ob meine Mutter das Beste im Leben verpasst hätte.

Wutschnaubend trat sie an mich heran. »Es gibt Momente, da würde ich dir am liebsten den Hals umdrehen«, sagte sie und zwickte mir in meinen Arm.

Ich schrie auf vor Schmerz. »Autsch!«

»Jetzt tu nicht so, Monika!«, sagte Mutter und packte den Arm noch fester.

»Aber ich habe da so ein paar Stellen«, sagte ich jammernd und entwand mich ihrem Griff.

»Wo denn?«

»Da«, antwortete ich und krempelte meinen Pullover nach oben.

Vorsichtig inspizierte Vater meine inzwischen beachtlich geschwollenen blauen Arme. »Wie hast du das gemacht?«, fragte er entsetzt.

»Vater, das willst du jetzt nicht wirklich wissen«, erwiderte ich nur.

»Eva, tu doch was«, sagte Vater und ließ meinen Arm los, als ob es sich um Lepra handelte.

»Das muss gekühlt werden«, sagte Mutter nur und begann kalte Essigumschläge vorzubereiten.

O nein, nicht schon wieder Essig, dachte ich nur, ließ mich aber ins Badezimmer zerren. Nachdem Mutter mir den ersten Umschlag gemacht hatte, sagte ich: »Ich hatte erwartet, dass Vater total sauer auf mich ist.«

»War er doch auch«, sagte Mutter und zerrte an dem Wickel.

»Aua.«

»Stell dich nicht so an, es gibt Schlimmeres!«

Ich bemühte mich, den Schmerz zu ignorieren. »Und warum ist Vater jetzt offensichtlich nicht mehr sauer?«, fragte ich weiter.

»Das kannst du dir nicht denken?!«, fragte meine Mutter erstaunt zurück und schlug kraftvoll den nächsten Wickel um den anderen Arm. Sie schien eine gewisse Freude daran zu haben.

»Aua, Mann, Mama!«

»Reiß dich zusammen«, mahnte sie und rückte den zweiten Wickel zurecht.

»Nun sag schon, was hat ihn denn beruhigt?«, fragte ich mit schmerzverzerrtem Gesicht.

»Dass du am Leben bist«, sagte Mutter.

Ich glaubte nicht, was ich da hörte. »Dass ich am Leben bin?!«

»Ja, ganz im Gegensatz zu dem jungen Mann, der heute bei der Demonstration ums Leben gekommen ist.« An diesem Nachmittag hatte es bei der Demonstration ein Todesopfer gegeben. Als die ersten Meldungen darüber im Radio kamen, hatte Oma mir bereits die Füße massiert, aber meine Eltern waren fast umgekommen vor Sorge um mich. Mutter gab mir einen kleinen Klaps auf den Hinterkopf, voll auf meine Wunde.

Ich biss mir auf die Lippen, um nicht als Memme dazustehen. »Es tut mir leid«, sagte ich kleinlaut.

»Mach das nie wieder, hast du mich verstanden?!«

»Aber wenn ihr Marina nicht getroffen hättet, dann hättet ihr euch auch keine Sorgen zu machen brauchen«, sagte ich, als seien meine Eltern ein Stück weit auch selber schuld. Was mussten sie sonntags spazieren gehen, da trifft man nun mal andere Menschen.

Meine Mutter gab mir einen zweiten Klaps auf den Hinterkopf, zeigte mir einen Vogel und fragte sich mal wieder, ob andere Kinder auch so schwierig waren!

*

Ludger war nicht in der Schule. Niemand wusste, wo er steckte. Erst jetzt wurde mir klar, dass ich mit jemandem eine Familie gründen wollte, von dem ich weder Adresse noch Telefonnummer hatte. Ich ging ins Sekretariat und ließ mir unter einem Vorwand seine Telefonnummer geben. Anschließend konnte ich es kaum erwarten, endlich wieder nach Hause zu kommen, um Ludger anzurufen.

»Bei Lewander, Gärtner, guten Tag.«

»Hier ist bei Kleewe, Monika, guten Tag«, gab ich zurück.

»Bitte, was kann ich für Sie tun?«, summte die Stimme freundlich zurück.

»Ich will Ludger sprechen.«

»Einen Moment bitte, ich muss sehen, ob er da ist.«

Ein riesiges Haus, schoss es mir durch den Kopf. Plötzlich war Ludger dran. »Hallo, Moni!« Wie er meinen Namen schon aussprach, so zärtlich, so süß. Ich war hin und weg. »Warum warst du nicht in der Schule?«, fragte ich.

»Ich musste zum Arzt. In zwei Tagen komme ich wieder.«

Zwei Tage … In meinem momentanen Zustand entsprachen zwei Tage einer Ewigkeit. »Was hast du denn?«

»Ich habe mir am linken Ringfinger ein Band angerissen.«

»Na und?«, sagte ich und verstand nicht, für was im Leben man ausgerechnet den linken Ringfinger brauchen könnte.

»Das macht sich nicht so gut beim Klavierspielen«, erklärte Ludger.

Ah ja, Klavier, dachte ich. Während unsereins sich mit der Gitarre abmühte, spielte so einer natürlich Klavier, schließlich wohnte er ja in Frohnau. »Ich ruf an wegen der Hausaufgaben«, sagte ich.

»Hausaufgaben?«, fragte Ludger etwas enttäuscht. Hatte er etwa geglaubt, dass ich aus anderen Gründen anrief?

»Soll ich sie dir durchgeben?«, fragte ich.

»Kannst du sie auch vorbeibringen?«

Adrenalin schoss mir bis in den kleinen Zeh, meine Hände begannen leicht zu zittern, dann sagte ich so cool wie möglich: »Kann ich machen.« Er gab mir die Adresse, und ich machte mich mit klopfendem Herzen auf den Weg.

Als ich vor seinem Haus stand, kam ich aus dem Staunen nicht heraus. Doch ich versuchte es so gut wie möglich zu verbergen. Eine ältere Frau öffnete mir die Tür.

»Du bist bestimmt Monika, wir haben telefoniert. Ich bin Frau Gärtner«, sagte sie freundlich. »Ludger ist oben, die Treppe rauf, zweite Tür rechts.« Mein Gott, zweite Tür rechts, wie viele Türen gab es da oben wohl?

Ludger hatte ein eigenes Zimmer, größer als das Wohnzimmer meiner Eltern. Es war voll mit dem, was unsere Herzen damals begehrten: Ich sah einen Walkman von Sony und ein Kassettendeck von Hitachi, mit dem man direkt von Kassette zu Kassette überspielen konnte. An der Seite stand ein Regal, von oben bis unten voll mit Langspielplatten. Der Höhepunkt war ein Fernseher. Es gab zwar nur drei Sender – zählte man das DDR-Fernsehen hinzu, fünf – aber das war egal. Wie sagte Oma immer: Was man hat, das hat man. Allein die Möglichkeit, unabhängig von den Eltern den Fernseher anmachen zu können, war preisverdächtig.

»Sag mal, wie viele Zimmer habt ihr hier eigentlich?«, fragte ich betont beiläufig.

»Sechs, mit dem kleinen Arbeitszimmer sieben. Und ihr?«

»Zwei. Mit der kleinen Nische zweieinhalb«, gab ich spontan zurück.

Ludgers Zimmer hatte einen kleinen Balkon. Ich trat hinaus und sah in einen riesigen Garten, dessen Ordnung mich schwer an den Werkzeugkasten meines Vaters erinnerte. Jeder Strauch, jede Blume hatte seinen Platz, nichts war dem Zufall überlassen. Ludger trat zu mir. »Gefällt dir der Garten?«, fragte er vorsichtig.

»Ein bisschen sehr ordentlich, oder? Vor allem die Hecke da hinten.«

»Die ist doch total gerade geworden«, erwiderte er ernsthaft.

»Das ließe sich ändern«, gab ich zurück und ahmte mit den Händen die Bewegung einer Schere nach.

»Bist du verrückt?! An der Hecke hat mein Vater jahrelang gearbeitet«, sagte Ludger und umarmte mich. Wir küssten uns.

»Baut ihr auch Gemüse an?«, fragte ich zwischen zwei Küssen.

»Gemüse?« Ludger starrte mich an wie ein UFO.

»Dieses rot-grüne Zeug«, erklärte ich lächelnd.

Er schüttelte den Kopf und war sich offensichtlich nicht sicher, ob ich das ernst meinte. »Nein, das ist ein Ziergarten«, antwortete Ludger.

»Schade um die große Fläche«, sagte ich nur. Wir gingen wieder zurück in sein Zimmer und ließen uns auf eine ungemein witzig aussehende, knallrote Couch fallen, die aber mit Abstand das Unbequemste war, auf dem ich bislang gesessen hatte. Dagegen war die gemusterte Schlafcouch meiner Eltern ultrabequem.

Es klopfte an der Tür. »Ja, bitte«, sagte Ludger und stand auf.

»Ach, du hast Besuch«, sagte eine Frau und hüstelte in ihre goldberingte Hand. Sie sah aus wie die Baronin aus dem Haus am Eaton Place.

»Mutter, das ist Monika Kleewe, eine Mitschülerin. Monika, das ist meine Mutter.«

Ich sagte: »Guten Tag«, blieb aber sitzen. So also sehen andere Mütter aus, dachte ich staunend.

Ludgers Mutter musterte mich aufmerksam. »Möchten Sie mit uns speisen?«, fragte sie.

»Warum nicht?«, antwortete ich nur.

»Gut, dann lasse ich ein Gedeck mehr auflegen«, sagte sie und schloss die Tür lautlos. Meine Mutter hätte einfach ein Besteck und einen Teller hingestellt, aber hier schien alles komplizierter zu sein. Als ob Ludger meine Gedanken gelesen hätte, sagte er, seine Mutter könne auch ganz nett sein, manchmal.

»Was macht sie beruflich?«

»Sie arbeitet bei der Stiftung Preußischer Kulturbesitz«, sagte Ludger, als sei damit alles erklärt.

Ich ahnte nicht, dass es sich dabei um die größte europäische Kulturinstitution handelte, und stellte mir einen kleinen Frohnauer Verein vor, der sich um Zinnsoldaten kümmerte. »Und dein Vater?«

»Der ist bei der Deutschen Bank.« Ich rückte ein Stück von Ludger weg, als habe er etwas zutiefst Unanständiges gesagt.

»Bei der Deutschen Bank!?«

»Ja, ich kann auch nichts dafür, aber er leitet die Filialen in Berlin.«

Das war ja klar, eine reichte nicht, es mussten gleich alle sein. Ein Glöckchen klingelte irgendwo. »Was ist das, kommt jetzt ein Zug?«, fragte ich scherzend.

»Nein, das Essen ist fertig«, erwiderte Ludger und gab mir einen Kuss.

»Ich müsste mal telefonieren«, sagte ich und fügte lachend hinzu: »Um meiner Mutter zu sagen, dass sie ein Gedeck weniger auflegt.«

»Hinter dir«, meinte Ludger.

Ich traute meinen Augen nicht. Er hatte ein eigenes Telefon im Zimmer. Ich rief bei meiner Mutter auf der Arbeit an, um Bescheid zu sagen, wo ich war. Das war ein eiserner Grundsatz meiner Eltern. »Du kannst machen, was du willst, aber wir wollen immer wissen, wo du es machst.« Die Folge war, dass meine Eltern von allen meinen Freunden die Adresse und die Telefonnummer hatten. Selbst von Marina, die ja direkt gegenüber wohnte. Ich lebte in der ständigen Angst, sie könnten mir wegen irgendeiner peinlichen Kleinigkeit hinterhertelefonieren, aber sie taten es nie, was ich ihnen hoch anrechnete.

»Frohnau, am Zeltinger Platz … Ludger Lewander, Telefon … Also gut, aber um spätestens 20 Uhr bist du wieder zu Hause.«

»Jawohl.«

Wir gingen hinunter ins Esszimmer. Frau Lewander

saß kerzengerade auf ihrem Stuhl und hüstelte. Der Platz neben ihr war frei. Ludger und ich saßen ihr gegenüber. Neben meinem Teller lag eine ganze Batterie von Besteck.

»Guten Appetit«, sagte ich und wollte mit dem Essen beginnen. Frau Lewander hüstelte. Ludger hielt meine Hand fest. Was war jetzt wieder? Warum sagte die Frau nicht einfach, was sie wollte? Dieses Gehüstel ging mir auf die Nerven. Dann falteten Frau Lewander und Ludger ihre Hände und murmelten ein Tischgebet.

»Amen. Jetzt können Sie essen, Monika«, sagte Frau Lewander von oben herab und spreizte ihren kleinen Finger unnatürlich von der Gabel ab. Plötzlich war ich mir nicht mehr sicher, ob ich hier richtig war. Nach dem Essen forderte Frau Lewander ihren Sohn auf, ihr zu folgen. Ihr Ton duldete keinen Widerspruch. Während ich Frau Gärtner in der Küche half, drangen Gesprächsfetzen zu uns. »Ein einfaches Mädchen ... ihr Benehmen ist unerträglich ... wie sieht die aus ... die ganzen blauen Flecke am Arm ... unmöglich ... vollkommen indiskutabel.«

»Meint Frau Lewander mich?«, fragte ich Frau Gärtner.

»Ich fürchte, ja. Frau Lewander ist etwas schwierig.«

»Sind Sie mit ihr verwandt?«, fragte ich naiv.

»Ich bin die Zugehfrau«, erklärte Frau Gärtner. Ich hatte keine Ahnung, was eine Zugehfrau war, aber es hatte wohl nichts mit Verwandtschaft zu tun.

Als Ludger in die Küche kam, war er wie versteinert. Frau Gärtner tätschelte ihm die Wange, als müsse sie ihn wegen irgendetwas trösten.

»Deine Mutter will mich nicht, stimmt's?« Zaghaft nickte Ludger.

»Macht nichts. Ich würde deine Mutter bei mir auch rausschmeißen«, sagte ich und gab ihm einen kleinen Kuss auf die Wange. Er tat mir plötzlich leid, und so sagte ich: »Komm doch einfach mal bei mir vorbei. Ich glaube, das ist unkomplizierter.«

»Gerne!«, sagte Ludger und hielt meine Hand fest, als wolle er wenigstens die dabehalten.

*

»Wie war es denn in Frohnau?«, begrüßte Mutter mich, als habe ich einen fremden Planeten bereist.

»Stellt euch mal vor, die haben ein Haus mit sieben Zimmern.«

»Was will man denn mit so vielen Zimmern? Da sammelt sich nur unnötiges Zeug an«, sagte mein Vater.

»Und sie haben einen riesigen Garten«, fuhr ich fort.

»Schöne Pflanzen haben wir auch, auf dem Balkon«, entgegnete Vater. Irgendetwas schien ihn zu stören, ich wusste nur nicht, was es war.

»Erzähl doch mal, wie ist er denn, dieser Ludger?«, fragte Mutter.

»Wie soll er schon sein? Normal.«

»Findest du ihn nett?«

»Nein, ich halte ihn für den dämlichsten und hässlichsten Jungen in ganz Berlin, und genau deswegen war ich bei ihm.«

»Man wird doch wohl noch fragen dürfen«, sagte Mutter beleidigt.

»Mensch, Mama, na klar finde ich ihn süß. »So, so, süß – und was noch?« Meine Eltern sahen mich an und warteten auf weitere Ausführungen.

»Wie, und was noch?«

»Seid ihr zusammen?«

»Ich glaube, nicht wirklich«, sagte ich und hoffte damit Ruhe zu haben.

Meine Mutter aber ließ sich nicht beirren. »Immerhin hast du bei ihm gegessen.«

»Du sagst es, gegessen, einfach nur gegessen.«

»Bring ihn doch mal mit«, sagte Mutter und tat dabei möglichst beiläufig. In Wahrheit platzte sie vor Neugier.

»Genau, bring ihn doch mal mit«, echote mein Vater. Offensichtlich hatte er sich von der Neugier meiner Mutter anstecken lassen.

»Aber warum denn?«

»Oma meint, ihr hättet euch geküsst. Stimmt das etwa nicht?«

»Mein Gott, doch, ja, wir haben uns geküsst. Aber wenn es danach geht, müsstet ihr erst mal Tom einladen, mit dem habe ich nämlich geschlafen«, sagte ich und war selber erstaunt, wie leicht mir mein größtes Geheimnis über die Lippen kam.

Mein Vater schnappte nach Luft und nahm die Farbe einer knackigen Tomate an. Mutter musste sich setzen. Sie bearbeitete die Tischdecke, als sei sie Knetmasse. »Monika! Wie kannst du nur ... also, ich meine ... du bist 16 ... du weißt doch noch gar nicht ... ich fasse es nicht ... da gibt man sich Mühe, und dann kommt so ein dahergelaufener langhaariger ... so ein ... mein Gott!«

»Mama, es ist nichts Schlimmes passiert. Mein Leben geht seinen ganz normalen Gang.«

»Nichts Schlimmes passiert – woher willst du das wissen? – Warst du überhaupt beim Frauenarzt? – Nimmst du die Pille?«, stammelte sie und nagte nervös an ihren Fingernägeln.

»Ich nehme nichts, was aus mir einen behaarten Zombie macht«, erklärte ich.

»Monika, Millionen von Frauen verhüten so.«

»Davon wird es auch nicht gesünder.«

»Aber ...«

»Ihr sagt doch selber immer, was die anderen machen, interessiert uns nicht.«

*

Weihnachten 1981 nahte. Ich machte mit Oma unseren alljährlichen Besuch auf dem Weihnachtsmarkt an der Gedächtniskirche. Aus den Lautsprechern schepperte »Stille Nacht, heilige Nacht«. Es roch nach Zimt und Glühwein. Misstrauisch beäugte Oma die zahllosen Stände mit den Handarbeitssachen.

»Also, wenn das Handarbeit ist, fresse ich einen Besen«, sagte sie und hielt einen geschnitzten Engel in die Höhe. »Schau doch mal, Monika«, forderte sie mich auf.

»Ich weiß nicht«, sagte ich und betrachtete den Engel. Mir war es eigentlich egal, ob Handarbeit oder nicht. Aber für Oma war es wichtig, dass »kein Tinnef« am Baum hing. Wir bummelten ein paar Stände weiter zu einem älteren Mann, dem man beim Schnitzen seiner Engel zusehen konnte.

»Hier sind wir richtig, Monika. Sieh nur«, sagte Oma und strahlte den Mann an. Er strahlte zurück und machte das Geschäft seines Lebens.

»Oma, wo willst du die ganzen Engel hinhängen?«

»Für schöne Engel finden sich immer Plätze«, erwiderte sie und strahlte.

Ich konnte Omas Freude über die »entzückenden Engel« nicht teilen. Meine Stimmung war auf dem Nullpunkt. Der Weihnachtsmann konnte mich in diesem Jahr mal. Ich wusste einfach nicht, was ich von Ludger halten sollte. Er hätte doch seiner Mutter mal ein paar Takte erzählen können, sich vor mich stellen und sagen: Mutter, Monika gehört zu mir, ob es dir passt oder nicht. Oder?

Immerhin hatte er mir zum Nikolaus eine teure Langspielplatte geschenkt und mich vor den Kontrolleuren der BVG gerettet, was ich ihm hoch anrechnete. Ich hatte meine Monatskarte vergessen, und just an dem Tag erschienen vor jeder Tür der U-Bahn blau uniformierte übergewichtige Herren. Ich hatte keine Chance mehr zu entwischen. Als der Schaffner »Zurückbleiben« rief, traten sie ein, ihre Hand zum fröhlichen Gruß an die BVG-Mütze gelegt. »Guten Tag, die Fahrscheine bitte.« Eigentlich liebte ich Fahrscheinkontrollen, besonders, wenn ich einen Fahrschein hatte und die anderen nicht. Aber diesmal gehörte ich zu den anderen, was man mir auch sofort ansah. Ludger schob mir rasch seinen Fahrschein zu und outete sich selber als Schwarzfahrer, was ich im ersten Moment unglaublich cool fand. Andererseits konnte er das erhöhte nachträgliche Beförderungsentgelt sicher verschmerzen. Jedenfalls konnte ich dem Klavier und der geraden Gartenhecke weiterhin nichts abgewinnen. Wir passten einfach nicht zusammen.

Und Tom? Tom hockte in Göttingen und zauberte vermutlich irgendeiner Dorfschnepfe tadellose Knutschflecke auf den Hals. Er hatte mir ein paarmal geschrieben, aber das machte die unglaubliche Entfernung zwischen uns nicht wett.

Mutter merkte, dass ich nicht glücklich war. »Es muss doch nicht unbedingt der Ludger sein, wer weiß, wenn du die Haare ordentlich hättest, dann ...«

»Mama, es liegt doch nicht an meinen Haaren, dass ich nicht mit ihm warm werde!«

»Vielleicht müsstest du nur mal deine Kleidung überdenken ... nicht immer so bunt ... eine schöne Bluse steht dir bestimmt auch gut«, versuchte meine Mutter mal wieder, mich kleidungstechnisch zu bekehren.

»Ich will mir aber keine anderen Sachen anziehen«, entgegnete ich. Es verging kaum ein Tag, an dem meine Kleidung nicht Thema war. Manchmal zog ich extra schräge Farbkombinationen an, nur damit Mutter wieder verzweifelt sagen konnte, man müsse mich auf Farbenblindheit testen lassen. Inzwischen trug ich keine schwarz-weißen arabischen Tücher mehr, sondern sammelte bunte indische Tücher, die derartig nach Patschuli rochen, dass einem in geschlossenen Räumen schlecht werden konnte.

»Übrigens, dein Bruder kommt Weihnachten zu uns«, sagte Mutter. Na und, dachte ich, am ersten Feiertag wird er sich sowieso wieder aus dem Staub machen und zu irgendeiner Frau fahren. Er hatte ja Auswahl genug.

»Aber das ist ja nicht alles«, fuhr Vater fort. Er nahm mich kurz in den Arm und sagte: »Du darfst am ersten Weihnachtsfeiertag mit ihm zu seinen Verrückten auf den Hof fahren. Am zweiten Januar kommst du zurück, hier ist die Fahrkarte.« Da ich wusste, dass diese Entscheidung meinen Eltern schwergefallen war, war ich umso dankbarer. Ich fiel ihnen jubelnd um den Hals. Sollten sie etwa doch mehr von mir verstehen, als ich es bislang für möglich gehalten hatte?

»Danke!!!« Ich konnte mein Glück kaum fassen. Es gab für mich nichts Schöneres, als mit den »Verrückten« zusammen zu sein. Bei den Hottentotten schien alles so einfach zu sein, mit dem Leben an sich und dem Abwasch gleichermaßen. Und vielleicht wäre sogar Tom ein paar Tage da. Meine schlechte Laune war wie weggeblasen.

In diesem Jahr hatten meine Eltern ursprünglich die Idee gehabt, einen kleinen Baum aus Plastik aufzustellen. »Die Kinder sind doch schon groß und sowieso nur Heiligabend da«, erklärte Mutter.

Oma riss die Augen auf, als ginge es um Leben und Tod. Sie war dem Herzinfarkt nahe. »Einen Weihnachtsbaum aus Plastik? Wo leben wir denn?«, fragte sie entsetzt.

»Den können wir nächstes Jahr wieder verwenden«, sagte Vater ruhig.

»Und außerdem ist schon eine Lichterkette dran. Ganz ungefährlich«, ergänzte meine Mutter.

»Eine Lichterkette? Strom auf dem Tannenbaum? Nur über meine Leiche!«, sagte Oma und stampfte mit dem Fuß auf wie ein kleines Kind.

»Aber Mutter, viele haben inzwischen einen solchen Baum«, erklärte Vater ruhig.

»So was gehört sich einfach nicht! Wenn hier kein richtiger Baum steht, komme ich Weihnachten nicht«, sagte sie, und alle wussten, dass es ihr Ernst war.

Und so besorgte mein Vater wieder eine Tanne, deren Spitze genau unter der Zimmerdecke endete. Während wir in der Kirche waren, hängte er die Massen an Holzengeln auf, die Oma verzückt, vielleicht auch verwirrt von dem Lächeln des alten Holzschnitzers, gekauft hatte. Zum Schluss steckte er Wachskerzen auf und platzierte einen unübersehbaren feuerroten Eimer Wasser links vom Baum. Der Oberbrandmeister der Berliner Feuerwehr wäre begeistert gewesen.

*

Kaum dass wir die Kirche betreten hatten, klagte Tante Elsbeth über die Kälte. »Dass die hier nie heizen können«, sagte sie und schlug sich mit den Händen auf die Oberarme, als stünde sie im ewigen Eis.

»Wenn es um deine Sünden geht, kann einem nur kalt werden«, zischte Oma ihrer jüngeren Tochter zu.

»Das musst du gerade sagen«, mischte sich Onkel Hartmut ein und zerrte Tante Elsbeth, seine Frau, zu sich heran.

»Sei du doch mal ganz still. Bei deiner Beichte würden sich hier die Balken biegen«, erwiderte Oma Onkel Hartmut und starrte nach vorne auf das schmucklose Kreuz.

»Bei den Protestanten muss man nicht beichten«, sagte Elsbeth.

»Zum Glück für euch!«, gab Oma giftig zurück. Ich fragte mich, ob der weihnachtsübliche Familienstreit diesmal schon in der Kirche begann.

»Jetzt lasst es aber mal gut sein, es ist Weihnachten«, sagte meine Mutter und schob mich und sich zwischen Oma und Tante Elsbeth, um einen gewissen Sicherheitsabstand zu schaffen.

»Was haben Oma und Elsbeth denn heute?«, fragte ich Mutter.

»Nichts weiter, Kind, und jetzt fang schon mal an zu beten.«

»Wofür denn?«

»Für den Frieden in der Welt.« Ich faltete die Hände und fragte mich, ob es nicht besser sei, für den Frieden in unserer Familie zu beten.

*

Die eigentliche Sensation im Hause Kleewe wurde enthüllt, als mein Vater das Glöckchen schwang. Anders als bei Lewanders kam dann nicht das Essen, sondern die Bescherung wurde für eröffnet erklärt.

»So, ihr Lieben, es ist mal wieder so weit. Ein Jahr ist um, und ich freue mich, dass wir alle hier sein können, auch wenn die Pünktlichkeit des ein oder anderen Familienmitgliedes zu wünschen übriglässt«, sagte Vater mit Seitenblick auf seinen langhaarigen Sohn, der gerade dabei war, sich seiner Jacke zu entledigen.

»Rentierstau«, sagte er nur und setzte sich zu uns. Vater fuhr mit seiner kleinen Rede fort.

Zwei Minuten später fragte Oma: »Dauert es noch lange? Ich muss mal.«

»Mutti, also wirklich«, sagte meine Mutter und schüttelte den Kopf.

»Wenn man alt ist, gibt es jeden Tag ein neues Problem«, erwiderte Oma und ging ins Bad. Vater wartete, bis sie zurückkehrte. Als er seine Rede fortsetzte, fragte Oma überrascht, ob er immer noch nicht fertig sei.

»Er hat auf dich gewartet«, antwortete ich.

»Das wäre doch nicht nötig gewesen«, sagte Oma und schielte auf die Geschenke unterm Baum.

»Ich möchte betonen, dass Monika ihr Schulhalbjahr mit einer sehr passablen Leistung absolviert hat und nun auf dem besten Weg ist, Abitur zu machen«, verkündete Vater stolz.

»Ob das der beste Weg ist, sei mal dahingestellt«, maulte Onkel Hartmut.

»Nicht jeder Mann weiß eine kluge Frau zu schätzen«, entgegnete mein Bruder.

Bevor Onkel Hartmut verstehen konnte, wie das gemeint war, griff Vater nach dem ersten Geschenk. »Für meine Eva«, sagte er strahlend. Man sah Mutter die Überraschung an, denn eigentlich wollten unsere Eltern sich nichts zu Weihnachten schenken.

»Ach, Dieter, jetzt habe ich gar nichts für dich!«, sagte sie theatralisch.

»Nun pack doch erst mal aus«, mahnte mein Vater und schien aufgeregter zu sein als wir alle zusammen.

Die Sorgfalt, mit der Mutter das Papier ablöste, trieb uns alle in den Wahnsinn. »Mensch, Eva, jetzt mach doch mal hinne, ich will Ostern zu Hause zu sein«, sagte ihre Schwester ungeduldig. Tante Elsbeth hatte ihr Geschenk bereits ausgepackt. Sie hatte von ihrem Mann einen formschönen Toaster bekommen.

»Mein Gott, ist das ein hübscher Toaster«, hatte Oma grinsend gesagt und den Toaster begutachtet, als wäre er eine wertvolle Perlenkette.

»Und seht nur hier, mit Aufsatz für die Brötchen. Ich werd ja nicht mehr. Es verschlägt mir die Sprache, Kind«, fuhr sie fort und schlug sich theatralisch die Hand vor den offenen Mund.

»Ja, ist gut Mutter«, sagte Tante Elsbeth gereizt, die den ironischen Ton in Omas Bewunderung nur schwer hätte ignorieren können.

»Mal ehrlich, Kind, davon hast du doch dein Leben lang geträumt, ein Toaster zu Weihnachten … Einfach Klasse, dein Mann!« Mein Bruder hielt sich in Anbetracht der filmreifen Übertreibung vor Lachen den

Bauch. Tante Elsbeth zog ein beleidigtes Gesicht, während Oma Onkel Hartmut auf die Schulter klopfte und meinte: »Da hast du dir aber was ganz Besonderes für dein Frauchen ausgedacht.«

Inzwischen hatte Mutter das Papier, sorgfältig gefaltet, neben sich gelegt. Sie konnte mit dem flachen Paket auf ihrem Schoß zunächst nichts anfangen.

»Und?«, fragte Vater gespannt.

»Was ist das?«, fragte Mutter und las, was auf dem Karton stand. »V i d e o r e k o r d e r.« Alle machten große Augen, mein Vater strahlte. »Bist du wahnsinnig!«, rief meine Mutter ohne Groll und begann den Karton zu öffnen. Videorekorder waren der absolute Luxus. Seit sie im Jahr zuvor auf den Markt gekommen waren, kannte ich niemanden, der so ein Ding hatte, nicht mal in Frohnau. Die Dinger waren auch nicht wesentlich preiswerter geworden, so dass mein Vater vermutlich an die 2000 DM dafür hingeblättert hatte. Für uns ein kleines Vermögen.

Als der riesige schwarze Kasten vor uns auf dem Tisch stand, wirkte Onkel Hartmuts Toaster daneben wie ein Nichts. Den Rest des Abends war Vater mit der Programmierung des Gerätes beschäftigt, und Mutter sah ihm dabei ehrfurchtsvoll zu. Als es ihm endlich gelungen war, etwas aufzunehmen, versammelten wir uns alle vor dem Fernseher und sahen staunend einem Kinderchor bei der Arbeit zu. »Spul noch mal zurück«, bat Mutter, die entzückt war.

»Geht ganz einfach, hier, Rücklauf drücken«, sagte Vater.

»Und damit kann man jetzt alle Sendungen aufnehmen?«, fragte Mutter, die noch immer nicht glauben konnte, dass Vater so viel Geld ausgegeben hatte.

»Ja, und du kannst ihn bis zu einer Woche vorprogrammieren. Hier, siehst du?«, erklärte er und wies auf die Stelle in der Bedienungsanleitung.

»Als ob wir nicht schon genug vor der Kiste sitzen«, muffelte nun Oma herum.

»Aber Mutti, wenn du mal eine schöne Sendung nicht sehen kannst, nehmen wir sie dir auf, und du kannst sie dir später anschauen«, sagte meine Mutter.

»Ich lasse mir von einem solchen Gerät nichts nachtragen. Wenn etwas vorbei ist, dann ist es vorbei«, entgegnete Oma und verschränkte die Arme vor dem Bauch wie ein beleidigtes Kind.

Mein Bruder rückte an sie heran und sagte: »Recht hast du. Diese Technik bestimmt sonst noch unser ganzes Leben.«

Mein Vater sah zu den beiden hinüber. »Dass du die Technik verdammst, hätte ich mir ja denken können«, sagte er. Dann wandte er sich wieder dem Videorekorder zu und brummelte vor sich hin: »Der glaubt ja auch, der Strom kommt aus der Steckdose.«

*

»Sag mal, Michael, was machst du eigentlich mit deinen ganzen Frauen?«, fragte ich, während wir am nächsten Tag nach Wonkel fuhren.

»Ich mach sie alle glücklich«, antwortete Michael und grinste unverschämt breit.

»Könnte ich das auch?«

»Frauen glücklich machen?«

»Quatsch. Ich meine, mehrere Jungs glücklich machen.«

Mein Bruder überlegte lange. Dann sagte er schließlich, er wisse nicht genau, ob das so herum auch funktioniere. »Aber wieso willst du die Jungs glücklich machen? Lass dich doch einfach von ihnen glücklich machen, das scheint mir unkomplizierter zu sein. Um wen geht es denn?«

»Um Ludger und Tom«, sagte ich.

»Bei Tom kannst du deinen Worten gleich Taten folgen lassen, der ist nämlich da. Bei ihm sehe ich da gar keine Probleme, der ist ja selber auch ... na, wie soll ich sagen ...«, druckste mein Bruder herum.

»Vielseitig engagiert«, half ich ihm.

»Genau. Und wer ist Ludger?«

»Ein Klassenkamerad. Der weiß aber nichts von Tom.«

»Muss er doch auch nicht. Am besten ist es, alles in Ruhe auf sich zukommen zu lassen, ganz entspannt im Hier und Jetzt zu sein ... Es wird dann schon das passieren, was passieren soll.«

»Nur wann?«, fragte ich und sah den vorbeifliegenden Feldern nach.

»Alles hat seine Zeit. Läuft denn noch was mit Tom?«

»Ich weiß nicht ...«

»Aber da war doch mal was, oder?«, fragte er verunsichert.

»Das ist lange her«, sagte ich, als handle es sich bei Tom um eine uralte vergangene Jugendliebe. Dabei hatte ich nach unserem ersten Kuss fast vier Jahre zuvor unseren ungeborenen Kindern schon Namen gegeben und mir ein Leben mit ihm in Göttingen ausgemalt. In der Zeit zwischen den Ferien tauschten wir lediglich ein paar Briefe aus, was es mir schwermachte, eine Haltung zu Tom zu finden. »Und was ist, wenn nachher alle sauer auf mich sind?«, fragte ich.

»Dann wirst du als glitschiger kleiner Regenwurm

reinkarniert«, sagte er und lachte sich über seinen eigenen Witz halb tot.

»Ist ja irre lustig!«

Ich war gespannt, wie die Hottentotten die Weihnachtsfeiertage verbrachten. Wir begrüßten uns alle mit »Fröhliche Weihnachten«. Tom stand hinten am Scheunentor und winkte mir zu. Ich winkte zurück und dachte, entspannt im Hier und Jetzt bleiben. Also umarmte ich erst einmal die anderen Hofmitglieder.

Ich war nicht sonderlich überrascht, keinen Tannenbaum vorzufinden. Alles, was im Haus auf Weihnachten hindeutete, war ein wild geschmückter Ficus benjamina, an dessen Ästen Kondome, »Atomkraft nein danke«-Buttons und jede Menge Schokoladeneier baumelten.

»Mit so was Dekadentem wie einem Tannenbaum wollt ihr bestimmt nichts zu tun haben, oder?«, fragte ich vorsichtig.

»Doch, doch. Ein Baum muss schon sein«, sagte Uwe.

Ich sah mich noch einmal um. Hatte ich etwa einen ganzen Tannenbaum übersehen? »Und wo ist der Baum?«, fragte ich.

»Da, wo er hingehört, draußen«, antwortete Uwe.

»Wir fällen keinen Baum, nur um ihm hier drinnen beim Verrecken zuzusehen. Komm mit, ich zeig ihn dir«, sagte Bylle und wirbelte den ewig langen Schal aus Schafwolle um ihren Hals.

Nach einem zehnminütigen strammen Fußmarsch stand ich vor der Tanne. Ein riesiges Ding, bunt geschmückt mit kleinen Holzfiguren und Strohsternen, irgendwo zwischen Feldweg und Waldlichtung. Ich kam aus dem Staunen nicht heraus.

»Und, wie findest du ihn?«, fragte Bylle.

»Ultragigantisch«, antwortete ich und lief um den Baum herum wie um ein eben gelandetes Raumschiff.

»Wir nennen ihn Herbert«, sagte Bylle.

»So, so, der Baum heißt Herbert – irgendwie komisch, ein Baum mit Namen«, meinte ich.

»Du hast doch auch einen Namen«, entgegnete Bylle.

»Wie seid ihr eigentlich da oben rangekommen?«, fragte ich und glaubte irgendeiner Zauberei auf der Spur zu sein.

»Mit der Leiter«, erklärte Bylle.

»Einfach nur obergenial«, sagte ich, als habe die Landkommune meines Bruders die Leiter soeben erfunden.

»Ich habe gehört, du hast Liebeskummer«, erkundigte sich Bylle, während sie kleine Petroleumlämpchen anzündete, die im Baum verteilt waren.

»Ich kann mich nicht entscheiden. Ludger, ein Klassenkamerad von mir, oder Tom …«

»Musst du doch auch nicht«, erwiderte Bylle.

»Aber ich kann doch nicht mit zwei Jungs gleichzeitig … Das gehört sich nicht – das ist Bigamie«, sagte ich ernsthaft.

Bylle bekam einen Lachanfall. Als sie sich einigermaßen beruhigt hatte, sagte sie, ich dürfe mich nicht auf einen Jungen fixieren.

»Warum denn nicht?«

»Damit trägst nur zur Aufrechterhaltung patriarchalischer Strukturen bei, verstehst du das denn nicht?«, fragte sie fassungslos.

»Aber gibt es nicht auch den einen netten Patriarchen, mit dem man glücklich werden kann? Oder sind Männer grundsätzlich blöde?«, fragte ich.

»Sie werden dazu gemacht, durch Erziehung, Gesellschaft und auch als Folge unserer Geschichte. Sie haben gelernt, immer besser, schneller und stärker zu sein als andere. Das steckt tief in ihnen drin. Der Wille zu herrschen beherrscht sie quasi.«

»Und das soll ich ihnen jetzt wieder austreiben, indem ich zwei gleichzeitig habe?«, fragte ich.

»Wenn sie das mitmachen, warum nicht?« Ich fühlte mich ratlos. »Wenn dir das nächste Mal jemand gefällt, dann geh direkt auf ihn zu und sag ihm, was *du* willst«, erklärte Bylle.

Schon allein die Vorstellung, einfach so auf einen Jungen zuzugehen und zu sagen: Hey, dich finde ich toll!, trieb mir den Angstschweiß auf die Stirn. Was, wenn er mich dann nicht wollte? Ich würde dastehen wie ein Depp. Nein, nein, so etwas bahnte man lieber vorsichtig und langfristig an. Dass ich Ludger gleich geküsst hatte, war den Umständen geschuldet gewesen. Immerhin hatte mir das Tränengas mein Hirn benebelt, und er hatte mich vor einem prügelnden Polizisten gerettet. »Ich kann doch nicht einfach so auf einen Typen zugehen!«, sagte ich entrüstet.

»Wieso denn nicht? Mehr als nein sagen kann er ja nicht«, entgegnete Bylle.

»Aber das ist doch dann voll peinlich«, meinte ich.

»Wieso?«

»Na, weil ... weil ... Wer fängt sich denn schon gerne einen Korb ein? Da muss man doch vorher in Ruhe sondieren, auch wenn es Zeit kostet«, versuchte ich meine Haltung zu verteidigen.

»Stell dir vor, du liegst auf dem Sterbebett und fragst dich: Wie wäre es mit dem oder dem eigentlich gewesen? Hätte ich es nicht doch lieber mit dem anderen versuchen sollen?«

»Bisschen spät, um das dann noch rauszufinden«, bemerkte ich.

»Eben drum. Es gilt also, keine Zeit zu verschwenden«, sagte Bylle in pastoralem Tonfall.

So langsam begann ich zu begreifen, was sie meinte. Wie sagte Oma immer: Vorbei ist vorbei, da hilft auch kein Jammern.

Ich hatte plötzlich das Gefühl, als würde man zu Hause schon mein Sterbebett vorbereiten. Vorher wollte ich aber noch gehörig tätig werden in Sachen Jungs!

Von ferne hörten wir die anderen kommen. Sie sangen »Bella Ciao«, ein Partisanenlied, bei dem aus dem toten tapferen Krieger eine schöne Pflanze wächst. *»… das ist die Blume des Partisanen, der für unsere Freiheit starb«,* grölte es durch den Wald. Nicht unbedingt weihnachtlich, dachte ich, aber doch schön. Die anderen schleppten Holzbänke herbei, klappten sie vor der Tanne auf und sangen weitere Lieder. Auch das ein oder andere Weihnachtslied war darunter, aber mit neuem Text.

»Stille Nacht, heilige Nacht,
andere pennen, wir sind wach,
wir sind nicht allein,
wir sind eine Macht.«

Mein Bruder saß da, an einem Arm hing Meripara, am anderen Beatchen. Sie klebten an ihm wie angelutschte Drops in der Hosentasche. Ich hatte meine Zweifel, ob die beiden Frauen tatsächlich zur Auflösung der patriarchalischen Strukturen beitrugen, wie sie gerne behaupteten.

Beates Tochter Nina zwängte sich neben mich. »Na, auch mal wieder hier«, sagte sie und schlug mir auf den Oberschenkel wie einem alten Kumpel. Nina war inzwischen elf Jahre alt, benahm sich aber irgendwie nicht altersgemäß. In den Herbstferien hatte sie ihre »Kuscheltiersammlung« auf dem Flohmarkt verkauft und sich von dem Geld Berge von Schminksachen und einen glitzernden Haarreifen gekauft.

Ihre Mutter, Beate, registrierte das missmutig, ließ ihr Kind aber gewähren. »Je früher sie sich individualisiert, umso besser. Außerdem wehrt sie sich weiterhin gegen das Schulsystem«, stellte sie beruhigt fest. Das sah so aus, dass Nina reihenweise Tadel sammelte, weil sie die Lehrer beschimpfte. Wobei »Sie unfähiger Pädagogenfurz« noch zu den harmlosen Varianten gehörte.

»Ich habe übrigens einen festen Freund«, sagte Nina.

»Schön für dich«, erwiderte ich und dachte: Die spinnt, ich bin die Ältere, mir steht ein fester Freund zu, mindestens.

»Willst du ihn mal sehen?«, fragte sie und kramte, ohne meine Antwort abzuwarten, in ihrem kleinen, bunten Portemonnaie.

»Der ist doch nie im Leben elf«, sagte ich überrascht, als ich das Foto sah.

»Habe ich ja auch nie behauptet«, entgegnete Nina und grinste. Ihr Freund war 17, was ich irgendwie gefährlich fand. Beate sah das ähnlich, wollte ihrer Tochter aber auch hier »nicht ins Leben pfuschen«.

Sie wird noch vor mir eine Familie gründen, dachte ich konsterniert und konnte meinen Blick nicht von dem Jungen wenden, dem schon der erste Bartflaum an der Oberlippe hing. Eine Elfjährige würde mich überholen, es war unglaublich. Bylle hatte vollkommen recht, ich hatte keine Zeit mehr zu verlieren. Mit einem Ruck stand ich auf und setzte mich mit zittrigen Knien neben Tom. Dann sagte ich mit rasendem Herzen und schwitzenden Händen: »Na, mein Süßer. Du hast mir gefehlt.«

*

Es wurde eine wunderbare Woche. Die Gedanken an Ludger ertranken in einem Überschwang der Gefühle für Tom. Es war, als hätte jemand einen riesigen Hebel umgelegt. Ich fand plötzlich alles schön, nichts schien mehr Probleme zu bereiten. Sogar meine Eltern fand ich total in Ordnung, und Ludger tat mir, in Anbetracht seiner seltsamen Mutter, einfach nur noch leid.

»Wann warst du eigentlich das erste Mal auf dem Hof?«, fragte Tom plötzlich.

»Vor vier Jahren, drei Monaten und elf Tagen«, sagte ich lachend.

Tom lächelte, und wir küssten uns wieder. Es war unglaublich, wie oft wir uns damals küssten. Wir konnten keine fünf Sätze miteinander reden, ohne dem anderen die Lippen irgendwohin zu drücken. Besonders schön waren die allabendlichen Küsse. Da traf es sich gut, dass der Benjamini noch ein paar Kondome beherbergte.

»Besonders oft haben wir uns aber nicht gesehen in den Jahren«, sagte ich mit leichtem Vorwurf in der Stimme.

»Das wird sich ändern«, sagte Tom und zerrte mich zu sich.

»Wieso?«

»Weil ich nach Berlin ziehe«, antwortete Tom. Ich dachte, mein Herz setze vor Freude aus. »Ich bin schon seit einem Jahr da gemeldet, wegen dem Bund.« Der Bund meinte, die Bundeswehr und junge Männer, die offiziell in Westberlin lebten, durften nicht zum Kriegsdienst – mein Vater sprach von Wehrdienst – eingezogen werden. Das hatte zur Folge, dass besonders in Kreuzberg ein Überschuss an knackigen, jungen, meist langhaarigen Männern herrschte. Aber nicht alle lebten wirklich dauerhaft in der Stadt. An manchen Briefkästen hingen mehr Namensschilder, als es Schlüssel zur Wohnung gab. Hauptsache, die Postleitzahl im »behelfsmäßigen« Ausweis war 1000, der Rest fand sich dann schon, trotz Wohnungsnot.

»Wo wirst du wohnen?«, fragte ich.

»Ein Freund von Meripara geht nach Indien, und ich kann zum ersten Februar sein WG-Zimmer haben.«

»Und wo?«

»In Kreuzberg.«

Ich hätte jubeln können, Kreuzberg, wunderbar. Endlich kannte auch ich jemanden in diesem verruchten Bezirk. »Und was willst du machen?«, wollte ich wissen, während Tom schon wieder seine Lippen in Stellung brachte.

»Außer dich dauernd küssen?«, fragte er.

»Das wirst du schlecht zu einem Beruf ausbauen können ...«

»Ich werde studieren.«

»Und was?« Mensch, Kleewe, was soll denn die Frage, dachte ich, kaum dass ich sie ausgesprochen hatte. Ich war schon wie Vater. Als Nächstes fragte ich ihn womöglich noch, wovon er mich ernähren will. Eigentlich war es doch egal, was Tom studierte, Hauptsache, er war in Berlin.

»Ich weiß noch nicht, was ich studiere, mal sehen«, erwiderte Tom gelassen.

Mein Glück schien komplett zu sein. Ich konnte es kaum fassen: ein volljähriger Freund in Kreuzberg! Der Zenit des Beziehungslebens schien erreicht. Fraglich war nur, was Dieter und Eva Kleewe davon halten würden … Tom war genau der, vor dem meine Eltern mich immer gewarnt hatten. Einer, der sich vor dem Dienst am Vaterland drückte, keine konkrete Zukunftsplanung im Kopf hatte, dafür aber die Haare zum Zopf gebunden trug und offenbar schon im Norwegerpullover geboren war.

Der Abschied am Bahnhof fiel mir leicht. Noch vier Wochen, und alles würde gut werden, diese Zeitspanne ließ sich überleben. Vor lauter Traumtänzerei hatte ich meinen Wohnungsschlüssel in der Landkommune liegenlassen. »Gut, dass wenigstens dein Kopf angewachsen ist«, begrüßte Mutter mich am Bahnhof Zoo.

*

Gestärkt von so viel Glück, fühlte ich mich wieder in der Lage, mich der Aufklärung meiner Eltern über das Leben an sich und das Ozonloch im Speziellen zuzuwenden. Das Ozonloch schwebte nicht nur über den Polkappen, sondern, meiner Meinung nach, auch direkt über unserem Haus.

»Mama, warum benutzt du kein Pumpspray für deine Haare?«

Meine Mutter sah mich entgeistert an. »Ein Pumpspray? Da kommt doch nie richtig was raus, das tröpfelt immer nur so.«

»Aber du würdest helfen, die Polkappen vor dem Abschmelzen zu bewahren.«

»Mit einem Pumpspray?«

»Ja, und nicht nur das. Mit deinem Haarspray tötest du die Eisbären«, gab ich mit erhobenem Zeigefinger zu bedenken.

Mutter sah mich an, als wollte sie gleich das Fieberthermometer rausholen. »Ich benutze seit Jahren Haarspray, und noch nie hat sich ein Eisbär bei mir beschwert«, erwiderte sie scherzend.

»Das ist ja mal wieder typisch. Während ich mir ernsthafte Gedanken um unsere Umwelt mache, interessierst du dich nur für den Sitz deiner Haare.«

»Aber Kind, um die Umwelt kümmern sich doch diese neuen Grünen, oder?«

»Mensch, Mama, hast du deinen Kopf auch noch für was anderes außer für die Frisur?!«

Vater hatte unserer Unterredung aus sicherer Entfernung zugehört. Jetzt hielt es ihn nicht mehr an seinem Platz, und er stellte sich zu uns. Es gab vieles, was ich zu der Zeit an Erwachsenen nicht ausstehen konnte, aber mit das Schlimmste war es, wenn Vater sich ungefragt vor Mutter stellte. Mit ihr alleine wäre ich ideologisch vermutlich noch fertig geworden, aber mit Dieter Kleewe war das nicht so einfach. »Monika, hör auf, in diesem Ton mit deiner Mutter zu reden!«

»Dich habe ich doch gar nicht gemeint, oder benutzt du heimlich Haarspray?«, fragte ich.

»Monika!«

»Aber wenn Mutter weiter so hemmungslos Spraydosen benutzt, werden wir demnächst noch im Winter draußen baden gehen können«, sagte ich ernsthaft besorgt.

Mein Vater schüttelte den Kopf und meinte, dann solle ich zuerst mal mit diesen bunten Verrückten mit den Stacheln im Haar reden. Gemeint waren die Punks.

»Das ist doch was ganz anderes, das ist Auflehnung und Protest.«

»Genau! Die brauchen doch kiloweise Haarspray, damit das hält«, sagte Mutter.

»Dagegen sind die paar Brisen deiner Mutter ein Klacks!«, ergänzte Vater.

Aber so leicht ließ ich mich nicht unterkriegen. Ich wusste schließlich Bescheid. Ich hatte GLOBAL 2000 gelesen. Der Bericht einer Expertenkommission an den damaligen amerikanischen Präsidenten, Jimmy Carter, hatte 1980 für einiges Aufsehen gesorgt. In dunklen Farben wurden die Prognosen für das Jahr 2000 ausgemalt. Wenn wir nicht bald auf die Bremse traten, würde uns die ökologische Katastrophe gnadenlos überrollen, auch in Europa. Dann würden wir im Sommer schon einen Sonnenbrand bekommen, wenn wir nur an Sonne dachten, das stand fest.

»Wenn wir nicht aufpassen, dann macht hier bald keine Pflanze mehr Photosynthese. Wir werden ersticken«, sagte ich theatralisch.

»Werden wir nicht«, hielt Vater dagegen.

»GLOBAL 2000 erwartet, dass in 20 Jahren 20 Prozent der Pflanzen ausgestorben sein werden.«

»Ach wirklich?«, sagte Mutter.

»Jedes Jahr wird eine Waldfläche von der Größe der BRD …«

»Zum hundertsten Mal, hör endlich auf mit dieser Kommunistensprache, das heißt nicht BRD, das heißt Bundesrepublik Deutschland«, sagte mein Vater fast schon flehentlich.

»Das ändert nichts an den Tatsachen! Egal, ob BRD oder Bundesrepublik Deutschland. Jedes Jahr wird eine Waldfläche von der Größe dieses Landes abgeholzt, und das wird Folgen für unser Klima haben«, fuhr ich mahnend fort, als ob wir alle persönlich täglich einen Baum ins Jenseits beförderten.

»Jetzt übertreibst du aber«, sagte Mutter.

»Das kostbare Abfallprodukt der Photosynthese,

Sauerstoff, wird dann zur Mangelware. Wir müssen jeden Baum wie einen Freund behandeln, einen guten Freund.«

»Ach, und deswegen hat dein Bruder Freundschaft mit einem Baum geschlossen?«, fragte Mutter, die von ihrem Sohn über seinen neuen Freund, die Eiche an der Scheune, informiert worden war. Sie hatte das zunächst für einen Scherz gehalten, aber jetzt fiel es ihr wieder ein.

Mein Vater sah sie verwundert an. »Der Junge hat was gemacht?«, fragte er fassungslos.

»Er hat Freundschaft mit einem Baum geschlossen«, wiederholte meine Mutter, als sei es das Selbstverständlichste auf der Welt.

»Wofür soll das gut sein?«, fragte Vater weiter. Mutter antwortete, sie habe es auch nicht ganz verstanden, aber sie fände die Freundschaft zu einem Baum immer noch besser als die Freundschaft zu einem Terroristen. »Wofür, bitte schön, soll es gut sein, Freundschaft mit einem Baum zu schließen?«, wiederholte Vater vorsichtig, als befürchte er eine Antwort, die ihn dazu bewegen würde, die Amtsärztin in Klonkeberg zu informieren.

»Das hat was mit Einklang zu tun, mit der Natur in Einklang leben«, sagte ich.

»Dein Bruder hat doch nicht mehr alle Latten am Zaun. Fehlt nur noch, dass er den Bäumen demnächst einen eigenen Namen gibt.«

»Hat er schon. Der Tannenbaum heißt Herbert«, ergänzte ich.

Vater schüttelte den Kopf. »Die sind ja alle komplett verrückt!« Er winkte einer Birke vor unserem Küchenfenster zu und sagte: »Guten Tag, liebe Birke, wie heißt du denn? Ich bin der Dieter, und das da ist meine

Frau, Eva. Hast du gut geschlafen, lieber Baum? Ich lach mich kaputt!« Vater lachte.

»Jeder sollte Freundschaft mit einem Baum schließen. Sonst werden wir eines Tages mit Masken herumrennen, und statt Tankstellen für Autos werden wir streng bewachte Sauerstoffstellen haben, an denen reiche Menschen, bevorzugt Kapitalisten aus Frohnau, Sauerstoff kaufen können, während die Armen hinter den Zäunen ersticken.« Ich hatte mich richtig in Rage geredet.

»So schlimm wird es schon nicht kommen«, meinte Vater.

»Ach nein? Und warum ruft der Senat seit neuestem dazu auf, wegen Smog das Auto stehenzulassen?«, fragte ich mit Triumph in der Stimme.

»Ist doch nur Stufe eins«, erwiderte Vater, als sei das völlig harmlos. Und tatsächlich beinhaltete Stufe eins nur den Appell, freiwillig auf das Auto zu verzichten, was natürlich keiner tat.

»Trotzdem müssen wir jeden Baum schützen. Bäume sind unser Leben!«, beharrte ich.

»Und in ein paar Jahren liegt der Kölner Dom am Meer, oder was?«, fragte Vater ironisch.

»Das Klima wird sich verändern, so viel steht fest.«

»Unsinn. Es ist Januar und kalt wie immer«, sagte Vater.

»Aber nicht mehr lange! Eines Tages ist es hier so warm, dass du in Berlin von einer Kokosnuss erschlagen werden kannst!«

Mein Vater verdrehte die Augen und meinte nur, dieses Kind, gemeint war ich, triebe ihn noch in den Wahnsinn.

*

In der Schule lief ich direkt Ludger in die Arme. »Hallo, Süße«, sagte er unüberhörbar laut. Im Flur verstummten alle Gespräche.

»Hallo«, antwortete ich knapp.

Ludger umarmte mich und gab mir einen Kuss. Ich zog mein Halstuch geschickt etwas höher, so dass Ludger meinen von Knutschflecken übersäten Hals nicht sehen konnte. »Wie geht's?«, wollte er wissen.

»Gut, sehr gut«, sagte ich und strahlte.

»Was hast du in den Ferien gemacht?«, fragte ich.

»Ich war mit meinen Eltern in der Schweiz«, antwortete Ludger.

Schweiz, das war für mich der Inbegriff von Reichsein. In die Schweiz fuhren Menschen, die nicht mehr wussten, wohin mit ihrem ganzen Geld. Die keine Ahnung hatten vom Hunger in der Dritten Welt, die kiloweise Kaviar aßen, zum Frühstück Champus tranken und irre schlaue Kinder hatten. »Der Harz tut es ja für Leute wie euch nicht«, sagte ich genervt von so viel Luxus und wand mich aus Ludgers Umarmung.

»Im Harz lag nicht genug Schnee«, erwiderte Ludger.

»Konnte dein Papi keinen Schnee für dich kaufen?«, fragte ich gereizt.

»Du bist doch bloß neidisch, weil ihr euch nur die Lüneburger Heide leisten könnt.«

»Du meinst die schöne Lüneburger Heide«, sagte ich voller Inbrunst, als ob ich sie persönlich bepflanzt hätte.

»Was anderes könnt ihr euch eben nicht leisten«, wiederholte Ludger und trat demonstrativ zwei Schritte zurück, als hätte ich eine ansteckende Krankheit.

»Falsch. Was anderes wollen wir uns gar nicht leisten!«, gab ich lautstark zurück.

»Meine Mutter hatte schon recht: Du bist primitiv und ungebildet!«, schrie er mir nach.

Ruckartig drehte ich mich um. »Lieber primitiv und ungebildet als reich und blöd«, brüllte ich zurück, außer mir vor Wut.

Inzwischen war Herr Feisel, unser kugelrunder Biolehrer, eingetroffen. Sofort nahm er mich zur Seite. »Monka, wage es ja nicht, den Ludger noch einmal so zu beleidigen!«

»Ich beleidige, wen ich will und wann ich will!«

»Aber nicht bei mir«, sagte Feisel.

»Gerade bei Ihnen! Beleidigung ist doch Ihr Hauptfach.«

»Sieh dich vor – und jetzt setz dich hin, Monka!«

»Immer dieses Monka tu dies, Monka tu das, glauben Sie, das ist noch lustig?«, fragte ich und spürte, wie meine Nervenfasern vibrierten.

»Weißt du, was man früher mit so einer wie dir gemacht hätte?!«

»Na, was denn? Arbeitslager?«

»So was wie dich hätte man ausgemerzt«, sagte Feisel mit bebender Stimme.

»Und Sie sind so blöde, wie Sie fett sind«, gab ich spontan zurück.

»Kleewe, es reicht!!!«

Zehn Minuten später saß ich beim Direktor. Ein Mann, der immer aussah, als käme er gerade vom Friseur und Herrenausstatter gleichzeitig. Er hatte einen kleinen Schnurrbart mitten unter der Nase. Zum Glück war der schon grau, sonst hätte er fatal an einen verrückten Österreicher erinnert, mit dem die Welt keine guten Erfahrungen gemacht hatte.

Der Direktor war ein autoritärer Sack, was nur wenige wussten, denn er ließ seinen Stellvertreter immer die Drecksarbeit machen, um dann selbst wie der liebe Onkel von nebenan zu erscheinen. Inzwischen war sein Stellvertreter mit etlichen Magengeschwüren in irgendeiner Klinik verschwunden, und jetzt hatte ich das zweifelhafte Vergnügen, direkt auf den Chef zu treffen. Neben ihm saß Herr Breith, ein dürrer Asket, der nun an Stelle von Frau Weber versuchte, uns Literatur näherzubringen. Seine Kurse waren voll, sein Unterricht sorgte für viel Heiterkeit und Entspannung. Seine scheinbaren Lobeshymnen auf den Direktor strotzten nur so vor Spott und Hohn. Vermutlich wurde er deswegen jedes Jahr aufs Neue zum Vertrauenslehrer der Schule gewählt. Sein schütteres Haupthaar fiel ihm in leichten Wellen auf die Schultern. Als ich ihn einmal zufällig mit Oma beim Einkaufen getroffen hatte, hatte sie ihn sofort gefragt, ob er sich auch eine »Wasserwelle« habe machen lassen. Er hatte es mit Humor genommen und ließ meine Oma gelegentlich grüßen.

»Hallo, Herr Breith«, sagte ich und ließ mich nieder. Unser Deutschlehrer machte keinen Hehl daraus, dass er Herrn Feisel ablehnend, um nicht zu sagen feindselig, gegenüberstand.

»Na, Monika, wieder mal versucht, den rollenden Biologen in die Schranken zu weisen?«, fragte er lachend.

»Also, Herr Kollege, ich muss doch sehr bitten«, mahnte der Direktor. Dann wandte er sich mir zu. »Monika, Ihr Verhalten gegenüber dem Lehrkörper lässt zu wünschen übrig.«

»Ist ja kein Dauerzustand«, gab ich zurück.

»Also, das stellt sich mir ganz anders da. Der Kollege Feisel hat Ihre letzten verbalen Ausfälle schriftlich festgehalten«, sagte der Direktor und schob mir ein Blatt Papier herüber.

»Hast du eine Erklärung dafür?«, fragte Herr Breith in seinem Mir-kannst-du-es-doch-anvertrauen-Ton.

Ich starrte auf das Blatt Papier. Offensichtlich war die benutzte Schreibmaschine nicht gerade die beste. Sämtliche i-Punkte in »Sie Hirni« waren durchgeschlagen. »Das sind aber sehr löchrige Aufzeichnungen«, bemerkte ich und hielt das Blatt ins Licht.

»Ihre verbalen Ausfälle haben nichts mit der Schreibmaschine zu tun«, entgegnete der Direktor leicht sauer.

»Aber vielleicht mit Herrn Feisel«, gab ich zurück.

»Wieso?«

»Seit Monaten nennt er mich Monka, und je schwerer die Fragen, umso sicherer muss ich sie beantworten. Außerdem ist er nicht frei von rechtem Gedankengut, man könnte auch schlichtweg sagen, er ist ein Nazi.«

»Monika, jetzt werden Sie nicht unsachlich«, mahnte der Direktor.

»Es vergeht keine Stunde, in der er mir nicht erklärt, dass ich – Originalton Feisel – ein Haselnusshirn habe.«

»Da haben Sie es wieder, der Kollege Feisel ist einfach nicht in der Lage, sich sachgerecht zu verhalten«, sagte Herr Breith zufrieden lächelnd. Es war an der Schule ein offenes Geheimnis, dass Feisel und Breith sich am liebsten gegenseitig ermordet hätten. Daraus war das Gerücht entstanden, dass derjenige, der bei Feisel Biologie Leistungskurs hatte, bei Breith kein Abitur mehr machen konnte.

»Dass Sie sich wieder auf die Seite der Schülerin schlagen, habe ich gewusst«, sagte der Direktor zu Herrn Breith. Er konnte den Vertrauenslehrer der

Schüler nicht leiden und hatte schon mehrfach erfolglos versucht, ihn loszuwerden – wegen dessen »despektierlichen Benehmens«. Das despektierliche Benehmen bestand darin, dass Herr Breith dem Direktor einen »spontanen« Unterrichtsbesuch mit den Worten »Wir sind hier nicht beim Bundesnachrichtendienst« verweigert hatte. Außerdem hatte Breith einen Aufsatz schreiben lassen zum Thema: Braucht die Schule einen Führer? Da half es wenig, dass er das Wort Führer in Anführungszeichen hatte setzen lassen. Er habe nur sehen wollen, ob die Schüler in der Lage seien, eine vernünftige Pro-und-Kontra-Arbeit zu schreiben, was ihm niemand glaubte, aber auch niemand widerlegen konnte.

»So geht es auf jeden Fall nicht weiter, Monika. Sie müssen lernen, sich besser anzupassen«, sagte der Direktor. Mir klappte die Kinnlade runter. »Das ist dann jetzt der zweite Tadel für Sie«, fuhr der Direktor fort.

Breith nickte mir aufmunternd zu, als wolle er mir raten, das Urteil anzunehmen. Er sah sich Feisels Aufzeichnungen meiner verbalen Ausfälle an. Dann lachte er plötzlich los und hatte Mühe, sich wieder einzukriegen. »Hast du wirklich gesagt, Feisel sei ein reinkarniertes Walross?«, fragte er juchzend.

»Gefragt, nicht gesagt«, korrigierte ich schmunzelnd.

Während der Direktor im Aufstehen noch nach einer passenden Abschlussformel für unser Gespräch suchte – Monika, Sie müssen erwachsen werden, oder so –, ging die Tür auf. Die Schulsekretärin stand da, im Hintergrund sah man zwei Polizisten.

»Was kann ich für Sie tun?«, fragte der Direktor freundlich und ging auf die beiden Beamten zu.

»Wir haben hier einen Haftbefehl gegen einen Ludger Lewander wegen schweren Hausfriedensbruchs, Widerstands gegen Vollstreckungsbeamte und Sachbeschädigung. Könnten Sie den Schüler bitte unauffällig zu uns bringen?«

»Selbstverständlich«, sagte der Direktor, deutete einen Diener an und tupfte sich den Schweiß von der Stirn. Monika Kleewe schien sich für ihn schlagartig in Luft aufgelöst zu haben.

*

In der Pause stand ich mit Ronny und Mäuseschwänzchen auf dem Hof.

»Der Direktor hat Ludger aus dem Unterricht geholt. Weißt du, warum?«, fragte sie.

Ich dachte, man sollte die Pferde nicht scheu machen. Wenn Mäuseschwänzchen wüsste, was Ludger vorgeworfen wird, dann würde sie sich bestimmt wieder nur Sorgen um ihr Führungszeugnis machen. Denn vermutlich hielt sie allein die Tatsache, dass sie mit Ludger die Schulbank teilte, in einem solchen Fall für gefährlich, von wegen Mitwisserschaft und so. »Nein, keine Ahnung«, sagte ich.

»Warum weißt du das nicht?«, fragte Ronny vorwurfsvoll.

»Warum sollte ich denn was wissen?«

»Hast du etwa nichts mit Ludger?«, fragte Mäuseschwänzchen überrascht.

»Ich weiß nicht«, antwortete ich wahrheitsgemäß.

»Wie, du weißt nicht? Du musst doch wissen, ob er dein Freund ist – oder gewesen ist«, fügte sie hinzu.

»Wir haben herumgeknutscht«, erklärte ich.

»Ach, daher deine Knutschflecke«, sagte Mäuseschwänzchen beruhigt.

»Nein, die sind von Tom«, antwortete ich.

Mäuseschwänzchen stand der Mund offen, Ronny meinte nur: »Diese Ökoweiber sind doch alle gleich«, und drehte sich mit einer abwertenden Handbewegung weg.

Verdutzt sah ich ihm nach. »Was ist los mit ihm?«, fragte ich Mäuseschwänzchen, die Ronny träumerisch nachsah.

»Na ja, weißt du, der Ronny macht sich nur Sorgen, glaube ich.«

»Sorgen, worum denn?«

»Um deinen … Anstand«, flüsterte Mäuseschwänzchen. Ich lachte nur und dachte: Wenn Ronny sich aufregt, dann kann das, was ich tue, nur richtig sein.

*

Zwei Tage später lag der Tadel bei uns im Briefkasten. Mein Vater nahm es erstaunlich gelassen auf. »Wenn ich mich über alles aufregen würde, was du in den letzten Jahren veranstaltet hast, müsste ich schon dreimal tot sein«, sagte er und unterschrieb den Brief.

»Aber Herr Breith ist auch der Meinung, dass Herr Feisel …«

»Herr Breith? Ist das dieser dünne Deutschlehrer, der sich dauernd im Bart herumkrault, als wohnten da Tiere drin?«, fragte meine Mutter.

»Ich weiß nicht, ob in seinem Bart Tiere wohnen, das könnte Herr Feisel vermutlich besser beurteilen«, antwortete ich lachend.

»Auf der letzten Elternversammlung hat Herr Breith übrigens gesagt, er findet es sehr gut, dass du einen ausgeprägten Sinn zum eigenständigen Denken hast«, sagte meine Mutter.

»Bestimmt ist der Mitglied in der Gewerkschaft Erziehung und Wissenschaft, da freut man sich über jede Form von Querulantentum«, kommentierte mein Vater.

»Apropos Querulantentum«, nahm ich den Faden meines Vaters auf, »Tom zieht nach Berlin.«

»Tom – ist das nicht der junge Mann, mit dem du … also, ich meine … ihr hattet doch schon … wie soll ich es sagen …« Meine Mutter wurde rot.

»Geilen Sex«, sagte ich provokant.

»Monika!«, rief mein Vater und schnappte nach Luft.

»Jedenfalls zieht er nach Berlin.«

»Noch so einer, der sich dem Dienst am Vaterland verweigert«, sagte mein Vater und schaltete den Fernseher an. Mit anderen Worten: Er wollte keine Diskussion mehr führen.

»Sei so gut und bring Oma noch die Zeitung rüber«, sagte meine Mutter schließlich.

»Aber gerne doch!« Ich ließ mir meine gute Laune durch nichts nehmen und schwang mich auf mein Rad.

»Du strahlst ja so«, sagte Oma.

»Gute Laune sieht so aus«, erwiderte ich.

»Ist es wegen dem Tom?« Ich nickte. »Deine Eltern sind nicht gerade begeistert«, sagte sie. Offensichtlich hatte Mutter sofort Oma angerufen, vermutlich, damit diese ein »ernsthaftes Gespräch« mit mir führte. Mutter konnte ja nicht ahnen, dass Oma in Sachen Moral durchaus eine gewisse Lässigkeit an den Tag legen konnte.

»Ich bin auch nicht von allem begeistert, was meine Eltern machen.«

»Da hast du recht, Kind.«

»Und du? Wie findest du, dass Tom kommt?«

»Ach Gott, der eine kommt, der andere geht, so ist das im Leben«, sagte Oma und streichelte dabei ihr Sofakissen.

»Nein, mit Tom ist es etwas anderes. Wir lieben uns – auf eine sehr spezielle Weise.«

»Du weißt doch noch gar nicht, was Liebe ist.«

»Natürlich weiß ich, was Liebe ist«, entgegnete ich voller Überzeugung, kraft meiner satten 16,5 Jahre Lebenserfahrung, von denen zwölf Jahre ohne ernsthaften Kontakt zum anderen Geschlecht abgelaufen waren.

»So? Was ist denn Liebe?«, fragte Oma und sah mich sorgenvoll an, wie man einen Kranken ansieht, der zum Sterben nach Hause kommt.

»Liebe ist, wenn es vom Ohrläppchen bis zum kleinen Zeh rappelt«, sagte sich.

»So, so, und was noch?«, fragte Oma.

»Liebe ist, wenn man umkommt vor Angst, nur weil der Liebste die Straße überquert.«

»Ach herrje«, sagte Oma, und ihre Sorgenfalten wurden immer tiefer.

Ich dagegen redete mich in Schwung. »Liebe ist, wenn man alles um sich herum vergisst, wenn man den anderen nicht mehr loslassen möchte, wenn man einen Sonnenuntergang zusammen sieht, wenn man die gleiche Autofarbe schön findet, wenn man für die gleichen politischen Ziele kämpft und wenn man glaubt, keinen anderen Menschen auf der Welt mehr zu brauchen, nur diesen einen.« Erschöpft von meiner Aufzählung legte ich mich auf die Couch.

»Das ist doch nicht Liebe, Monika!«, sagte Oma kopfschüttelnd.

»Was ist es dann?«

»Das ist Wahnsinn«, sagte Oma und legte sich zu mir auf die Couch. Nachdem wir eine Weile still auf der Couch gelegen hatten, fragte ich Oma, was Liebe für sie sei. »Liebe ist die Fähigkeit, den anderen so zu lassen, wie er ist«, antwortete Oma.

»Und was noch?«, fragte ich.

»Nichts weiter. Den anderen so zu lassen, wie er ist, ist doch kompliziert genug«, sagte Oma.

»Aber Oma, Liebe darf doch nichts Kompliziertes sein!«, protestierte ich.

»Doch, Monika, Liebe ist das Komplizierteste, was es gibt. Liebe ist flüchtig, deswegen muss man sich gut um sie kümmern«, erklärte Oma. Dann drehte sie sich zu mir und gab mir einen ihrer berüchtigten knallenden Schmatzer auf die Wange.

*

Ludger war, nachdem ihn die Polizei abgeholt hatte, ein paar Tage nicht zur Schule gekommen. Erstaunlicherweise begann ich ihn zu vergessen. Wenn ich morgens aufstand, dachte ich: Tom kommt. Wenn ich abends ins Bett ging, dachte ich: Tom kommt. Und was ich zwischen Morgen und Abend dachte, ist wohl nicht schwer zu erraten ... Ich würde ihn einfach so nehmen, wie er war, nichts an ihm verändern wollen, außer vielleicht, dass er auch andere küsste, und dann würden wir bis ans Ende unserer Tage glücklich miteinander sein. Oma hatte schon recht, man musste den anderen so lassen, wie er war. Ich wollte ja auch nicht, dass mir dauernd jemand sagte, was ich tun und lassen soll.

Als Ludger wieder in die Schule kam, war er still wie nie zuvor. Sein Zauberlächeln war verschwunden, und wer ihn fragte, warum er nicht da gewesen sei, bekam keine Antwort. Wir umarmten uns kurz bei der Begrüßung. Noch in der Woche zuvor hätte ich um ein Haar mit ihm eine Familie gründen wollen, und schon am nächsten Tag würde ich mich einem anderen an den Hals werfen. Ich hatte das Gefühl, der Verfall der Sitten hatte sich bis zu mir vorgearbeitet.

»Alles klar bei dir?«, fragte ich.

»Geht so«, sagte Ludger.

»Und was war mit der Polizei?«

»Kannst du was für dich behalten?«

»Na klar«, antwortete ich, ich wusste ja, was er mir gleich sagen würde.

»Ich bin angezeigt worden wegen Hausfriedensbruch und Widerstand gegen Vollstreckungsbeamte.«

»War da nicht auch Sachbeschädigung dabei?«, fragte ich scheinheilig.

»Ja, stimmt. Woher weißt du das?«

»Ich kann eben hellsehen.«

»Ach! Übrigens, das neulich mit der Lüneburger Heide tut mir leid«, sagte Ludger und nahm meine Hand.

»Ist schon okay. Ich war ja auch nicht gerade nett.« Um ihn aufzumuntern, fügte ich lachend hinzu, er sei doch sowieso mein »Liebling«.

»Wirklich?« Ich nickte, gab ihm einen Kuss und hatte das Gefühl, es sei die Wahrheit.

»Weißt du, warum Ludger gefehlt hat?«, fragte Mäuseschwänzchen mich auf dem Weg nach Hause. Sie ahnte wohl, dass es etwas war, was ihr den Schlaf rauben würde.

»Keine Ahnung«, erwiderte ich.

»Aber du warst doch ein bisschen enger mit ihm zusammen«, versuchte es Mäuseschwänzchen erneut. Ich sagte noch immer nichts. »Man munkelt, du bist sogar mit ihm gegangen«, setzte meine Klassenkameradin nach.

»Vielleicht gehen wir immer noch miteinander«, sagte ich und sah, wie ihr die Kinnlade runterklappte.

Meine Eltern beäugten misstrauisch mein Tun. »Also, wer ist denn nun dein Freund, dieser Tom aus Göttingen oder der Ludger aus Frohnau?«, fragte meine Mutter eines Abends ungeduldig.

»Geht uns das was an?«, fragte Oma, bei der wir zum Abendbrot waren.

»Ich finde schon, dass es uns was angeht, wenn unsere Tochter zum Gerede der Leute wird«, sagte mein Vater und kämpfte mit der steinharten Butter.

»Zum Gerede der Leute«, wiederholte meine Oma prustend, »wie das klingt ...« Sie lachte und lachte. Dann presste sie hervor: »Ihr tut ja so, als ob ihr beide kein Wässerchen getrübt habt ... Ich sehe doch noch, wie ihr damals hier gesessen habt und Dieter bei Vater um deine Hand angehalten hat – euch war ein Missgeschick passiert, na und ... Aber ihr hattet so viel Angst vor dem Gerede der Leute, dass ihr ...«

»Mutter!«, rief Dieter Kleewe und hackte sein Messer in den Butterblock.

Plötzlich war ich hellwach. »Welches Gerede?«, fragte ich in die knisternde Stille hinein.

»Wir hätten doch sowieso geheiratet«, keifte meine Mutter zu Oma hinüber und griff sich die Butter.

»Welches Gerede?!«, fragte ich erneut.

»Und überhaupt, warum ist die Butter schon wieder so hart? Die gehört nicht in den Kühlschrank!«, fuhr meine Mutter leicht hysterisch fort.

»Sie kommt ja auch nicht aus dem Kühlschrank. Sie stand im Gefrierfach«, erklärte Vater mindestens genauso hysterisch.

»Zum dritten Mal, welches Gerede denn?«, fragte ich unbeirrt.

»Schluss jetzt, noch ein Wort und ich flipp aus«, sagte Dieter Kleewe mit Nachdruck und einem Kopf, rot wie ein Feuermelder.

Meine Mutter tätschelte ihm liebevoll die Hand und sagte, er solle sich nicht aufregen. Dann wandte sie sich wieder mir zu. »Also, wer ist jetzt dein Freund?«

»Nun, der Ludger ist irgendwie ganz lieb, vielleicht ein bisschen zu verwöhnt. Und das mit Tom wird sich intensivieren. Er zieht doch morgen nach Berlin.«

»Tom?«, fragte mein Vater irritiert. Ich zeigte ihm ein kleines Passfoto. »Ach ja, richtig. Na, dass der sich um die Bundeswehr drückt, glaube ich sofort«, kommentierte er und schmierte sich mit der Butter ein Loch ins Brot.

»Wenn er die langen Loden abschneidet, sieht er doch ganz normal aus«, meinte Oma.

Meine Eltern nahmen es schließlich hin, dass sich ausgerechnet ihre Tochter von so einem hatte einfangen lassen. Was blieb ihnen auch anderes übrig? Allerdings war es unübersehbar, dass sie plötzlich dem Frohnauer Jungen mehr Sympathien entgegenbrachten.

»Eigentlich ist es doch ganz schön, wenn man einen Freund hat, der in einem großen Haus wohnt. Verstehst du dich mit ihm denn so viel schlechter als mit diesem Tom?«, fragte Mutter seufzend.

»Das kann man so nicht sagen. Wir verstehen uns eben anders.«

»Seine Eltern haben bestimmt keinen Ärger mit ihrem Sohn«, sagte mein Vater neidisch.

»Ihr habt doch auch keinen Ärger mit Michael.«

»Noch nicht, meine Liebe. Noch nicht. Aber solange er in diesem Haufen von Querulanten und Weltverbesserern sitzt, schwebt er in der ständigen Gefahr, den Boden unserer freiheitlich demokratischen Grundordnung zu verlassen. So etwas würde der Ludger seinen Eltern niemals antun«, führte Vater aus.

»Da wäre ich mir nicht so sicher«, sagte ich.

»Wieso?«

»Ludger wurde vor ein paar Tagen verhaftet.«

»Quatsch. So einen aus Frohnau verhaftet man nicht. Der lebt doch in geordneten Verhältnissen«, entgegnete mein Vater.

»Doch, wegen Landfriedensbruch, Sachbeschädigung und Widerstand gegen Beamte. Ich habe es selber mitgekriegt.«

Meine Eltern sahen sich ungläubig an. Mutter betrachtete das kleine Passbild von Tom, als könnte sie mehr darauf erkennen als einen langhaarigen jungen Mann. »Aber der hier ist ein Scheidungskind«, sagte sie wehmütig, denn sie war sicher, dass Scheidungskinder »immer einen Schaden« davontrugen.

»Aber Tom lebt mit seiner Mutter und ihrem Freund schon ewig zusammen. Er findet seinen Stiefvater total gut«, sagte ich.

»Der hat bestimmt auch lange Haare«, erwiderte mein Vater abfällig, als ob sich Freundschaften allein aufgrund der Frisur bildeten. Mutter wollte den »jungen Mann« möglichst rasch näher kennenlernen, entweder, um sich zu beruhigen, oder aber, um ihr Kind vor Schlimmerem zu bewahren.

»Aber Mama, ihr habt Tom schon mal gesehen«, stöhnte ich auf.

»Das ist lange her. Und ich sprach nicht von sehen,

sondern von kennenlernen«, sagte Mutter. Oma sagte, sie finde, dass der Junge zu schüchtern sei. »Woher weißt du denn das?«, fragte Mutter.

»Ich habe gesehen, wie er Monika geküsst hat. War erst ein bisschen langweilig«, sagte sie.

»Mutti! Also wirklich«, empörte sich Mutter, die glaubte, Oma sei unter die Spanner gegangen. Nach einer Weile sagte Mutter plötzlich in säuselndem Tonfall: »Ich kann euch doch beim Umzug helfen, mein Schätzchen.«

»Um Gottes willen, nein«, erwiderte ich reflexartig.

»Und beim Einrichten«, fuhr Mutter unbeirrt fort.

Mein Vater sah sie überrascht an. »Eva, du kannst doch nicht einem wildfremden jungen Mann einfach so helfen!«

»Dieser Tom ist vielleicht ein Wilder, aber doch nicht fremd. Immerhin ist er der offizielle Freund unserer Tochter, nicht wahr, mein Sonnenscheinchen?«, sagte Mutter und zog mir die Wange lang. Mein »offizieller Freund«, das klang, als sei unsere Beziehung von irgendeinem eifrigen Beamten schriftlich festgehalten worden. »Ihr freut euch doch, wenn ich helfe, oder?«, fragte Mutter.

»Die brauchen deine Hilfe nicht. Bis du einen Nagel in die Wand geschlagen hast, ist er verrostet«, sagte Vater lachend.

Auch wenn es stimmte, dass Mutters handwerkliches Geschick begrenzt war, ärgerte mich seine Arroganz. »Wie soll Mutter es auch lernen, wenn sie dein Werkzeug nicht mal ansehen darf?«, fragte ich.

»Deine Mutter will gar keinen Nagel in die Wand schlagen. Sie ist sehr zufrieden mit ihrer Rolle in unserer Ehe«, gab Vater zurück.

»Dein Vater hat recht, ich bin handwerklich wirklich sehr ungeschickt«, sagte Mutter.

»Gib ihm doch nicht immer gleich recht! Denk doch erst mal nach über das, was er sagt«, forderte ich meine Mutter auf. Sie sah meinen Vater an, dann mich, dann wieder meinen Vater und meinte schließlich, sie habe nichts auszusetzen an den Worten ihres Mannes. Ich verdrehte die Augen und hatte das Gefühl, meine Mutter war ein ganz schwerer Fall von bürgerlicher Verwahrlosung. »Ich werde ein paar Brötchen machen und sie euch vorbeibringen.«

»Eva, ich glaube, das ist wirklich nicht nötig«, versuchte Oma Schlimmeres zu verhüten.

»Also schön, ich komme dann gleich nach der Arbeit vorbei«, beharrte Mutter dennoch.

»Bitte nicht, Mama!«, flehte ich.

»17 Uhr? Gut, bin ich da.«

»Mama!«

»Vielleicht schaffe ich es auch eine halbe Stunde früher«, fügte sie freudestrahlend hinzu und verschwand in der Küche. Egal, was ich jetzt auch sagte oder tat, sie würde kommen.

*

Der nächste Schultag zog sich wie Kaugummi. Einzig und allein Silvan Patrice verbreitete gute Laune. Er hatte alle Stühle und Tische zur Seite geschoben und zwei weiße Laken ausgebreitet.

»Aber die werden doch hier ganz schmutzig«, sagte Mäuseschwänzchen mit ehrlichem Entsetzen.

»Sollen sie auch!«, sagte Patrice und forderte uns auf, die Schuhe und Socken von den Füßen zu reißen und die Hosen hochzukrempeln.

»Wollen Sie wieder unsere Haare sehen?«, fragte einer, in Erinnerung an unseren letzten Auftrag.

»Unsinn. Ich will euch erkennen, in eurem Wesen, in eurem Sein. Ich will eure Energie auf das Laken bannen!« Ich überlegte, ob Patrice nicht auch ein Mann für die Bioenergetik-Gruppe auf dem Hof meines Bruders wäre. Schließlich bemühten die sich auch dauernd darum, Energieströme zu entdecken, und machten seltsame Übungen.

Einmal sollten wir uns alle auf ein Bein stellen und versuchen, nicht umzufallen. »Das ist doch Blödsinn, man kann nicht ewig auf einem Bein stehen«, warf ich ein.

»Das kannst du doch gar nicht wissen, wenn du es nicht ausprobierst«, sagte Horst.

»Das brauche ich nicht auszuprobieren. Ich weiß es einfach«, beharrte ich auf meiner Meinung.

»Das ist die Arroganz der Wissenschaft! Bloß nichts wagen, immer schön im Gleichschritt bleiben, keine Experimente«, sagte Horst gereizt.

»Ist ja schon gut, ich versuch es ja«, gab ich klein bei, dachte aber: Die spinnen.

Nach wenigen Sekunden war ich die Erste, die auf den Heuhaufen in der Mitte fiel.

»Das hast du jetzt mit Absicht gemacht«, zischte Horst mir zu. Tatsächlich gab es andere Teilnehmer, die gewillt waren, die Schwerkraft außer Kraft zu setzen. Ewig standen sie auf einem Bein. Der Schweiß brach ihnen aus, die Waden zitterten, die Lippen bebten, aber sie blieben stehen – bis sie schließlich mit einem lauten Schrei doch auf dem Heuhaufen landeten.

»Und wofür war das jetzt gut?«, fragte ich am Abend meinen Bruder.

»Daran kannst du sehen, dass dein eigener Wille dich bestimmt.«

»Nicht die Schwerkraft?«, fragte ich.

»Die auch, aber nur ab einem gewissen Punkt. Davor bist du verantwortlich für dein Tun.« Plötzlich war ich beseelt von dem Gedanken, die Übung mit meinen Eltern zu machen. Ob ich sie allerdings würde überreden können, sich einbeinig auf die Wiese vor dem Haus zu stellen, war fraglich.

Mäuseschwänzchen und Ronny standen nebeneinander und betrachteten sorgenvoll unseren durchgeknallten Kunstlehrer. Ich sah, wie Ronny vorsichtig ihre Hand nahm, als müsse er sie vor irgendetwas beschützen.

Die Jungs sollten sich schließlich um das eine, die Mädchen um das andere Laken stellen. An jeder Ecke standen Schüsseln mit Farbe. Jeder durfte einmal, mit einer Farbe seiner Wahl am Fuß, über das Laken laufen. Nach anfänglichem Zögern entstand ein großes Hallo der Füße. Kaum dass wir alle wieder am Rand angekommen waren, klatschte Patrice begeistert in die Hände und rannte um die Laken wie ein manisches Rumpelstilzchen. »Ich habe es gewusst!«, schrie er. Während sich bei den Jungen ein wirrer bunter Klecks abzeichnete, waren bei den Mädchen alle Füße fein säuberlich zu erkennen. »Die Geschlechter sind eben nicht gleich!«, rief er aus.

»Hat doch auch keiner behauptet. Frauen gehören ins Haus und Männer an die Arbeit«, sagte Ronny mit der Zuversicht eines angehenden Tankwartes. Mäuseschwänzchen strahlte ihn an.

»Quatsch«, sagte Patrice und warf uns Papiertücher zum Abputzen der Füße zu. »Was sagen uns die beiden

Laken?!«, fragte unser durchgedrehter Kunstlehrer mit einem Pathos, als würde gleich Martin Luther persönlich aus der Bibel zitieren. Wir starrten ratlos auf die bunten Laken. Ich fragte mich, ob der weiße Riese das wieder sauber kriegen würde. Daniel, unser Punk, begann sich die Farbe in seine stachligen Haare zu schmieren, und Ludger hielt mir vorsichtig lächelnd ein Papiertuch hin. Diese blauen Augen – einfach zauberhaft.

Silvan Patrice hatte sich inzwischen auf den Tisch gesetzt und die Füße auf einen Stuhl gestellt. Einen Ellbogen stützte er auf dem Knie ab, sein Kinn ruhte auf dem Handrücken. »Setzt euch mal alle so hin«, sagte er, ohne seine Position zu verändern. Alle setzten sich auf die Tische am Rand und stellten ihre Füße auf die Stühle.

Mäuseschwänzchen sträubte sich. »Mit den Schuhen auf den Stuhl?«

»Kern, ich habe doch eine ganz klare Anweisung gegeben. Füße auf den Stuhl, aber zack, zack, versenken!«, sagte Patrice drohend.

»A4, Treffer, versenkt«, antwortete Daniel.

Patrice ließ sich nicht beirren. »Ruhe! Versenkt euch in diese Haltung, schweigt, holt tief Luft und spürt dem Laken nach.« Dann herrschte absolute Stille. Patrice erhob sich leise und korrigierte bei einigen die Haltung. Das anfängliche Grinsen wich nach und nach aus unseren Gesichtern, und jeder saß still vor sich hin. Ich dachte an Ludger, der mir gegenüber in unsere Fußabdrücke versank. Nach zehn Minuten gab es einen Knall. Ronny war eingeschlafen und umgekippt. »Wie war diese Haltung?«, fragte Patrice in die Runde, nachdem sich die Lacher gelegt hatten.

»Man stellt seine Schuhe nicht auf einen Stuhl«, sagte Mäuseschwänzchen mit beleidigtem Unterton.

Patrice stieß einen spitzen Schrei aus. »Es geht hier nicht um deinen Sinn für Sauberkeit und Ordnung! Es geht hier um Kunst!!!«

»Es ließ sich gut nachdenken«, sagte ich.

»Wunderbar, Kleewe, du hast es begriffen!«

»Könnte ich das bitte schriftlich haben, für meinen Vater?«, bat ich.

»So wie ihr eben gesessen habt, sitzt der Denker von Auguste Rodin. Obwohl viele seiner Figuren einen Skandal auslösten, beginnt mit Rodin das Zeitalter der modernen Skulptur. Hier!« Patrice riss einen Kunstband auf und zeigte uns den Denker. Dabei schnaufte er vor Anspannung. »Die ideale Haltung zum Denken! Beim Denken muss man eine Einheit bilden, sich schließen und die Ablenkung meiden, hier.« »Er trommelte auf das Bild, als könne er damit den Denker wecken. »Die Einheit ist hier gut zu erkennen, durch den leicht gesenkten Kopf und das diskrete Vorwärtsneigen des Rückens. Kein Außen stört das Innen: Verstanden?!« Wir nickten zaghaft. »Eure Aufgabe zum nächsten Mal: Stellt eine Figur oder eine Anordnung von Figuren Rodins nach.« Dann verteilte er Zettel mit einigen Abbildungen der Kunstwerke Rodins.

Ich spürte, dass Ludger mich von der Seite ansah, und fand sofort, dass nichts dagegen sprach, mit ihm Hausaufgaben zu machen … Dass wir den Kuss von Rodin auswählen würden, war mir sofort klar, ihm wohl auch, oder? Ich nickte ihm aufmunternd zu, er nickte zurück.

»Aber diesmal bei mir«, sagte ich.

»Gerne«, antwortete Ludger.

*

Als ich am frühen Nachmittag bei Toms neuer Wohnung ankam, wurden gerade die letzten Kisten nach oben geschleppt. Tom begrüßte mich mit einem Kuss, der meinen Vater zu einem Blinden gemacht hätte. »Schön, dass du da bist«, sagte er und drückte mir lachend eine zweiarmige Stehlampe in die Hand, deren Schirme knallorange waren.

»So, Junge, wir müssen schnell wieder zurück«, sagte Toms Stiefvater und steckte ihm 50 DM zu.

»Danke«, antwortete Tom und drosch dem Freund seiner Mutter vor lauter Freude auf die Schulter.

»Mann, bin ich froh, dass Sie keine langen Haare haben«, sagte ich. Endlich einmal hatte sich mein Vater gründlich geirrt, und das würde ich ihm gleich an diesem Abend aufs Butterbrot schmieren. Toms Stiefvater lachte und meinte nur, für einen Finanzbeamten sei das auch schwierig. Ich bekam vor Staunen den Mund nicht zu. Ein Finanzbeamter lebte in wilder Ehe, tolerierte einen langhaarigen Stiefsohn und half ihm jetzt auch noch beim Umzug in den Westberliner Moloch der Wehrdienstverweigerer! Mein Vater würde vom Glauben abfallen.

Toms Mutter kämpfte mit den Tränen. »Pass gut auf dich auf, mein Junge«, sagte sie schluchzend. Dann sah sie mich an. »Monika, du kümmerst dich doch um ihn?«, fragte sie mich plötzlich, als gebe sie ein Kleinkind in meine Obhut.

»Worauf du dich verlassen kannst«, sagte Tom breit grinsend und umarmte mich. Wir winkten den beiden noch nach, dann war ich allein mit meinem ersten »offiziellen« Freund in einer riesigen Berliner Altbauwohnung. Hier nannte Tom nun das kleine Zimmer eines Bekannten von Meripara, der sich in Indien finden wollte, sein Eigen. Der hatte die Wände rot gestrichen und ein Bett hinterlassen, das fast das ganze Zimmer beanspruchte. Das Rot der Wände biss sich mit dem Orange der Lampenschirme um die Wette.

Die Küche sah aus wie die auf dem Hof: Berge von Geschirr und über der Spüle ein Abwaschplan, der offensichtlich von allen ignoriert wurde. In die Ecke hatte jemand mit krakeliger Schrift geschrieben: Lebe jetzt, spül später. Toms neue Mitbewohner waren noch nicht da. Vermutlich sind sie noch auf Arbeit oder an der Uni, dachte ich.

Tom und ich waren gerade dabei, uns einzuknutschen, als die drei Mitbewohner fröhlich tanzend die Wohnung betraten. Einer von ihnen trug rote Gewänder und eine braune Holzkette mit dem Foto eines bärtigen Mannes und hieß Pereramoler. Mit dem Namen tat er mir sofort leid. Die beiden anderen Männer hatten Norwegerpullover und völlig verwaschene Jeans an. Sie trugen ihre Haare offen, sehr offen. Außerdem schienen sie am Weltrekord der längsten Koteletten zu arbeiten.

Man begrüßte sich untereinander und kam sofort ins Gespräch. Die Langhaarigen hießen beide Stefan. Damit man sie auseinanderhalten konnte, nannte sich der eine Willi. Ich fand die Idee klasse. Wenn ich mal auf eine zweite Monika träfe, würde ich mich auch sofort umbenennen. Dann wäre ich diesen einfallslosen Vornamen endlich los.

»Was macht ihr denn so?«, fragte ich gespannt. Pereramoler war »auf der Suche«. Wonach, blieb vorerst offen. Stefan studierte Philosophie, und Willi betrieb Alltagsstudien für ein »großes Werk«, an dem er seit einigen Jahren arbeitete. Um sich sein großes Werk leisten zu können, fuhr er nachts Taxi.

Ich sah mir Pereramolers Kette genauer an. »Ist das dein Großvater?«, fragte ich.

»Das ist Bhagwan«, erklärte der Kettenbesitzer mit einem entrückten Strahlen in den Augen.

»Ach so, der«, erwiderte ich, hatte jedoch keine Ahnung, wen Pereramoler sich da um den Hals gehängt hatte.

»Habt ihr Bock auf einen Begrüßungsjoint?«, fragte Willi und fing sogleich an, einen zu drehen. Tom nickte, ich nickte mit. Nach dem ersten Zug ergab ich mich einem infernalischen Hustenanfall. Als ich wieder an der Reihe war, zog ich etwas vorsichtiger und fand mich unglaublich cool. Pereramoler machte Musik an, bei der sich immer die gleiche Tonfolge wiederholte, ab und an unterbrochen von einem Klangteppich Dutzender kleiner Glöckchen. Wir lagen einfach nur da, ganz entspannt.

Es dauerte nicht lange, bis ich das Gefühl hatte, die Geschirrberge seien ein Kunstwerk und das Rot in Toms Zimmer wolle mir etwas sagen. Ich wusste nur nicht, was, und fragte mich, ob die kleinen Lampenschirme sich bewegten.

Pereramoler erhob sich und begann, wie ein Indianer ums Feuer zu tanzen. Allerdings sehr langsam. Er fiel fast um vor Langsamkeit. Tom schlief ein, und Willi zog sich in sein Zimmer zurück. Stefan war der Einzige, der den neuen Glöckchenton mitten im Stück der Haustürklingel zuordnen konnte.

»Ich werde jetzt unsere Wohnungstür öffnen«, kündigte er salbungsvoll an, als führe er damit eine geweihte Handlung aus. Er breitete die Arme aus, machte das Geräusch eines Propellerflugzeuges und sagte: »Stefan an Tower, erbitte Öffnungserlaubnis.«

»Öffnungserlaubnis erteilt«, antwortete ich aus dem

Hintergrund und versuchte mich kichernd ebenfalls in ein Propellerflugzeug zu verwandeln.

Brummend öffnete Stefan die Tür. »Cool, Brötchen! Träume werden doch wahr«, begrüßte er den ihm unbekannten Gast. Dann gab er meiner verwirrten Mutter einen Kuss auf die Wange und sagte: »Tritt ein, du unbekannter Engel.«

Mein Propeller kam ins Stottern. »Hallo, Mama«, brachte ich mit einiger Mühe hervor und rüttelte an Tom. Kaum dass er ein Auge aufgeschlagen hatte, versuchte er mir unter den Pullover zu fassen. Vorsichtig schob ich seine Hand weg.

»Monika, was macht der Mann dort?«, fragte Mutter ängstlich und starrte auf den tanzenden Indianer. Währenddessen bediente sich Stefan genüsslich an ihren Brötchen.

»Tom ist schon eingezogen«, überging ich ihre Frage.

»Hallo, Frau Kleewe, schön, Sie zu sehen«, sagte er breit grinsend und erhob sich langsam. Ich hatte plötzlich die Sorge, er würde auch ihr zur Begrüßung unter die Bluse greifen, was er glücklicherweise nicht tat. »Oh, Sie haben Brötchen mitgebracht, ganz wunderbare Brötchen, nein, sind das schöne Brötchen«, sagte Tom, Silbe für Silbe behutsam aussprechend. Er betrachtete die Brötchen wie Kronjuwelen. Ich versuchte ihn an meiner Mutter vorbeizuschieben. »Mensch, Monika, sieh nur, was für schöne Brötchen deine Mutter gemacht hat.« Dann legte er andächtig die Hände aneinander, verneigte sich und sagte, es sei alles ganz wunderbar.

Mutter sah ihn stirnrunzelnd an. So viel Anerkennung hatte sie noch nie für ein paar Brötchen bekommen. »Nun übertreiben Sie mal nicht so, junger Mann«, sagte sie und fragte, ob man mal das Fenster öffnen könne,

»bevor hier alle ersticken«. Tom nahm ihr das Tablett ab und trug es vorsichtig in die Küche, als transportiere er rohe Eier.

»Wollen Sie auch einen Kaffee?«, fragte Stefan, der den Brötchen einen kleinen Platz in der Küche freigeschaufelt hatte.

»Ja, gerne«, sagte meine Mutter und konnte ihren Blick nicht von dem noch immer zeitlupenhaft tanzenden Pereramoler wenden. »Geht es ihm nicht gut?«, fragte sie.

»Doch, doch. Dem geht es im Moment sogar sehr gut«, antwortete ich kichernd.

»Aber was macht er da?«

»Der ist auf der Suche«, sagte ich nur. Ich bugsierte meine Mutter vorsichtig aus dem Zimmer und ging mit ihr in die Küche. Eine Stunde vorher hätte ich die Küchentür noch verschlossen und alles darangesetzt, dass Mutter den Zustand dahinter nicht zu Gesicht bekam. Aber ich hielt ja die Küche inzwischen für ein Kunstwerk, und so schob ich sie hinein. »Sieh nur, Mutter. Ist das nicht eine tolle Küche?«, sagte ich und machte eine ausladende Handbewegung, als befänden wir uns vor einem riesigen Gemälde in der Nationalgalerie.

»Um Gottes willen! Wie sieht es denn hier aus?!«, rief Mutter und griff sich theatralisch ans Herz. Stefan leerte einen übervollen Aschenbecher und rückte ein paar schmutzige Tassen zurecht, als sei damit die Ordnung wiederhergestellt. »Hier wohnen wohl nur Männer«, stellte Mutter fest und krempelte ihre Blusenärmel hoch. Noch ehe wir uns versahen, teilte sie jedem von uns Aufgaben zu, und zwei Stunden später sah die Küche aus wie neu. Dabei hatte meine Mutter immer wieder zu »mehr Tempo« aufgefordert, was nicht ganz so einfach war, da wir alle noch eine ganze Weile in anderen Sphären schwebten.

Stefan lehnte sich an den Küchenschrank und betrachtete meine Mutter andächtig, als sei sie eine schöne Skulptur. »Frau Kleewe, Sie sind total süß«, sagte er schließlich und lächelte sie verzückt an. Mutter wurde rot, lächelte aber zurück.

Dann kam Willi aus seinem Zimmer. Er blieb wie angewurzelt in der Küchentür stehen und rieb sich die Augen. Immer wieder schüttelte er den Kopf, dann sagte er schließlich: »O Mann, Stefan, was hast du für ein Zeug gekauft?«

»Wieso?«

»Ich sehe eine aufgeräumte Küche, das kann nicht sein.«

*

Als ich später mit Mutter im Bus saß, war sie ganz zufrieden. »Die waren ja alle richtig nett – und das mit der Ordnung, das werden wir ihnen schon beibringen, nicht wahr, mein kleiner Sonnenschein?«

»Wir?«

»Na ja, in erster Linie du. Aber bei den Gardinen helfe ich euch gern.«

»Welche Gardinen? Da hängen doch nirgendwo welche«, sagte ich erstaunt.

»Eben drum. Eine richtige Wohnung braucht Gardinen. Für das Wohnzimmer dachte ich an einen großen Store und Übergardinen in einem warmen Rosa, vielleicht sogar mit einem feinen Muster.«

Ich starrte meine Mutter an, als stünde nicht ich, sondern sie unter Drogen. »Ich glaube nicht, dass die Herrschaften Gardinen an ihren Fenstern haben wollen«, sagte ich.

»Du wolltest die Schrankwand ja erst auch nicht in deinem Zimmer haben«, gab Mutter zurück.

Als wir zu Hause ankamen, scharrte mein Vater schon mit den Hufen. »Wo steckt ihr denn?«

»Wir waren bei Tom und haben ihm Brötchen gebracht«, sagte Mutter, als sei Tom ein gemeinsamer Freund.

»Das darf doch nicht wahr sein! Ich komme von der Arbeit, nichts ist gemacht, und warum? Weil ein langhaariger Wehrdienstverteidiger unserer Tochter den Kopf verdreht hat!«

»Übrigens hat sein Stiefvater gar keine langen Haare«, sagte ich triumphierend.

»Vermutlich weil er sie wegen zu starkem Filzbefall abschneiden musste!«, sagte Vater.

»Blödsinn. Und du glaubst auch nie, was er beruflich macht!«

»Was soll der schon beruflich machen? Sozialarbeiter – oder Leiter von so einer Terrorbrutstube.« Damit meinte mein Vater Kinderläden. Die hätte er am liebsten alle verboten. »Wer da erzogen wird, kann nur ein Langhaariger werden«, als sei Lange-Haare-Haben ein Beruf.

»Toms Stiefvater ist Finanzbeamter«, sagte ich grinsend. Mein Vater nahm es ungläubig auf.

»Und du würdest staunen, wie nett die Mitbewohner von dem Tom sind. Richtig fröhlich, freundlich und einer ordnenden Hand gegenüber durchaus aufgeschlossen«, erklärte Mutter und hängte ihre Jacke auf.

»Und ich, ich soll wohl hier verhungern«, sagte Vater beleidigt und verschränkte die Arme wie ein bockiges Kind.

»Ich mach ja schon«, erwiderte meine Mutter und beeilte sich, unseren Haushaltsvorstand vor dem Hungertod zu bewahren. »Übrigens hat man mich gefragt, ob ich mir die Leitung von unserem Büro zutraue«, sagte meine Mutter zwischen dem Aufschlagen zweier Eier.

Mein Vater sah meine Mutter an, als habe sie einen unanständigen Witz erzählt. »Und das heißt?«, fragte er nach.

»Das heißt, dass ich etwas mehr arbeite«, sagte meine Mutter und rührte die Eier.

»Noch mehr?! Und wer kümmert sich um das Kind?« Ich überlegte, wen mein Vater mit »das Kind« meinte.

»Dieter, ich bitte dich, Monika ist sechzehn!«

»Sechzehneinhalb«, präzisierte ich.

»Ein ganz kritisches Alter, wie du sehr genau weißt, Eva«, sagte mein Vater.

Ich verstand nicht, worauf er anspielte. »Warum weiß Mama das sehr genau?«

»Das geht dich gar nichts an«, gab mein Vater zurück.

»Ach, immer wenn es spannend wird, geht es mich plötzlich nichts an«, klagte ich.

»Ich möchte nicht, dass Monika nach der Schule allein zu Hause ist«, sagte Vater.

»Aber warum denn nicht?«, fragte Mutter und begann Brote zu schmieren.

»Sie braucht Aufmerksamkeit«, erwiderte mein Vater.

»Du meinst Überwachung«, warf ich ein.

»Aber Dieter, Monika ist sowieso nicht mehr zu Hause nach der Schule. Ihr fällt doch gar nicht auf, ob ich früher oder später komme.« Mutter schnitt Tomaten in Scheiben und platzierte sie geschickt auf den Broten. Ich habe nie begriffen, wie sie es schaffte, dass die Tomatenscheiben nirgends überstanden. Es war jedes Mal, als sei diese eine Tomate für dieses eine Brot geschaffen worden.

»Monika braucht geordnete Verhältnisse«, fuhr mein Vater fort und nahm sich einen Teller.

»Ich fände es toll, wenn Mutter beruflich aufsteigt«, mischte ich mich wieder ein. Mutter nahm Vater den Teller gleich wieder weg und setzte ihn vorsichtig auf den Hocker. Beide schwiegen, also warf ich meine geistigen Ergüsse weiter in die Küche. »Sieh mal, Vater, das Männerbild ändert sich doch auch. Ihr müsst umdenken und anerkennen, dass Frauen nicht nur auf dem Papier gleichberechtigt sind. Das heißt, dass ihr Aufgaben übernehmen müsst, die euch neu sind. Ich meine, da fehlt dir ja auch einiges.«

»So, was fehlt mir denn da?«, fragte Vater angespannt.

»Dir fehlt zum Beispiel die Erfahrung, einen Säugling zu versorgen«, sagte ich.

»Meine Brustwarze gehört mir und die der Frau gehört dem Säugling, so will es nun mal die Natur«, entgegnete mein Vater halb ironisch, halb empört.

»Schon mal was von Flaschen gehört?«, fragte ich.

»Ja, das sind Männer, die heulen, kochen, stricken und so eine komische Sonnenblume tragen«, sagte mein Vater.

»Wenn ihr Männer euch nicht ändert, dann nehmen befreite Frauen ihr Schicksal erst recht selber in die Hand«, sagte ich.

»Befreite Frauen? Wovon zum Beispiel soll sich deine Mutter befreien?«, fragte mein Vater, dem so langsam der Kamm schwoll.

»Von der Knechtschaft der Hausarbeit zum Beispiel«, antwortete ich.

»Knechtschaft – das klingt ja, als würde Mutter in der Küche gefoltert!«

»Nicht gefoltert – gezwungen«, erklärte ich.

»Gezwungen? Ich fühle mich zu gar nichts gezwungen«, warf Mutter nachdrücklich ein.

»Siehst du, deine Mutter macht die Hausarbeit gerne«, sagte mein Vater, und nach ihrem Auftritt in der Wohngemeinschaft musste ich ihm sogar recht geben.

*

Ich hatte mich mit Ludger so verabredet, dass meine Eltern nicht da sein würden – dachte ich zumindest. Ich hielt es für sinnvoll, Ludger erst mal selber in Ruhe zu betrachten. Aber ausgerechnet an jenem Tag nahmen Vater und Mutter ihre »Bankstunde«. Ursprünglich gedacht als einzige Möglichkeit, die Bank innerhalb der Öffnungszeiten aufzusuchen, ging heute niemand mehr während der Bankstunde in sein Geldinstitut, denn die meisten Banken hatten inzwischen an mindestens einem Tag in der Woche bis 18 Uhr geöffnet. Stattdessen kam man früher nach Hause und überraschte wehrlose Jugendliche beim zaghaften Öffnen von ewig klemmenden Reißverschlüssen.

Ludger und ich setzten uns auf meine Liege, in einem Abstand, der alles und nichts hätte bedeuten können. Er musterte mein Zimmer.

»Ist dir das Zimmer nicht zu klein?«, fragte er.

Seit mein Bruder ausgezogen war, hatte ich das Gefühl, Herrin über ein ansehnliches Reich zu sein. Es war eben alles eine Frage der Perspektive. Ich spürte leichten Ärger in mir aufsteigen. Ob mir das Zimmer zu klein sei? Was bildete er sich eigentlich ein? Unauffällig rückte ich einen Zentimeter von ihm weg. »Können ja nicht alle so großkotzig leben wie du«, hörte ich mich plötzlich abschätzig sagen.

Ludger sah mich erstaunt an, das Dauerlächeln gefror auf seinen Lippen. »Es hat auch seine Schattenseiten, so zu leben wie ich«, sagte er beleidigt.

»Schattenseiten?«, fragte ich überrascht.

»Du hast doch meine Mutter erlebt. Ich lebe wie in einem Museum. Alles muss immer passen, meine Freunde, meine Kleidung, mein Benehmen. In deiner Familie ist bestimmt alles viel entspannter und lockerer, nicht so genormt.«

Ich traute meinen Ohren nicht. Bei Kleewes war alles locker und entspannt? Ich fand, hier herrschte ein strenges Regiment, das nur minimalen Spielraum zuließ. »Warum bist du eigentlich auf unserer Schule?«, fragte ich. Normalerweise gingen die Frohnauer auf richtige Gymnasien oder auf Privatschulen. Auf die gemeingefährliche Gesamtschule verirrten sich nur Verrückte. Deswegen war ich ja auch dort.

»Ich bin vom Gymnasium geflogen«, sagte Ludger.

»Warum?«

»Ich habe Mist gebaut – so richtigen Mist.«

»Was hast du gemacht?« Ludger zögerte. So weit schien sein Vertrauen noch nicht zu gehen, dass er mir schon seine Geheimnisse anvertraut hätte. »Ist schon okay, wenn du es nicht sagen willst«, meinte ich großmütig.

»Meine Eltern wollen nicht, dass sich das herumspricht, sie sind in großer Sorge wegen meiner Zukunft …«

»Keine Angst, ich werde mich schon nicht mit einer Flüstertüte auf den Marktplatz stellen.« Ich stand auf, bildete mit den Händen einen Trichter und rief: »Hört, ihr Leute, lasst euch sagen, der Ludger hat den Rektor geschlagen!« Ludger lachte und griff nach meiner Hand. Ich ließ mich wieder auf die Liege ziehen. »Hast du eigentlich Ärger bekommen wegen neulich, als dich die Polizei abgeholt hat?«

Ludger sah mich mit großen Augen an. »Woher weißt du das denn wieder?«, fragte er entgeistert.

»Eine echte Kleewe weiß alles«, sagte ich und gab ihm einen kleinen Kuss. »Ich war gerade beim Direktor, als die Polizei nach dir gefragt hat«, klärte ich ihn auf.

»Und du hast niemandem was gesagt?«

»Nein. Ich dachte, das ist deine Sache.«

»Danke!« Er sah mich wieder an, einen Moment zu lange. Ich spürte, dass mein Herz schneller schlug. Jetzt bleib aber mal locker, sagte ich zu mir selber. Es geht hier um Näherkennenlernen und sonst gar nichts, versuchte ich mich zu maßregeln. Aber eine fremde Macht schob mich noch näher an ihn heran. Er kam mir ein Stück entgegen. Mir wurde warm, im Bauch kribbelte es. Wir schienen beide den Atem anzuhalten, und Ludger legte mir vorsichtig seine Hand auf die Wange. Wir sahen uns tief in die Augen, und ich dachte: Jetzt nur nicht umfallen. Und während ich unsicher überlegte, was ich jetzt mit meinen Händen anstellen könnte, flog ohne Vorwarnung die Tür auf, und Vater stand da.

Wir fuhren auseinander wie verschreckte Rehe. »Ach Gott, Monika, du bist ja schon da«, stammelte mein Vater mit hochrotem Kopf.

»Wenn du nichts dagegen hast, ich wohne auch hier«, sagte ich.

»Aber doch nicht schon um 15 Uhr.«

»Guten Tag, Herr Kleewe«, sagte Ludger formvollendet und erhob sich, um meinem Vater die Hand zu reichen.

»Guten Tag, Tom«, sagte mein Vater. Ich stöhnte auf.

»Ich bin Ludger.«

»Ach, Entschuldigung, ich habe mich auch schon gewundert, der Tom hat ja viel längere Haare als Sie«, sagte Vater entschuldigend und machte sich umständlich an der Schrankwand zu schaffen. Wir beobachteten ihn dabei, woraufhin er sich genötigt sah, sein Tun zu erklären.

»Es ist Freitag, Sie verstehen?« Ludger verstand nicht und schüttelte den Kopf. »Freitags wechseln wir immer die Handtücher«, erklärte mein Vater.

»Papa, ich glaube nicht, dass Ludger sich ernsthaft dafür interessiert, wann wir die Handtücher wechseln!« Wortlos ergriff mein Vater die Handtücher und verließ verstört das Zimmer.

»Eigentlich hat dein Vater uns nicht wirklich gestört, nur unterbrochen«, sagte Ludger und nahm wieder seine ursprüngliche Haltung auf der Liege ein. Wenige Minuten später stellten wir den Kuss von Auguste Rodin nach, allerdings in einer sehr freien Darstellung …

Einige Zeit später klopfte es an der Tür. Wir ließen voneinander ab und ordneten oberflächlich unsere Klamotten. »Ja, bitte.«

»Ich möchte euch nicht stören«, sagte meine Mutter, ohne die Tür zu öffnen. Du störst aber trotzdem, dachte ich. Dennoch stand ich auf und ging zu ihr.

»Papa meint, du hast Besuch«, sagte sie und versuchte ungeschickt mir über die Schulter zu schauen. In der Hand hielt sie zwei Tassen mit Kakao. »Ist es jemand aus der Schule?«, fragte sie und neigte sich so weit zur Seite, dass sie fast umfiel.

»Hm«, antwortete ich nur und machte keine Anstalten, den Besuch vorzustellen.

Schließlich rief Mutter einfach so in mein Zimmer: »Hallöchen, junger Mann.«

Ludger stand schließlich auf und stellte sich neben mich. »Tag, Frau Kleewe.«

»Ach, Sie sind also der Ludger ... Mann, sind Sie schon groß«, sagte sie mit glänzenden Augen und hielt uns die Tassen hin.

»Danke, Mama«, sagte ich gereizt und riss ihr die Tassen aus der Hand.

Meine Mutter hob entschuldigend die Hände: »Wie gesagt, ich wollte wirklich nicht stören«, und verließ das Zimmer. Wenige Minuten später klopfte es erneut. Mann, war das alles peinlich.

»Ja, bitte!«

»Ich wollte nur fragen, ob ihr auch ein paar Schnitten wollt?« Ich hätte gerne darauf verzichtet, aber ich wusste, Mutter würde keine Ruhe geben, und stimmte zu. Kurz darauf stand sie wieder im Zimmer, in der Hand einen Teller mit Schnittchen. »Wusstest du eigentlich, dass Monika Handball spielt?«, fragte meine Mutter Ludger.

»Nein.«

»Und das auch noch sehr gut, sie ist sogar Spielführerin«, fügte sie hinzu, als stünde ich kurz vor der Berufung zur Nationalspielerin.

»Mama, ist sonst noch was?«, fragte ich leicht gereizt.

Sie fuhr mit der Hand über ein Stück Tapete, als müsse sie es glattstreichen. »Hat mein Mann selbst renoviert ... die ganze Wohnung ... gelernt ist gelernt ... auf Menschen im öffentlichen Dienst ist eben Verlass.« O Gott, dachte ich nur und rechnete damit, dass sie gleich ein Fotoalbum anschleppte.

»Wir würden jetzt gerne weitermachen«, sagte ich.

»Ich will euch nicht aufhalten, also, wenn ihr nichts mehr habt …« Ich stand auf und schob sie vorsichtig aus meinem Zimmer. Währenddessen fragte sie: »Na, vielleicht noch eine Tasse Kakao?«

»Nein, danke, Mama!«

Als Ludger später aufbrach, verabschiedete meine Mutter ihn wie einen alten Freund. »Schön, dass du da warst, Ludger.« Sie riss seine Hand an sich und schüttelte sie wie eine Sprühdose. »Du bist hier gern gesehen, Ludger«, fügte sie hinzu.

»Vielen Dank«, antwortete Ludger und schien sich langsam Sorgen um sein Handgelenk zu machen, das noch immer der Schüttelei meiner Mutter ausgesetzt war.

Am liebsten hätte ich sie erwürgt. »Jetzt ist aber mal gut«, sagte ich und schob mich dazwischen. Dabei geriet ich so nah an Ludger, dass er gar nicht anders konnte, als seine Lippen an meine Stirn zu drücken. Mutter kippte fast vornüber, Vater runzelte die Stirn. Dann endlich konnte Ludger gehen.

»Ist das mit Tom schon wieder vorbei?«, fragte Mutter.

»Wieso?«

»Na also, ich meine, eben im Flur … das war doch eindeutig … und wie der Junge dich ansieht … so sinnlich …«, sagte Mutter mit leuchtenden Augen.

»Also wenn ich es mir recht überlege …«, begann ich.

Mutter kniff mir in die Wange und meinte, Ludger sei der Richtige. »Der weiß sich zu benehmen – so ein netter Junge«, schwärmte sie.

»Vor ein paar Tagen warst du noch von Tom begeistert«, gab ich zu bedenken.

»Der ist auch nett, sicher. Aber er kommt doch aus völlig zerrütteten Verhältnissen, die Eltern geschieden, er allein in einer fremden Stadt … Also, das kann gar nichts werden. Aber der Ludger – aus Frohnau und so wohlerzogen.« Sie sah mich seufzend an, versuchte meine Haare zu richten, rubbelte an einem kleinen Fleck auf dem Pullover und fügte hinzu: »Und so sauber.«

Jetzt sah sich auch Vater genötigt, seine Meinung kundzutun. »Pass auf, Monika: Was du mit den Jungs machst, geht mich nichts an. Aber eins sage ich dir, dieser Ludger ist nichts für dich. Der stammt aus einer anderen Welt, vergiss ihn.« Meine Mutter machte eine Handbewegung, die offensichtlich verhindern sollte, dass Vater seine Meinung weiter in den Raum blies.

»Aber warum denn?«, fragte ich.

»Seine Eltern werden deine Herkunft niemals akzeptieren.«

»Was heißt, meine Herkunft?«

Vater ließ meine Frage im Raum stehen, wie eine Seifenblase, die irgendwann schon von allein platzen würde.

*

Das Thema der nächsten Deutschstunde konnte einem schwer im Magen liegen: Goebbels' Rede vor dem Sportpalast im Februar 1943. Unser wassergewellter Deutschlehrer hatte dem Medienwart der Schule einen Plattenspieler aus den Rippen geleiert. Er setzte die Nadel mit einem deutlichen Krrrrrr auf die Single, und es wurde still im Klassenzimmer. Wir lauschten

Goebbels, und als er am Ende seiner Rede sagte: »Nun, Volk, steh auf, und Sturm, brich los«, lief es den meisten eiskalt über den Rücken.

Ganz anders mein Onkel Hartmut. Er war noch immer stolz darauf, damals im Berliner Sportpalast dabei gewesen zu sein. Die Stimmung sei »bombig« gewesen, und er habe »noch nie zuvor und auch nie wieder danach so sicher gefühlt, dass alles gut werden würde«.

»Da hat dich dein Gefühl aber gewaltig getäuscht«, hatte meine Oma gesagt.

»Trotzdem war es ein großes Glück, ausgerechnet an diesem Tag Fronturlaub zu haben und einem solch historischen Moment beiwohnen zu dürfen«, hatte Hartmut weitergeschwärmt.

Oma hatte ihr Bedauern zum Ausdruck gebracht, dass Hartmut überhaupt von der Front wiedergekehrt war. »Da wäre uns einiges erspart geblieben!«

»Was willst du denn damit sagen?«, hatte Hartmut säuerlich gefragt.

»Dass du zum falschen Zeitpunkt am richtigen Ort gewesen bist, sonst hätte es dich ja auch so richtig erwischen müssen.«

»Mutter, wie kannst du so etwas auch nur denken!«, hatte daraufhin ihre Tochter, meine Tante Elsbeth, gesagt, die ihren Mann anbetete. Was, wie meine Mutter mir erklärt hatte, an dem großen Altersunterschied zwischen ihr und ihrem Mann lag. Tante Elsbeth sei »dem alten Knacker« quasi hörig, hieß es immer. Mein Vater ging sogar so weit zu sagen, Onkel Hartmut sei »ein alter Bock, der Elsbeth den Kopf verdreht hat«.

Wir sahen uns nicht oft. Meistens reichte das Weihnachtsfest vollkommen aus, damit danach alle ein Jahr lang nur das Allernötigste miteinander redeten.

In seltenen Fällen bedurfte es eines weiteren Treffens im Jahr, um mal wieder die ganze Familie gegen Tante Elsbeth und Onkel Hartmut aufzubringen.

Dieses Jahr war so ein seltener Fall. Onkel Hartmut wurde 70. Ich erwartete Schreckliches, und meine Erwartungen wurden nicht enttäuscht. Aufgrund des besonderen Anlasses hatte sich sogar mein Bruder mit Begleitung angekündigt. Wer diese Begleitung sein würde, blieb bis zum Öffnen der Tür fraglich. Aber was mein Bruder konnte, konnte ich auch, und so kündigte ich vollmundig »einen Freund« als zusätzlichen Gast an. Auch ich ließ offen, wer es sein würde. Dass es am Ende Ronny war, war reiner Zufall.

Tom war ausgerechnet an dem Wochenende nicht in Berlin, und Ludger bekam schon allein bei dem Gedanken, sich mit 25 Personen in einer 1,5-Zimmer-Wohnung herumzudrücken, Platzangst. »Warum feiert ihr so einen großen Geburtstag nicht in einem Restaurant?«, hatte er fassungslos gefragt.

»In einem Restaurant? Bist du wahnsinnig, wir sind doch nicht Rockefeller«, hörte ich mich den Standardsatz meines Vaters sagen.

»Aber du sagst doch selbst, die Wohnung sei für zwei Leute gerade richtig. Wie sollen dann 25 Menschen darin Platz finden? Das geht doch gar nicht.«

»Na klar geht das. Wir räumen das Wohnzimmer leer, stellen einen Tapeziertisch in die Mitte und …«

»Einen Tapeziertisch? Als Tisch?!«

»Als was denn sonst, als Bar?«

Ludger schüttelte den Kopf und lehnte mit den Worten, er würde es in derartig beengten Verhältnissen nicht aushalten, die Einladung ab.

»Bornierter Frohnauer!«

»Versteh mich nicht falsch, Moni, aber ich kann das nicht«, sagte er, als habe ich ihn zum Gruppensex aufgefordert.

Ich hätte ihn nach Sibirien verbannen können. »Wenn du dich nicht in das Leben eines Arbeiterkindes einfügen kannst, dann bist du für mich gestorben!«

»Moni, jetzt übertreib doch nicht gleich so. Du bist kein Arbeiterkind mehr, dein Vater ist im öffentlichen Dienst«, belehrte mich Ludger.

»Woher weißt du das?«

»Hat doch deine Mutter neulich gesagt.« Ach ja, richtig, ich hatte ganz vergessen, dass sie auf ihre unnachahmliche Art und Weise die Werbetrommel gerührt hatte. Kleewe: Solide und sicher. »Wir können deinen Onkel gerne alleine besuchen gehen«, bot Ludger an und beschwichtigte mich mit seinem unnachahmlichen Blick. Allerdings ging es mir gar nicht um Onkel Hartmut. Es ging mir darum, die Gelegenheit zu nutzen und meiner Familie mit einem Kuss am Tisch zu zeigen: Schaut her, ich bin erwachsen.

*

Meine Mutter hatte Tante Elsbeth bei den Vorbereitungen geholfen und Berge von Salaten, Buletten, Fisch und Kassler hergestellt. Sie zauberte Quarkspeisen und Pudding herbei, für die ich meine Oma sofort an den Teufel verkauft hätte. »Finger weg!«

Oma tat für den Geburtstag eines solchen »Blödmannes« nur wenig. Sie beließ es bei guten Ratschlägen und erging sich in Zweifeln am Geisteszustand ihres Schwiegersohnes. Das Beladen des Autos war eine logistische Meisterleistung meines Vaters. Alles musste schnell gehen, denn es war heiß, und so manche Speisen vertrugen das gar nicht. Da halfen auch die Beutel mit Eiswürfen, die meine Mutter geschickt zwischen den Schüsseln platziert hatte, nur kurzfristig.

»Pass auf, dass bei den großen Schüsseln die Kühlkette nicht unterbrochen wird«, sagte Mutter mahnend, als ginge es um Leben und Tod. Dann saßen meine Eltern und ich im Auto.

»Ist wohl nichts geworden mit deiner Begleitung«, sagte Vater fast schon erleichtert und drehte den Zündschlüssel herum. Alles, was der Motor von sich gab, war ein kurzes Krächzen. Vater versuchte es noch einmal. Nichts geschah. Dann hörte man ein panisches Röcheln. Es war nicht der Motor, es war Mutter. Ihr lief der Schweiß in Sturzbächen über den Körper.

»Dieter! Sag, dass das jetzt nicht wahr ist …«

Mein Vater war wie gelähmt. Er starrte auf die Motorhaube, als könne er damit den Wagen in Gang setzen. »Ich verstehe das nicht«, flüsterte er.

»Die Salate! Der Quark!!!«, schrie Mutter.

»Der Fisch«, ergänzte Vater, noch immer unfähig zu irgendeiner Handlung.

Ich stieg aus und rannte zu Mäuseschwänzchen rüber. »Ist Ronny bei dir?«

»Ja, wir spielen gerade Rommé, ist das nicht lustig, Ronny spielt Rommé?!«

»Wir brauchen ihn, sofort«, sagte ich.

Inzwischen war Ronny zur Tür gekommen, wie immer in weißem Männerunterhemd und verölter Jeans, in der Hand noch die Karten. »Hallo, Monika, was ist denn?« Ich erklärte ihm die missliche Lage. Ronny drückte Mäuseschwänzchen die Karten in die Hand, warf sich seine zerschlissene Jeansjacke mit einem übergroßen AC/DC-Sticker am Arm über und sagte: »Bis gleich, Baby.«

Als wir am Auto meiner Eltern ankamen, starrte Vater regungslos in den Motorraum. Mutter stand zitternd daneben. Es dauerte keine zwei Minuten, und Ronny hatte das Problem gelöst. »Das kann Ihnen immer wieder abspringen, hier«, sagte er und zeigte meinem Vater die Stelle. Mutter krallte sich in Ronnys Jeansjacke und flehte ihn an mitzukommen, falls das noch einmal passierte. Bei ihrem Blick konnte er gar nicht ablehnen, und so zwängte Ronny sich zu mir nach hinten ins Auto. Er half uns, die Sachen nach oben zu schleppen, und wurde von Onkel Hartmut freundlich begrüßt.

»Du bist also der Ludger«, sagte er und bot ihm die Hand.

»Ich bin Ronny, freut mich trotzdem«, sagte unser Retter in der Not und schlug ein. Onkel Hartmut rieb sich die Ohren, als habe er sich verhört. Oma schob die beiden weiter Richtung Wohnzimmer, und schon saß Ronny eingezwängt am äußersten Ende der Tapeziertischtafel. An der Wand hingen zwei alte gerahmte Karten: Deutschland in den Grenzen von 1917 und daneben Deutschland in den Grenzen von 1937.

Die Rede zu seinem 70. Geburtstag hielt Onkel Hartmut gleich selber. Er freue sich, dass alle den Weg zu ihm gefunden hätten, trotz aller Differenzen. Meine Oma murmelte, man habe ja auch keine andere Wahl bei der buckligen Verwandtschaft, woraufhin ihr Tante Elsbeth unmissverständlich gegen das Bein trat. Oma nahm meine Hand und flüsterte beschwörend: »Merk dir, Freunde kann man sich aussuchen, mit Verwandten muss man auskommen.«

Hartmut hatte seine kleine Rede gerade beendet, als es klingelte. Mein Bruder kam, in Begleitung von Nina und Beate. Wie schon gesagt, es war Sommer, es war heiß. Beate trug ein auffallend kurzes geringeltes T-Shirt mit einem V-Ausschnitt, der es in sich hatte. Onkel Hartmut bekam den Mund nicht zu, mein Vater drohte wieder mal zu erblinden, und Ronny, der sich möglicherweise an seine Mutter erinnert fühlte, fragte mich, wer die Schlampe da sei.

»Das ist Beate, die Freundin meines Bruders.«

»Sind die nicht verheiratet?«, fragte Ronny fast schon inquisitorisch. Ich verneinte und fragte mich, ob Ronny wirklich der Richtige für Mäuseschwänzchen war.

»Herzlichen Glückwunsch zum Geburtstag, Onkel Hartmut«, sagte mein Bruder, drosch ihm auf die Schulter und zerrte aus einer unappetitlich aussehenden grasgrünen Stofftasche ein kleines Geschenk. Es war selbstgemachter Rübenkrauttee.

Nina zwängte sich zu mir durch und setzte sich direkt auf Ronnys Schoß.

»Bist du Ludger?«, fragte sie und schlug die Augen unverschämt weit auf.

»Nein, ich bin Ronny.«

»Mensch, Monika, schon wieder ein neuer Lover, Hut ab«, sagte Nina.

Tante Elsbeth sah mich streng an. »Was meint das Kind damit? Schon wieder ein neuer Lover?« Die Frage trudelte durch den Raum wie eine schlecht gebaute Papiertaube. Alle starrten mich an. Meine Mutter schob nervös Salz- und Pfefferstreuer an einen anderen Platz und faltete die Servietten in ihrer näheren Umgebung zusammen. Die Stille hielt an.

Schließlich sagte Oma: »Na, Elsbeth, hast wohl in

der Schule nicht aufgepasst. Da wird dir deine alte Mutter mal helfen: Lover ist Englisch und heißt Liebhaber. Noch Fragen?«

Plötzlich wollte Nina wissen, ob das auf den Karten Deutschland sei.

Während Vater sagte: »Nein«, sagte Onkel Hartmut gleichzeitig: »Ja.«

»Was denn nun? Ja oder nein?«, hakte Nina ungeduldig nach.

»Das waren mal die Grenzen von Deutschland. Das ist aber sehr lange her, heute sind wir kleiner«, erklärte Vater und deutete mit den Händen eine ungefähre Größe an.

Onkel Hartmut fuhr sofort dazwischen. »Quatsch, Deutschland ist so groß wie da. Das Diktat von Versailles hat uns gezwungen …«

»Hartmut, es reicht«, sagte Oma.

»Nur, weil ihr euch alle abgefunden habt mit der Vernichtung unserer Großmacht.«

»Bei dem ist auch was im Hirn vernichtet worden«, brummelte Oma vor sich hin.

Hartmut stand auf, wühlte sich zu den Karten durch und trommelte darauf herum. »Das ist Deutschland, und so wird es eines Tages auch wieder werden. Von mir aus können wir Polen Polen sein lassen, und der bornierte Franzmann kann mit Elsass-Lothringen machen, was er will, aber zumindest dieser Teil hier«, er zeigte auf die DDR, »gehört auf ewig zu uns. Das sind unsere Brüder und Schwestern, und eines Tages …«, er hob pathetisch seine Stimme, »… eines Tages werden wir wieder vereint sein.« Mit einer Träne im Auge sah Hartmut in die Runde.

Mein Bruder lachte los. »Wieder vereint? Womit denn?«

»Wir mit der DDR, was sonst?«

»Du glaubst doch nicht im Ernst, dass sich ein kapitalistischer Staat wie die BRD« – mein Vater verzog bei dem Kürzel BRD das Gesicht und stöhnte kurz auf –, »dass der sich mit einem sozialistisch-marxistisch orientierten Staat vereinen kann. Das ist lächerlich, Onkel Hartmut. Karl Marx würde sich im Grabe umdrehen.«

»Karl Marx, den hätte man auch gleich ertränken sollen, zusammen mit Rosa Luxemburg und Karl Liebknecht – ab in den Landwehrkanal, und uns wäre einiges erspart geblieben.«

»Du vergisst, dass Marx schon 1883 gestorben ist«, warf ich ein.

Ronny sah mich finster an. »Dass du weißt, wann der Penner gestorben ist, war ja wieder klar«, sagte er abfällig.

In der Zwischenzeit war Oma aufgestanden und hatte sich ebenfalls zu uns durchgearbeitet. Mit einem Ruck nahm sie die Rahmen von der Wand, warf sie in den Spalt zwischen Schrank und Wand und sagte: »Schluss jetzt mit diesem dussligen Gequatsche!« Onkel Hartmut sah ihr fassungslos zu. Mein Bruder, Beate, Nina, ich und selbst unser Vater applaudierten spontan. Mutter schlug die Hände zusammen und stimmte ein »Hoch soll er leben« an, als ob alles in bester Ordnung sei. Dann gab es Essen.

*

Entgegen allen Erwartungen hatte ich ein ordentliches Zeugnis nach Hause gebracht – sah man mal von der Bio-Note ab, die mehr meinem schlechten Verhältnis zu Herrn Feisel geschuldet war denn meinem tatsächlichen Leistungsvermögen. »Du wirst es schwer bei mir haben, Monka«, hatte er immer wieder betont, und ich hatte dem kugelrunden Feisel entgegengehalten, dass er vermutlich vorher nach einem seiner Käsebrote platzen würde. Ich sollte mich irren und Feisel recht behalten. Er überlebte seine Fettleibigkeit, und ich hatte es schwer bei ihm. Bis hin zum Abitur. Noch als er mir die Prüfungsfragen auf den Tisch legte, sagte er: »Monka, dich mach ich fertig.«

Es war ein spontaner Entschluss von mir, den ich später selber nicht mehr ganz nachvollziehen konnte. Aber ausgerechnet bei der Abiturklausur reichte es mir endgültig. Ich beantwortete nur eine einzige Frage und gab unter dem Raunen meiner Mitschüler und dem staunenden Blick der beaufsichtigenden Lehrer die Klausur nach zehn Minuten ab. Dabei neigte ich mich zu Feisel hinunter und sagte: »Wir sehen uns in der mündlichen Prüfung wieder!« Zum ersten Mal klappte ihm die Kinnlade herunter. Denn er wusste, dass er mich mit einem Protokollführer und zwei Beisitzern in der Prüfung nicht fertigmachen konnte.

Aber noch war es nicht so weit, und mein Vater zeigte sich »sehr zufrieden« mit den schulischen Leistungen seines »Quälgeistes«. Als Belohnung hatte er sich etwas ganz Besonderes ausgedacht. »Wir fassen das Zeugnisgeld und deinen Geburtstag zusammen: Die Schrankwand kommt raus, und wir geben dir Geld, damit du dein Zimmer so einrichten kannst, wie du willst. Ich bitte dich dabei nur zu bedenken, dass wir nicht Rockefeller sind.« Ich fasste es nicht. Ein gutes Jahr vor meinem achtzehnten Lebensjahr wurde ein Traum wahr: Das Sinnbild der Bürgerlichkeit verschwand aus meinem Zimmer, einfach so.

»Wir fahren am Samstag zu Möbel Hübner und suchen dir einen schönen Schrank aus«, ergänzte Mutter.

»Schrank?«, fragte ich entsetzt.

»Von mir aus können wir auch bei Höffner reinschauen«, beschwichtigte Mutter mich.

»Ein Schrank von Hübner oder Höffner?! Nur über meine Leiche«, sagte ich und würgte mich selber theatralisch.

Meine Eltern schüttelten verzweifelt den Kopf. Sie konnten machen, was sie wollten, irgendwie war immer alles falsch. »Wo willst du denn sonst nach einem Schrank schauen?«, fragte Vater.

»Ich will nicht nach einem Schrank schauen. Ich will Regale … über die ganze Wand … Holz … naturbelassen … alles offen …«

»Ich habe es dir gesagt, Dieter – sie wird Regale haben wollen«, sagte Mutter, so als erfülle sich ein Alptraum. Desillusioniert wandte sie sich ihrer Küche zu.

Vater sah ihr nach, als ob sie ihn jetzt verlassen würde. »Na gut«, antwortete er seufzend.

Ich trommelte vor lauter Freude auf dem quietschenden Couchtisch herum und sagte: »Dass ich das noch erleben darf, wunderbar!«

*

Während Ina Deter sang: »Neue Männer braucht das Land«, war ich mit meinen beiden ganz zufrieden. Ich war mit Tom volle sechs Wochen auf dem Hof zusammen gewesen und ließ mich nun wieder von Ludgers blauen Augen und seinen Küssen verzaubern. Tom hatte damit kein Problem. »Du bist ja nicht mein Eigentum«, hatte er gesagt, und ich fand ihn unglaublich fortschrittlich. Dass auch er nicht mein Eigentum war, konnte ich verschmerzen, denn ich hatte ja noch Ludger. Mehrfach hatte ich versucht, ihm von Tom zu erzählen.

»Was soll das heißen, du findest noch einen anderen nett? Dann entscheide dich eben!«, hatte er gesagt, als ginge es um den Kauf einer Hose.

»Das ist nicht so einfach, wie du denkst, Ludger. Kannst du dir nicht vorstellen, dass du in zwei Mädchen verliebt bist?«

»Nein«, sagte Ludger humorlos.

»Aber wir haben so viel an Gefühlen, das ist nicht begrenzt, verstehst du?«

»Nein.« Ich hatte das Gefühl, er wollte mich auch gar nicht verstehen. Ludger schien bei Beziehungen eher dem konservativen Lager zugeneigt zu sein. Also stellte ich meine Aufklärungsversuche erst mal ein. Er musste mich nicht vollständig verstehen, wichtiger war, dass ich mich selbst verstand, was mir zu der Zeit auch nicht immer gelang. Ludger war vermummt über eine Demonstration gezogen, wofür ich ihn bewunderte. Er hatte mich vor den Fängen der Staatsmacht gerettet, wofür ich ihm sehr dankbar war, und er küsste wie ein Weltmeister, was mich irgendwie fiebrig machte.

Überhaupt war Küssen zur damaligen Zeit ein Volkssport unter Jugendlichen. Wo sie standen, saßen oder lagen, wurde geküsst. Im Bus, auf der Wiese, im Hauseingang, selbst beim Fahrradfahren konnte man den Austausch von Küssen beobachten, was eine artistische Meisterleistung war. Frischverliebte lösten ihre Münder nur zum Luftholen oder zur Nahrungsaufnahme voneinander, was alle schön fanden, solange sie selber gerade einen Freund hatten. War man aber ohne Freund, dann wurden die knutschenden Paare zu

Feinden. Am liebsten hätte man sich schreiend dazwischengeworfen. An jeder Ecke lauerten sie, die glücklichen Paare, die einem die eigene Einsamkeit ins Hirn meißelten.

Ludger und ich hatten auch so eine Knutschbeziehung, und das schien im Moment völlig ausreichend zu sein. Wozu sollte ich ihn mit Tom verrückt machen? Ich hatte ja selber noch keine Ahnung, was ich wirklich wollte …

Allerdings blieb die Landkommune eine Domäne von Tom und mir. Ludger wollte ich da nicht haben. Vielleicht weil sein Vater Filialleiter der Deutschen Bank war und Ludger das, aus meiner Sicht, viel zu unkritisch sah. Meine Mutter hingegen war begeistert vom Beruf Herrn Lewanders. »Es ist immer gut, jemanden zu kennen, dem eine Bank gehört«, sagte sie.

»Ihm gehört die Bank nicht, er leitet sie«, korrigierte ich.

»Trotzdem gut, einen Mann des Geldes in der Familie zu haben«, sagte Mutter.

»Was heißt hier, in der Familie? Ludger ist ein Freund von mir, mehr nicht – erst mal.«

»Aber ihr küsst euch doch«, sagte Mutter, als sei dadurch eine Heirat unausweichlich.

»Aber schlafen tue ich mit Tom«, fügte ich grinsend hinzu.

Meine Mutter wurde rot und stammelte: »Na ja, der ist auch ein netter Junge, aber wenn du mich fragst …«

»Sie fragt dich aber nicht!«, fuhr Oma lachend dazwischen. Sie schien Tom zu favorisieren. Bankmenschen gegenüber hegte Oma ein großes Misstrauen. Sie hatte mit den Banken »noch ein Hühnchen zu rupfen«. »Die Weltwirtschaftskrise damals ist ja nicht vom Himmel gefallen. Die Herren da oben haben den

Hals nicht voll genug bekommen, und wer hat es ausgebadet? Wir hier unten«, sagte sie.

»Da war Ludgers Vater doch noch gar nicht auf der Welt«, warf meine Mutter ein.

»Na und, diese Fritzen von der Bank sind doch alle gleich. Die verkaufen ihre Großmutter an den Teufel, wenn es sein muss«, entgegnete Oma.

»Jetzt übertreib doch nicht so, Mutter. Eine Bank verleiht Geld, damit man sich etwas schaffen kann«, erklärte meine Mutter.

»Ich sag doch, sie verkaufen ihre Großmütter! Sie nennen es vornehm Zinsen, aber das ist der Anfang vom Ende.«

»Das ist das ganz normale Geschäft einer Bank. Sie können doch ihr Geld nicht verschenken!«

»Eva, wenn ich dir vier Eier leihe, dann verlange ich doch auch nicht fünf zurück, oder?«

»Das wäre ja auch noch schöner. Warum sollte ich dir mehr zurückgeben, als ich bekommen habe?«, fragte Mutter staunend.

»Eben drum!«, sagte Oma triumphierend.

»Aber die Bank verleiht keine Eier, sondern Geld«, mischte Vater sich ein und beendete damit die Diskussion. Ich nahm Oma in den Arm und fand, dass sie irgendwie recht hatte.

»Na ja, besser du hast einen netten Langhaarigen als einen von diesen neuen Gelackten«, sagte sie und meinte damit die Popper. Die Anzahl der Jungen, die mit Seitenscheitel, Pullover mit V-Ausschnitt und blankgeputzten Slippern, an denen kleine Bömmelchen hingen, den Schulhof kreuzten, nahm unübersehbar zu. Jeden Weg machten sie zum Laufsteg. Jeder Gang war ein Auftritt. In ihren Hirnen schien ein Vakuum zu sein.

»Politik? Wozu. Ich will Spaß, das reicht mir.«

Es dauerte lange, bis der einzige Punk unserer Jahrgangsstufe, Daniel, die Sprache wiederfand. »Schlag den Popper platt wie Whopper«, skandierte er und riss sich das nächste Loch in seine bereits völlig zerfetzte Jacke. Die Popper lächelten ihn nur milde an, wie einen Schwachsinnigen, dem man jede Blödheit verzieh.

Wenn die Popper ihren Kopf nach hinten warfen, liefen sie Gefahr, sich das Genick zu brechen, weil ihre Tolle nach hinten fiel. Das Drama um die sozialliberale Regierungskoalition war ihnen »vollkommen egal«. Sie rauchten keinen Drum-Tabak, sondern Filterzigaretten. An ihren Handgelenken hingen kleine Kettchen und an der manikürten Hand ein schwarzer Koffer mit Zahlenschloss.

»Ich werde nie begreifen, was mit dieser Jugend eigentlich los ist«, seufzte Oma.

»Was meinst du?«

»Die einen stechen dir im Bus ihre spitzen Haare ins Gesicht, und die anderen bürsten sich minütlich die Haare glatt. Was sind das nur für Kinder?«

»Die mit den spitzen Haaren sind Punks«, erklärte ich.

»Wie schlafen die damit eigentlich?«, fragte Oma ernsthaft.

»Im Sitzen«, antwortete Mutter genauso ernsthaft.

*

Im Herbst 1982 gab es in der SPD/FDP-Koalition Stress. Gerüchte kursierten, dass Hans Dietrich Genscher schon mit der CDU verhandle, um einen Koalitionswechsel herbeizuführen. Als Helmut Kohl in Gestalt des Kanzlerkandidaten auftauchte, waren wir entsetzt und erheitert gleichermaßen. In der Landkommune meines Bruders hieß es sofort: »Wenn Kohl kommt, geht das Volk.«

»Den versteht doch auch keiner, weder inhaltlich noch akustisch«, sagte mein Bruder und versuchte mit aufgeblasenen Backen »Meine sehr verehrten Damen und Herren« zu sagen, was wie der sprechende Hund bei Loriot klang. Wir bogen uns vor Lachen.

Besonders empört war man darüber, dass der neue Kanzler sich nicht vom Volk wählen lassen wollte. Durch das konstruktive Misstrauensvotum wurde er lediglich vom Parlament legitimiert, was »ungeheuerlich« war. Man tröstete sich damit, dass Kohl die nächste Wahl nicht überstehen würde.

»Ein Jahr Kohl, und die Leute werden erkennen, was für eine unterirdische Leuchte da am Ruder ist«, sagte Horst zuversichtlich und prostete Uwe zu, der sogar glaubte, Kohl sei bis Weihnachten schon wieder weg.

Im Leistungskurs Politische Weltkunde diskutierten wir uns die Köpfe heiß, ob das konstruktive Misstrauensvotum, das Helmut Kohl zum Kanzler machte, verfassungsgemäß war. Selbst Carl Carstens, der ewig gut gelaunt wandernde Bundespräsident, tat sich zunächst schwer mit seiner Zustimmung.

Wie gut, dass wenigstens Dieter Kleewe eine klare Meinung vertrat. »Es wird Zeit, mal andere ans Ruder zu lassen. Die Sozis haben abgewirtschaftet«, sagte er.

»Wie redest du denn von der Sozialdemokratie, deiner politischen Heimat?«, fragte ich überrascht.

»Das hat doch nichts mehr mit Sozialdemokratie zu tun, was Schmidt macht«, entgegnete mein Vater.

Meine Mutter klebte gerade Rabattmarken in die Hefte und nickte zustimmend. »Dem kleinen Mann in die Tasche greifen, das konnte er gut«, sagte sie, als habe Helmut Schmidt persönlich Vaters Portemonnaie aufgeklappt.

»Und ihr glaubt, die CDU macht das nicht?«, fragte ich.

»Doch, natürlich. Aber die sagen es wenigstens offen und ehrlich«, erklärte mein Vater und wandte sich seiner Fernsehzeitung zu. Jeden Sonntag las er das Fernsehprogramm durch und strich die Sendungen an, die er sehen wollte. Das tat er mit einem sogenannten Weltraumkugelschreiber, den die ganze Familie ehrfurchtsvoll betrachtete. Er hieß Weltraumkugelschreiber, weil man mit ihm auch im Liegen schreiben konnte, mit der Spitze nach oben.

»Eine tolle Sache«, wie Mutter fand.

»Ein völliger Blödsinn«, wie Oma sagte. Sie könne schon seit 80 Jahren im Liegen schreiben, mit einem Bleistift.

»Aber die CDU wird scharfe Einschnitte ins soziale Netz vornehmen«, griff ich unser Thema wieder auf.

»Richtig so. Denn wenn das so weitergeht mit der sozialen Hängematte, dann liegen da bald alle drin und ruhen sich aus«, sagte Vater.

»Ich bin sicher, es gibt eine Menge Arbeitslose, die nichts lieber täten, als aus der Hängematte wieder herauszukommen. Nur wie sollen sie das anstellen, wenn immer mehr Arbeitsplätze abgebaut werden?«

»Wer Arbeit will, findet auch Arbeit«, erklärte Vater.

»Und man muss eben bereit sein, sich weiterzubilden«, ergänzte Mutter.

»Habt ihr mal in eine Fabrik hineingesehen? Da stehen nur noch Maschinen, und ein einsamer Arbeiter irrt durch die Halle«, sagte ich und spürte den Atem August Bebels im Nacken.

»Wer arbeiten will, der findet auch Arbeit«, wiederholte Vater.

»Bist du ein Papagei?«, fragte ich.

»Jetzt werd nicht wieder frech!«

»Und was ist mit der AEG?«, fragte ich herausfordernd. Das große Werk in der Weddinger Brunnenstraße sollte innerhalb der nächsten zwei Jahre komplett geschlossen werden, was mit einem Schlag Tausende von gutausgebildeten Menschen ihren Arbeitsplatz kosten würde.

»Das mit der AEG muss man abwarten. Ich kann mir nicht vorstellen, dass sie das Werk komplett schließen«, sagte Vater und legte den Weltraumstift beiseite.

»Nur weil du es dir nicht vorstellen kannst, werden sie es sicher nicht offen lassen!«, gab ich zurück.

»Wir müssen mit den Japanern mithalten, sonst reißen die alles an sich. Da gibt es keine Gewerkschaften, die lange Theater machen. Wenn der Chef sagt, nichts ist mit Urlaub, 60-Stunden-Woche, dann wird das gemacht, fertig. Bei uns wird gleich gestreikt. Übrigens auch bei der AEG!«

Ich war sicher, mein Vater litt unter irgendeiner komischen Krankheit, schließlich wohnten wir in einer Arbeitersiedlung und nicht in Frohnau. »Was ist eigentlich in dich gefahren? Du kommst aus der Arbeiterschaft, du bist Arbeiter, redest aber wie ein Aufsichtsratsvorsitzender«, sagte ich, mehr staunend als wütend.

»Dein Vater ist kein Arbeiter mehr. Er hat sich hochgearbeitet und ist Angestellter im öffentlichen Dienst«, korrigierte meine Mutter von der Seite.

»Mutter, ich habe Respekt vor Menschen, die Unsinn

reden, aber es bleibt Unsinn. Dein Mann, mein Vater ist Arbeiter!«

»Aber im öffentlichen Dienst!«, gab meine Mutter ungewohnt scharf zurück und ging in die Küche.

Mein Vater rückte seine Brille, die Fernsehzeitung und seinen Weltraumkugelschreiber auf dem kleinen Beistelltisch zurecht. Dann verließ er seinen Sessel und setzte sich mir gegenüber an den Tisch. Das war immer das Zeichen für Papa-erklärt-dir-jetzt-mal-die-Welt.

Während ich hoffte, dass uns der neue Kanzler nur kurzfristig heimsuchen würde, hoffte mein Vater, dass Helmut Kohl die maroden Staatsfinanzen wieder auf Vordermann brachte, damit wir schuldenfrei wurden. Schulden waren für meinen Vater »der Anfang vom Ende«. »Monika, du musst anerkennen, dass unser soziales Netz von der Leistungsfähigkeit unserer Wirtschaft abhängt.«

Ich musste kurz überlegen. Mein Vater sagte manchmal Sachen, die auf den ersten Blick einleuchtend waren. Durch die gute Schulung von Horst war ich aber meistens in der Lage, ihm das Gegenteil zu beweisen. Jedenfalls aus meiner Sicht.

»Wenn die Firmen mit, sagen wir, 50 Prozent weniger Gewinn zufrieden wären, könnten die Leute ihre Arbeit behalten, und die deutsche Wirtschaft würde immer noch ein Wörtchen auf dem Weltmarkt mitreden können«, sagte ich.

»Ich glaube, 50 Prozent ist ein wenig hoch gegriffen«, sagte Vater.

»Wieso denn? 50 Prozent sind schon in Ordnung. Das, was sie nicht zur Erhaltung der Arbeitsplätze brauchen, können die Bonzen ja spenden, an soziale Einrichtungen zum Beispiel.«

»Ah ja. Dann hast du bestimmt nichts dagegen, wenn wir dein Taschengeld auch um 50 Prozent kürzen, oder?«, fragte Vater.

»Bin ich ein Bonze?«, gab ich empört zurück.

*

Als ich mit Ludger im Garten seiner Eltern stand, schwebte die Hausherrin in einer Art Kimono über die Wiese. »Guten Tag, Monika, schön, dich mal wieder hier zu sehen«, sagte sie ungewohnt freundlich.

»Tag«, antwortete ich knapp.

»Und hast du schon mit ihr gesprochen?«, wandte sie sich an ihren Sohn.

»Gleich«, sagte Ludger und schob mich weiter. Ich verstand kein Wort.

»Was meinte deine Mutter?«

»Sie findet, dass es an der Zeit ist, dass sich unsere Eltern kennenlernen.«

Ich musste lachen. Allein die Vorstellung, Frau Lewander in unserer kleinen Küche stehen zu sehen, erheiterte mich ungemein. Lewanders bei Kleewes, ich lach mich tot. »Deine Mutter wird schreiend wieder rausrennen«, sagte ich.

»Das glaube ich nicht«, entgegnete Ludger und starrte auf die Wiese.

»Ludger, wir wissen beide, dass deine Mutter mich nicht leiden kann, also was soll das?«

Frau Lewander schwebte wieder heran.

»Und, Monika, soll ich ein Gedeck für dich mit auflegen lassen?«, fragte sie lächelnd. Was war los mit der Frau? Hatte sie Weichspüler getrunken? Wenige Wochen zuvor hatte sie noch davon gesprochen, »dieses Mädchen«, gemeint war ich, »notgedrungen zu dulden«, weil ihr Sohn »einen unerklärlichen Hang« zu mir entwickelt hatte.

»Nein danke, ich esse zu Hause. In einer übrigens sehr kleinen Küche, in der meine Mutter noch selber kocht«, sagte ich und wandte mich zum Gehen.

»Eine kleine Küche kann ja auch ganz praktisch sein. Vielleicht ergibt sich ja mal die Möglichkeit, dass wir sie persönlich sehen, die Küche – und deine Eltern«, rief mir Frau Lewander trällernd hinterher.

Sie hat Drogen genommen, dachte ich. Eine andere Erklärung für ihre plötzliche Freundlichkeit fand ich nicht. »Ich glaube nicht, dass meine Eltern scharf darauf sind«, rief ich ihr zu.

»Also, wir würden uns sehr freuen, Monika. Komm gut heim!«

Ludger begleitete mich zum Gartentor.

»Was ist in deine Mutter gefahren?«

Ludger seufzte und gab mir einen Kuss. »Mütter sind manchmal komisch«, sagte er nur.

Als ich zu Hause ankam, saßen meine Eltern schon in der Küche und erwarteten mich zum Essen. Die Küche war, neben dem Badezimmer, der kleinste Raum in unserer Wohnung. Dennoch nahmen wir die Mahlzeiten meistens hier ein. Außer sonntags, da aßen wir im Wohnzimmer.

»Hallo«, sagte ich und gab beiden einen flüchtigen Kuss auf die Stirn.

»Und, war es nett bei Ludger?«, fragte meine Mutter. Sie platzte vor Neugier, wer von den beiden Jungs nun mein Freund war oder werden sollte.

»Ging so«, sagte ich.

»Was heißt das, ging so? Ist der junge Mann doch nicht so nett, wie du es dir gedacht hast?«, erkundigte sich mein Vater, von der Neugier meiner Mutter offensichtlich angesteckt.

»Doch, doch. Ludger ist schon okay. Aber seine Mutter ist ein seltsamer Mensch. Irgendwie so ohne Funktion.«

»Was soll das heißen, ohne Funktion?«

»Ich habe das Gefühl, die macht nichts selber.«

»Ich denke, die haben einen großen Garten?«

»Im Garten ist ein Gärtner.«

»Na ja, so ein großer Garten macht ja auch viel Arbeit«, meinte Vater.

»Frau Lewander hat eine Putzfrau«, sagte ich und bediente mich.

»Eine Putzfrau?! Sich von fremden Leuten den Dreck wegräumen zu lassen – also, ich weiß nicht ...«, sagte Mutter.

»Und in der Küche kocht die Zugehfrau«, fuhr ich fort.

»Die haben eine Zugehfrau?«, fragte meine Mutter erstaunt.

»Ja, sag ich doch.«

»Also, ich weiß nicht, ob das der richtige Umgang für dich ist, Monika«, sagte Vater.

»Ihr könntet euch selber ein Bild von Ludgers Eltern machen. Lewanders würden uns gerne besuchen kommen«, sagte ich ironisch, nicht ahnend, welche Begeisterung das, zumindest bei meiner Mutter, auslösen würde.

»Wann?«, fragte sie und richtete ihr Haar, als stünde Familie Lewander schon vor der Tür.

»Ich halte das für keine gute Idee«, bemerkte mein Vater.

Zum ersten Mal seit Jahren konnte ich ihm sofort zustimmen. »Ich auch nicht.«

»Unsinn, das ist eine entzückende Idee!«, sagte Mutter, und man spürte, dass sie keinen Widerspruch duldete. Menschen aus Frohnau in ihrer Wohnung, das würde sie sich unter keinen Umständen entgehen lassen.

*

Mein Vater behandelte Ludger freundlich, aber stets mit einer gewissen Distanziertheit. Meine Mutter hingegen war hin und weg von dem jungen Mann mit seinem »vorbildlichen Benehmen«. Sie war ganz wild darauf, seine Eltern kennenzulernen.

Das Kennenlernen unserer Eltern endete in einem Fiasko, wozu die überraschende Anwesenheit meines Bruders und seiner inzwischen elfjährigen Stieftochter Nina erheblich beitrugen.

Meine Mutter war sehr zufrieden mit dem Beruf von Herrn Lewander. »Deutsche Bank«, sagte sie mit Ehrfurcht in der Stimme, »das ist doch sehr schön. Da wird der Ludger bestimmt auch ins Bankgeschäft einsteigen, oder?«

»Keine Ahnung«, erwiderte ich und deckte weiter den Tisch. Meine Mutter hatte Kuchen gebacken und konnte es kaum erwarten, einen Mann der Deutschen Bank persönlich kennenzulernen. Oma war auch gekommen, sie wollte »die feinen Pinkel« selber sehen. Nachdem sie geschworen hatte, dass sie sich ganz still verhalten würde, hatte meine Mutter ihrer Anwesenheit zugestimmt.

»Die Frohnauer Bagage muss ich mit eigenen Augen sehen«, hatte sie schenkelklopfend gesagt. Es war, als würden uns Menschen von einem anderen Planeten besuchen.

Lewanders kamen auf die Minute pünktlich. Frau Lewander fiel mit einem Wallewalle-Kleid und der barocken Hochsteckfigur derartig aus dem Rahmen, dass Oma mich flüsternd fragte, ob denn heute Fasching sei. Mit den drei Lewanders, meinen Eltern, Oma und mir war der Flur voll. Es hätte kein Apfel mehr zu Boden fallen können. Die drangvolle Enge führte dazu, dass mein Vater, fast 1,90 Meter groß, Frau Lewander, »kaum größer als ein Fingerhut«, wie Oma feststellte, um ein Haar in die Turmfrisur gebissen hätte. Was außer mir niemanden erheiterte.

»Hereinspaziert«, sagte meine Mutter, als würden Lewanders gleich durch die Manege getrieben. Ludger hatte sich zu mir vorgearbeitet und nach meiner Hand gegriffen, als sei sie ein Rettungsring. Er fühlte sich offensichtlich unwohl, ich wusste nur nicht genau, warum. Aber bald würde ich es erfahren. Mein Vater und Herr Lewander hatten sich auf den Balkon geflüchtet, um dort in Ruhe zu rauchen.

»Wie viele Räume hat denn Ihre Wohnung?«, fragte Frau Lewander ungeschickt.

»Zwei, und Monika hat ein Zimmer nur für sich«, sagte Mutter stolz. Denn immerhin war sie mit ihrer Schwester Elsbeth, den Eltern, einer verwirrten Großtante und deren wechselnden Liebhabern in einer Anderthalbzimmerwohnung aufgewachsen, wobei das halbe Zimmer auch noch ein Durchgangszimmer war. Dafür war die Küche, »schön groß«, wie Oma immer entschuldigend berichtete.

Frau Lewander konnte ihre Irritation nur schwer verbergen. »So, so, zwei Zimmer, für Sie drei …»

»Vier«, korrigierte meine Mutter, »unser Junge hat bis vor ein paar Jahren auch hier gewohnt.«

»Ach«, erwiderte Frau Lewander, und vor lauter

Entsetzen entglitten ihr die Gesichtszüge. Und während Mutter meine Zimmertür öffnete und eine ausladende Handbewegung machte, als erschließe sich gleich eine riesige Halle hinter der Tür, fragte Frau Lewander: »Und wo schlafen Sie und Ihr Gatte?«

»Im Bett«, antwortete Oma etwas pampig.

Mutter lächelte gequält. »Das ist übrigens meine Mutter, Frau Hammer«, stellte sie die aufdringliche Seniorin vor.

»Guten Tag«, sagte Frau Lewander und streckte Oma zögerlich die Hand entgegen.

»Ist Ihnen kalt?«, fragte Oma und musterte den weißen Spitzenhandschuh.

»Mutter!«, zischte meine Mutter, die schon gewusst hatte, warum es ihr lieber gewesen wäre, wenn Oma nicht gekommen wäre.

»Tagchen«, sagte Oma schließlich und verweigerte Frau Lewander den Handschlag.

Unauffällig schob Mutter Oma in die Küche. »Du hast mir versprochen, dich zusammenzureißen!«, flüsterte sie scharf, was noch im Flur zu hören war.

»Kindchen, du hast ja keine Ahnung. Ich reiße mich zusammen, seit diese verkleidete Frau den Fuß über die Schwelle gesetzt hat!«, gab Oma zurück. Ludger konnte sich ein Grinsen nicht verkneifen, aber der Blick seiner Mutter sprach Bände. Im Wohnzimmer angekommen, erklärte meine Mutter Frau Lewander, wie Kleewes allabendlich die Couch ausklappten und eine beachtliche Fläche des Wohnzimmers »in ein komfortables Bett mit geteiltem Lattenrost« verwandelten.

»Sehr schön«, sagte Ludgers Mutter, aber man sah ihr an, dass sie einer Ohnmacht nahe war.

»Mein Mann und ich beherrschen das blind«, erklärte meine Mutter. Was Frau Lewander aber nicht die Blässe aus dem Gesicht trieb. Missmutig beäugte sie ihren Mann, der vom Balkon zurückkehrte.

»Eine gute Idee, wie ich finde«, sagte er und meinte damit die Tatsache, dass mein Vater von März bis Oktober nicht in der Wohnung rauchte.

»Dann riecht wenigstens im Sommer nicht alles nach Rauch«, erklärte Vater.

»Wenn es zu kalt draußen ist, raucht er auch schon mal im Oktober drinnen«, sagte meine Mutter, als habe sie ein gutgehütetes Familiengeheimnis ausposaunt.

»Ah ja«, machte Frau Lewander wieder, und man sah ihrem Blick an, dass sie den Besuch so schnell wie möglich hinter sich bringen wollte.

Oma kam mit dem Kuchen. »Hinsetzen!«, rief sie ruppig und drückte Frau Lewander an der engsten Stelle des Tisches auf einen kleinen Hocker. Meine Mutter wollte noch korrigierend eingreifen, denn der Platz war eigentlich für mich gedacht, aber Oma ließ es nicht zu. »Die sitzt gut da«, sagte sie.

Als alle saßen, meinte Frau Lewander, sie wolle nur ein halbes Stückchen, sie müsse auf ihre Linie achten.

»Von der sieht man unter Ihrem komischen Kleid doch sowieso nicht viel«, sagte Oma. Ludger prustete los und konnte sich vor Lachen kaum halten. Vater starrte gebannt auf die Mitte des Tisches und versuchte damit, sich ein Grinsen zu verkneifen, was ihm nicht wirklich gelang.

Das Schweigen am Tisch wurde durch den überraschenden Besuch meines Bruders und seiner Stieftochter Nina jäh unterbrochen. Mein Bruder trat ein und hatte ein irrsinnig breites Grinsen im Gesicht. Seine Augen schienen leicht gerötet, und man sah ihm an, dass er ganz entspannt im Hier und Jetzt war.

Er schwebte herein und setzte sich, mit Nina auf dem Schoß, dazu. »Lecker, Kuchen. Selbst gemacht?«

»Selbstverständlich!«, sagte meine Mutter, die es für reine Geldverschwendung hielt, Kuchen zu kaufen. »Wer Kuchen kauft, ist nur zu faul zum Backen«, ergänzte sie.

»Sagen Sie das nicht, in der Feinschmeckerabteilung des KaDeWe kann man exzellenten Kuchen dinieren«, entgegnete Frau Lewander.

»In der Feinschmeckerabteilung vom KaDeWe pflegen wir nicht zu hofieren«, sagte Oma, die auch mal so »geschwollen« daherreden wollte.

Ohne große Umstände fragte Nina: »Wer ist die Frau mit den komischen Haaren und der geleckte Mann da drüben?«

»Das sind Herr und Frau Lewander, die Eltern von Ludger«, erklärte meine Mutter.

»Ach, die Spießer aus Frohnau«, sagte Nina und griff beherzt mit der Hand nach dem Kuchen.

»Was führt dich denn so überraschend her, Junge?«, fragte Vater.

»Nina muss für ein paar Wochen bei ihrem Vater wohnen«, sagte Michael und nahm sich ein Stück Kuchen. Oma schob ihren Teller rüber.

»Ach, das ist gar nicht Ihr Kind?«, fragte Herr Lewander vorsichtig.

»Mein Kind, dein Kind, Nina ist doch kein Eigentum. Vater ist, wer sich um das Kind kümmert«, erklärte mein Bruder.

»Und warum bringst du Nina zu ihrem Vater und nicht Beate?«, fragte Mutter.

»Beate kann gerade nicht«, sagte mein Bruder ausweichend.

»Warum nicht?«, bohrte Vater weiter.

»Mama ist im Knast«, sagte Nina, so als sei ihre Mutter nur kurz einkaufen.

»Wie bitte?!«, fragte Vater entsetzt.

»Sie hat eine Gruppe von Leuten bei sich wohnen lassen«, erklärte mein Bruder.

»Und einer von denen wird von den Bullen gesucht«, ergänzte Nina. »Und ihr glaubt nicht, wer das war?!«, fügte sie mit leuchtenden Augen hinzu.

»Ich glaube, das wollen wir auch gar nicht hören«, sagte Herr Lewander und hob abwehrend die Hand. Meine Eltern schwiegen, gelähmt vor Entsetzen. Als Nina begann, den Namen auszusprechen, hielt meine Mutter ihr den Mund zu. Aber Herr Lewander hatte genug gehört. »Das ist ja unglaublich! Wie kann man einem Mörder Unterschlupf gewähren?«, empörte er sich.

»Moment mal. Noch wissen wir nicht, ob er, wie Sie sagen, ein Mörder ist«, erklärte mein Bruder, ohne seine gute Laune zu verlieren.

»Diese Terroristen sind doch alle Mörder«, sagte Herr Lewander und verschränkte die Arme.

»Aber wenn Beate verhaftet wird, weil sie, ohne es zu wissen, einem gesuchten Mann Unterschlupf gewährt hat, dann müsste man so einen Oberkapitalisten wie Sie schon längst verhaftet haben. Sie sind doch bei der Deutschen Bank, oder?«, fragte mein Bruder.

»Ich verbitte mir diesen Ton«, sagte Herr Lewander.

Vater und Mutter hätten sich am liebsten auf der Stelle in Luft aufgelöst. Ich erwartete, dass Frau Lewander gleich theatralisch aufspringen und unsere Wohnung verlassen würde. Aber nichts dergleichen geschah. Noch nicht. Stattdessen legte sie ihrem Mann beruhigend die Hand auf den Arm. Nachdem sich die

Wogen einigermaßen geglättet hatten, brachte Ludgers Mutter den wahren Grund für den überraschenden Besuch zur Sprache: Sie brauchten mich als Zeugin.

»Ihre Tochter war doch damals auch auf der Demonstration und ist vor der Polizei geflüchtet«, erklärte Herr Lewander. Ich hielt es für einen ungünstigen Zeitpunkt, ausgerechnet jetzt zu erklären, dass ich den Demonstrationszug damals nicht einmal gesehen hatte, und verhielt mich erst mal ganz still.

»Auf welcher Demonstration?«, fragte Vater.

»Na, letztes Jahr, als der junge Mann zu Tode kam.« Vaters Adamsapfel legte eine beachtliche Strecke zurück, seine Augen fixierten mich wie der Jäger seine Beute kurz vor dem Schuss. Ich sollte aussagen, dass Ludger bei der Demonstration keinen Stein in der Hand gehalten, keinen Beamten attackiert und sich das Tuch nur zum Schutz vor dem Tränengas vors Gesicht gezogen hatte. Ich sah meinem Vater an, dass sein Hirn qualmte. Er blickte mich an, als wolle er mich mit einem Feuerstrahl auf der Stelle verbrennen.

Michael sah in seine Kaffeetasse. »Ihr trinkt doch bestimmt wieder diese Ausbeuterbrühe«, sagte er und kümmerte sich nicht weiter um die ungute Stimmung am Tisch.

»Also, was ist nun, könnten Sie sich vorstellen, dass Ihre Tochter uns den kleinen Gefallen tut?«, fragte Frau Lewander ungeduldig.

»Wir würden uns das auch etwas kosten lassen«, fügte Herr Lewander ernsthaft hinzu.

»Verstehe ich Sie richtig? Sie bieten uns Geld an, damit unsere Tochter zugunsten Ihres Sohnes aussagt?«, fragte Mutter mit weit aufgerissenen Augen.

»Verstehen Sie uns nicht falsch, aber eine solche

Verurteilung könnte Ludgers Karriere beenden, bevor sie angefangen hat. Der Junge hat schon ein paarmal den ein oder anderen jugendlichen Unsinn angestellt, die Richter würden jetzt vermutlich …«

»Was läuft hier eigentlich gerade für eine üble Nummer ab?«, fragte Nina.

Vater räusperte sich umständlich. Dann tupfte er sich den Mund mit der Serviette ab, holte tief Luft und ballte seine Hände zu Fäusten. »Wir stehen fest auf dem Boden der freiheitlich demokratischen Grundordnung, und wir werden niemals gegen ein Gesetz verstoßen«, verkündete mein Vater. Mein Bruder grunzte kurz auf, sagte aber nichts.

»Wenn Ihr Bengel nicht die Beamten mit Steinen beworfen hätte, dann wäre die Polizei niemals in den U-Bahnhof gerannt und hätte meine Enkeltochter verprügelt, so sieht es doch aus«, sagte Oma ungehalten.

Über den Hals von Ludgers Mutter schossen kleine rote Flecken, wie ein plötzlicher Regenschauer. »Aber mein Junge wollte doch niemanden verletzen dabei«, sagte sie fast schon entschuldigend.

»Sind Sie so doof oder tun Sie nur so? Wer einen Stein wirft, kann nicht erwarten, dass er sich wie eine harmlose Schneeflocke verhält«, sagte Oma.

»Aber wie gesagt, Monika soll diese kleine Dienstleistung auch nicht umsonst tun«, wiederholte Frau Lewander. Ludger sah betreten zu Boden und knetete seine Hände, er wagte nicht, mich anzusehen.

»Wir sind nicht käuflich!«, antwortete Vater klar und deutlich.

»Die Summe wäre sicherlich großzügig bemessen«, schob Herr Lewander nach.

»Es geht hier nicht um die Höhe der Summe, es geht

um den Vorgang an sich, und der ist zutiefst verwerflich!«, sagte Vater, und ich war irre stolz auf ihn.

Mein Bruder fügte strahlend hinzu: »Genau! Meine Schwester wird Ihren bornierten Sohn da nicht raushauen!«

»Ich glaube, dann ist es besser, wenn wir jetzt gehen«, erwiderte Frau Lewander und erhob sich mit zitternden Händen.

»Endlich«, sagte Oma und machte den Weg sofort frei.

*

Die Empörung meines Vaters über das Ansinnen von Familie Lewander wich rasch der Empörung über meine offensichtliche Verwicklung in den Vorfall.

»So, mein Fräulein Tochter ist also tatsächlich auf der Demonstration gewesen«, stellte er fest.

»Das wusstest du doch inzwischen«, sagte ich etwas kleinlaut.

»Aber dass du an einem derartigen Rechtsbruch beteiligt gewesen bist ... Also Monika, das ...« Mein Vater suchte nach den passenden Worten, fand sie aber nicht.

»Ich war an keinem Rechtsbruch beteiligt. Ich habe die Demonstration nicht mal gesehen!«

»Lüg nicht!«

»Wenn ich es dir doch sage, ich bin nur aus der U-Bahn gestiegen ...«

»... aus der U-Bahn gestiegen – das kannst du deiner Großmutter erzählen!!!«

»Frag Ludger, er war dabei, er hat alles gesehen!«

»Ich soll einen Jungen nach der Wahrheit fragen, dessen Eltern mir Geld angeboten haben, damit du eine Falschaussage machst?!«, fragte Vater erregt, und man sah ihm an, dass er sehr bemüht war, seine Fassung nicht zu verlieren. Mutter zwirbelte die ganze Zeit die Ecke der Tischdecke mit ihren Fingern und blickte nervös zwischen uns hin und her. Nina stopfte den Kuchen in sich hinein, als sei es der letzte in ihrem Leben. Vermutlich hatte sie die Nase voll von dem zuckerfreien Vollkornkuchen mit der Konsistenz einer Turnmatte, den sie bei ihrer Mutter bekam.

Mein Bruder goss sich die nächste Tasse Ausbeuterbrühe ein, und Oma löffelte die Sahne pur aus der Schüssel.

»Ich möchte genau wissen, was du an jenem Tag gemacht hast«, sagte mein Vater, »und zwar alles!«

»Da gibt es wirklich nichts zu erzählen. Ich bin aus der U-Bahn gestiegen, und da kamen mir auch schon die Polizisten, Ludger und das Tränengas entgegen. Einer der Polizisten hat auf mich eingeprügelt, Ludger hat mir hochgeholfen und mich ins Freie gezerrt, das war alles.«

»Das glaube ich dir nicht«, sagte Vater aufbrausend.

»Schließ dein Kind doch an einen Lügendetektor an«, schlug Oma vor, und keiner wusste, ob sie das ernst meinte. »Oder noch besser, setz sie in die Badewanne, stell dich mit laufendem Föhn daneben und frag noch mal, ob es die Wahrheit ist«, fuhr sie fort. Inzwischen war die Sahneschüssel ausgelöffelt, und Oma bemächtigte sich des Restes mit ihrem Finger. Unter unüberhörbarem Lutschen und Schmatzen sagte sie schließlich: »Du kannst Monika auch an den Füßen aus dem Fenster hängen lassen. Es gibt viele Möglichkeiten der Wahrheitsfindung …« Irritiert sahen wir alle Oma an. Dann sagte sie schließlich: »Aber ich fände es am besten, wenn du deiner Tochter einfach mal vertraust.« Sie stellte die blitzsaubere Sahneschüssel zurück und fuhr sich zufrieden mit der Hand über den Bauch.

»Du weißt genau, wie viele schlaflose Nächte uns dieses Kind schon bereitet hat«, sagte Mutter.

»Schlaf kann man nachholen, Lebenserfahrung nicht«, erwiderte Oma ruhig.

*

Als ich Ludger in der Schule wiedertraf, hatte er sich verändert. Er war noch stiller und sah mich kaum an. Ich gab ihm einen kleinen Kuss, er hielt mich fest wie ein Ertrinkender.

»Das mit meinen Eltern tut mir leid. Ich wollte das nicht«, sagte er.

»Ist schon gut«, sagte ich und versuchte ihn in den Arm zu nehmen. Er wand sich.

»Was hast du?«

»Meine Eltern haben mir den Umgang mit dir verboten«, antwortete er ernsthaft.

Ich lachte auf. »Na und! Wichtig ist doch, was du willst«, sagte ich selbstsicher.

»Ich kann mich nicht gegen meinen Vater stellen«, erklärte mir Ludger. Ich verstand die Welt nicht mehr. Ich stellte mich beinahe wöchentlich gegen meinen Vater, wo war das Problem? »Tut mir leid, Moni, aber es geht nicht«, sagte Ludger leise.

»Was heißt das, es tut dir leid?!«

»Ich wäre total gerne weiter mit dir zusammen, mit dir ist alles so … so leicht, so unkompliziert.« Das sahen meine Eltern ganz anders.

»Aber was spricht denn gegen uns? Ich will dich, und du willst mich«, erklärte ich und spürte, dass Ludgers nächster Satz kein guter werden würde.

»Aber nicht gegen den Willen meiner Eltern«, sagte er und kämpfte mit den Tränen.

»Heißt das, es ist Schluss?«, fragte ich mit zitternder Stimme. Er nickte, und ich spürte, dass es nicht wirklich seine Entscheidung war. In mir stieg eine unglaubliche Wut auf. Ich wusste nur noch nicht, gegen wen sich die Wut richtete.

»Hast du noch alle Tassen im Schrank?«, fragte ich schließlich und spürte, dass auch mir die Tränen übers Gesicht liefen.

»Es tut mir wirklich leid, aber es geht nicht«, wiederholte Ludger seinen Text.

»Du Frohnauer Warmduscher!«, schrie ich und ging. Ludger versuchte mich am Arm festzuhalten. »Fass mich nicht an!«, schrie ich, als würde er sonst was versuchen. Ludger griff noch einmal nach mir.

Ich versuchte mich loszureißen, doch plötzlich stand Ronny neben Ludger und streckte ihn mit einem Schlag nieder. Anschließend zerrte er ihn am Kragen hoch. »Fass nie wieder ein Mädchen an, hast du mich verstanden?« Ludger nickte ängstlich. Ronny warf Ludger in den Staub des Schulhofes, stellte seinen Fuß auf dessen Hals ab und drohte: »Sonst mach ich dich alle.«

*

Ich verließ den Ort des Geschehens und fuhr, in Tränen aufgelöst, zur Arbeitsstelle meiner Mutter. »Ach, Monika, du bist es, Donnerwetter, bist du gewachsen! Ich habe dich kaum wiedererkannt«, sagte der Pförtner und schien aus dem Staunen nicht mehr herauszukommen.

»Das ist der Lauf der Dinge, dass Kinder wachsen«, gab ich etwas patzig zurück.

»Aber du bist besonders gewachsen«, versuchte der Pförtner sich zu verteidigen.

Ich wandte mich dem Telefon zu, das neben der Loge des Pförtners hing. Von hier aus konnte man, »interne« Gespräche führen. Meine Mutter war sofort dran. »Kleewe.«

»Hier auch«, sagte ich.

»Wo hier?«, fragte meine Mutter erstaunt.

»Beim Pförtner.«

»Beim Pförtner?! Warum bist du nicht in der Schule?«

Die Tränen übermannten mich wieder, ich stammelte nur: »Dieser Arsch ... getrennt ... weil seine Eltern ... Feigling ... Blödmann ... Eier abschneiden ...«

»Moment, ich komme«, sagte Mutter.

Fünf Minuten später stand sie vor mir und sagte erst mal gar nichts, sondern nahm mich in den Arm. Ich heulte wie ein Schlosshund. Als ich mich einigermaßen beruhigt hatte, tupfte Mutter mir die Tränen mit dem Zipfel ihrer Bluse ab und fragte: »Es ist zehn Uhr, hast du eine Freistunde?« Das durfte doch nicht wahr sein, ich erlebte gerade das größte Drama meines Lebens, und Mutter fragte, ob ich eine Freistunde hätte.

»Nein. Ich schwänze mit voller Absicht«, entgegnete ich.

Meine Mutter sah mich lange an. Sie kämpfte mit ihrer Frauensolidarität und der unglaublichen Tatsache, dass ihre Tochter quasi vor ihren Augen schwänzte. »Aber so geht es doch nun auch nicht. Wenn was schiefläuft, kann man doch nicht gleich alles stehen und liegen lassen«, erklärte sie ruhig.

»Mama, verlang jetzt nicht von mir, dass ich zurück

zur Schule fahre!«, schrie ich hysterisch, als sei die Schule ein stalinistisches Umerziehungslager. Die Ohren des Pförtners wurden immer größer.

Mutter nahm mich noch einmal in den Arm und sagte, alles würde gut werden.

»Nichts wird mehr gut. Gar nichts!«, schrie ich.

»Die Zeit heilt alle Wunden«, sagte sie.

»Und was ist, wenn die Zeit selbst die Wunde ist?«

Meine Mutter überlegte, dann fragte sie, woher ich nur immer diese komplizierten Fragen hätte. »Weil das Leben so kompliziert ist«, jammerte ich.

»Unsinn. Das Leben ist ganz einfach, wenn man sich an gewisse Regeln hält. Und eine Regel ist: Schuster, bleib bei deinem Leisten«, sagte sie mit erhobenem Zeigefinger.

»Was meinst du damit?«, fragte ich.

»Na ja, sieh mal, der Ludger ist ein wirklich netter Junge, wir mögen ihn auch, aber eigentlich passt er nicht zu uns«, erklärte meine Mutter, und ich spürte, wie sie jedes Wort genau überlegte.

»Aber du warst doch ganz begeistert von Herrn Lewander ... seiner Bank ... und so.«

»Die Lewanders leben ... Sie leben in einer anderen Welt. Versteh das nicht falsch, ihre Welt ist nicht besser oder schlechter, aber eben anders als unsere. Da gehörst du nicht hin, mein Schatz. Das sind Menschen, die nicht wissen, was es heißt, den Pfennig zweimal umdrehen zu müssen, die wissen nicht, was ein Arbeiter ist.«

»Du selber bestehst doch immer drauf, dass Vater kein Arbeiter mehr ist, sondern Angestellter im öffentlichen Dienst«, schluchzte ich.

»Aber ich vergesse niemals, wo unsere Wurzeln sind, und ...«

»Aber Ludger und ich lieben uns doch«, unterbrach ich jammernd meine Mutter.

»Du weißt doch noch gar nicht, was Liebe ist, Schätzchen.«

»Doch!«

»Nein, weißt du nicht«, sagte meine Mutter ruhig.

»Ludger ist der Junge meiner Träume!«, schrie ich und heulte wieder los.

»Du wirst noch viele Träume haben, Kind«, sagte meine Mutter und fuhr mir liebevoll durchs Haar. Der Pförtner reichte ein Taschentuch heraus.

»Was ist eigentlich mit Tom?«, fragte sie. Tom? Ach ja, richtig, ich hatte ja noch einen Freund. Den hatte ich in der ganzen Aufregung völlig vergessen. Mutter ging zurück in ihr Büro. »Warte hier, ich komm gleich wieder«, sagte sie.

Der Pförtner sah mich mitleidig an. »Liebeskummer?«, fragte er vorsichtig. Ich nickte nur. Er hielt mir ein Stück Schokolade hin. »Hier, das hilft, ein wenig.«

»Danke.« Dann kam Mutter wieder. Sie habe sich einen kleinen Trost für mich überlegt. »Was denn?«

»Komm mit«, sagte sie nur. Als ich endlich merkte, wohin der Weg uns führen würde, war ich völlig von den Socken. Mutter ging mit mir ins Kino, in einen Louis-de-Funès-Film. Mitten in der Woche, einfach so. Das kam einer kleinen Sensation gleich, denn Kino war damals keine ständige Freizeitbeschäftigung. Kino war etwas ganz Besonderes. Immer donnerstags änderte sich das Kinoprogramm, und jedes Mal sahen wir gespannt auf die Ankündigungen der neuen Filme, meist ohne sie anschauen zu dürfen.

Ich liebte Funès, den kleinen quirligen Franzosen, was ich seit einigen Jahren jedoch lieber geheim hielt. Denn es war die Zeit, wo man David Bowie und Boy

George toll fand. Da passte ein Louis de Funès so gar nicht rein ... Und damit nicht genug, bekam ich zum ersten Mal in meinem Leben im Kino eine Tüte Popcorn und eine Cola spendiert. Mein Liebeskummer begann sich auszuzahlen.

*

In den nächsten Tagen ließ ich mich von Tom trösten, was er gerne tat. Er versuchte mir das Ganze zu erklären. »Den Bonzen geht es nicht um wahre freie Liebe, denen geht es immer nur um ihren Vorteil«, sagte er.

»Aber Ludger hätte sich doch trotzdem für mich entscheiden können. Immerhin ist er kein Bonze, er wohnt nur bei welchen«, sagte ich empört.

»Aber sein Wohnumfeld beeinflusst ihn natürlich«, erwiderte Tom und kraulte mir während des Gespräches unablässig die Haare.

»Du meinst seine Eltern?«

Tom nickte. »Wer, wenn nicht die Eltern, soll Schuld haben an einem solchen Verhalten? Sie haben ihren Sohn erzogen und ihm Werte vermittelt, denen er folgt. Er kennt doch auch nichts anderes«, erklärte er.

Und ich fand, er hatte recht. Mein Tom, ach, was war er nur für ein toller Typ. Ludger war infiziert vom Gedankengut seines Vaters. Genauso war es. »So etwas wie freie Liebe können die gar nicht zulassen. Das verstößt gegen ihr Prinzip, alles immer gleich haben zu wollen. Besitz von Haus und Frau, danach strebt man in diesen Kreisen«, sagte ich abschätzig.

Abends knieten wir, im wahrsten Sinne des Wortes, mit Toms Mitbewohner Willi zusammen. Die WG-Bewohner hatten sich entschieden, die Beine des massiven Eichentischs abzusägen, um den Großteil ihres Lebens ebenerdig zu verbringen. Meinen Eltern wäre das Herz stehengeblieben. Man stelle sich vor, sie kommen nach Hause und ihr Esstisch stünde nur noch wenige Zentimeter über dem Boden ... In Toms WG war vieles anders. Als Zeichen des Protestes gegen spießbürgerliche Doppelbetten lagen Schaumstoffmatratzen auf dem Boden. Es gab kein Einheitsgeschirr, alles war bunt durcheinandergewürfelt, und statt Geranien wuchsen Marihuanapflanzen auf dem Balkon.

Willi fand, man müsse Ludgers Eltern einen Denkzettel verpassen. »Man sollte Ludgers Eltern zeigen, was man von ihnen hält.«

»Und wie?«, fragte Tom und schenkte uns einen Vanilletee ein, der das ganze Wohnzimmer mit seinem Geruch vernebelte.

»Es müsste etwas sein, was sie wachrüttelt, was sie aufschreckt – ein Inferno!«, sagte Willi.

Wir überlegten, während wir Berge von braunem Kandiszucker in unseren Teetassen versenkten. Mir fiel diese dämliche Ziergartenhecke ein, so gerade, sauber und spießig, dass sich mir die Zehennägel kräuselten. »Das ist es!«, rief Tom entzückt aus, und Willi reckte beide Daumen in die Höhe.

»Monika, du bist grandios«, sagte er mit leuchtenden Augen.

Einige Tage später schob Herr Lewander am frühen Morgen den schweren Store zur Seite und blickte in seinen Garten. Es dauerte einen Moment, bis er die Veränderung wahrnahm. Frau Lewander stieß einen spitzen Schrei aus. Ihre Ziergartenhecke hatte die Form eines übergewichtigen Kamels angenommen ...

Nach und nach gelang es mir, mich wieder auf die Schule zu konzentrieren, was man nicht von allen behaupten konnte. Mäuseschwänzchen lief wie ferngesteuert herum, hatte ein Dauerlächeln auf den Lippen und vergaß zum ersten Mal, die Hausaufgaben in ihr Oktavheft einzutragen.

»Was ist los mit dir?«, fragte ich besorgt.

»Ronny hat wieder bei mir übernachtet«, sagte sie mit leuchtenden Augen.

»Und?«

»Ich meine, so richtig!«

»Was heißt, so richtig?«, stellte ich mich doof. Ich wollte, dass sie es aussprach.

»Na ja – wir waren ganz allein.«

»Mutti hat nicht bei euch übernachtet?«, fragte ich ironisch.

Mäuseschwänzchen ging nicht auf meine Frage ein und sagte mit einem breiten Lächeln, es sei die schönste Nacht ihres Lebens gewesen, das könne sie schon jetzt mit Bestimmtheit sagen.

»Da muss ich dich aber enttäuschen, es werden noch viel schönere Nächte folgen«, gab ich beim Gedanken an die letzte Nacht mit Tom von mir.

»Und stell dir vor: Ronny will mir seine Tankstelle zeigen und mich seinem Vater vorstellen«, erklärte Mäuseschwänzchen, als trete sie damit eine gigantische Erbschaft an, mit der sie für den Rest ihres Lebens sorgenfrei sein würde.

»Ich dachte, da ist schon viel früher was gelaufen zwischen euch«, sagte ich.

»Was denkst du denn von mir?«, fragte Mäuseschwänzchen empört.

»Schon gut, ich dachte nur, nach einem Jahr könntet ihr vielleicht früher …«

»Ronny ist der Richtige, er konnte lange warten«, sagte Mäuseschwänzchen voller Überzeugung, und so langsam ahnte ich, warum sie so strahlte.

»Was habt ihr vor?«, fragte ich eher sorgenvoll als interessiert.

»Wir werden so bald wie möglich eine richtige Familie gründen.«

»Ronny ist dein erster Freund, nun warte doch ab, was das Leben so bringt«, erwiderte ich beschwörend.

»Tom ist doch auch dein erster Freund.«

»Ich gründe ja auch keine Familie mit ihm. Wir wollen lieber frei leben, frei von Zwängen. Liebe ist teilbar, wenn es sein muss, auch mehrfach. Wir haben so viel davon, dass wir da nicht knausern müssen«, erklärte ich und fand mich ziemlich cool.

»Meine Liebe gehört Ronny, die ganze. Er ist einfach wunderbar, liebevoll und hat eine durch und durch gesicherte Existenz. Getankt wird schließlich immer.«

*

Wir bewegten uns auf Weihnachten 1982 zu, und Kohl war noch immer Kanzler. Was meinen Vater sehr erfreute.

Mich machte es ratlos. »Ich begreife nicht, wieso niemand merkt, was für ein autoritärer Sack Birne ist«, sagte ich.

»Monika, du sollst nicht immer so respektlos von ihm reden«, ermahnte mich mein Vater, als sei Helmut Kohl ein enger Freund des Hauses Kleewe.

»Der Kohl macht, was er will.«

»Das kannst du nicht verstehen, aber es ist gut, wenn einer sagt, wo's langgeht.«

»Wieso denn das?«, fragte ich staunend.

»Wenn es keinen Chef gibt, dann wollen alle Chef sein, und das geht schief.«

»Deswegen hat er sich solche Pfeifen ins Kabinett geholt.«

»Monika!«

»Sieh dir die Figuren doch mal genauer an. Manfred Wörner, ein Offizier der Reserve, ist Verteidigungsminister!«

»Eben drum, ein ausgewiesener Fachmann.«

»Für Krieg!«

»Unsinn! Wörner ist für den Frieden, wie übrigens alle im Kabinett Kohl.«

»Und deswegen setzt er diese kranke Politik von Schmidt auch fort, so von wegen NATO-Doppelbeschluss und so – ganz tolle Maßnahme für den Frieden. Frieden schaffen ohne Waffen, muss das heißen!«

»Du vergisst die Sowjetunion ... Die haben angefangen, ihre Raketen auf uns zu richten«, sagte Vater, und man sah ihm an, dass ihn die ewigen Diskussionen mit mir ermüdeten. »Immerhin hat er auch Frauen in sein Kabinett geholt.«

»Eine, Papa, eine einzige Frau, Dorothea Wilms, und da wird wohl auch erst eine Obduktion den Beweis bringen, dass es sich tatsächlich um eine Frau handelt«, sagte ich.

»Kohl kann machen, was er will, du bist mit nichts zufrieden!«, entgegnete Vater verzweifelt.

»Ich will auch nicht zufrieden sein mit Kohl.«

»Wenigstens hat er einen kompetenten Mann im Sozialministerium.«

»Norbert Blüm, ein Zwerg, der den ganzen Tag behauptet: Die Renten sind sicher. Dabei weiß man doch, dass spätestens in 20 Jahren die Rentenkasse leer ist. Wozu also noch einzahlen bei dem Verein?«

»Wenn sich die nachfolgenden Generationen dem biologischen Lauf der Dinge verweigern, dann werden wir zu wenig Beitragszahler haben, das ist wohl wahr«, sagte mein Vater vorwurfsvoll, »aber dafür kann man Herrn Blüm nicht verantwortlich machen.«

»Soll ich jetzt Kinder in diese kaputte Welt setzen, damit so ein Altnazi wie Onkel Hartmut weiterhin seine Rente erhält?«, fragte ich provozierend.

»Was ist mit Onkel Hartmut?«, fragte Mutter, die gerade ins Wohnzimmer trat.

»Papa meint, ich muss Onkel Hartmut die Rente bezahlen.«

»Was erzählst du da dem Kind für einen Unsinn, Dieter? Hartmut bekommt doch seine Rente vom Staat«, erwiderte Mutter und streckte sich auf der Couch aus. Mein Vater sah seine Frau kurz an, dann stand er wortlos auf und stellte sich auf den Balkon zum Rauchen. »Was hat er nur? Es ist Dezember, da könnte er doch drinnen rauchen«, wunderte sich Mutter.

*

Bis auf Vater gingen wie immer alle Heiligabend in die Kirche. Dieter Kleewe schmückte währenddessen den Baum und »ließ den Weihnachtsmann rein«.

Eine Bank vor uns nahm Familie Kern Platz. Neben Mäuseschwänzchen saß Ronny. Wie spießig, dachte ich nur, spürte jedoch einen kleinen Stich darüber, dass Tom nicht da war. Er feierte mit seinen WG-Kollegen und wollte abends »um die Häuser ziehen«.

Ronny ließ die Hand seiner Flamme nur zum Beten los, ansonsten schienen die beiden aneinander festgewachsen zu sein.

»Wer ist das neben der Marina?«, fragte Oma.

»Das ist Ronny.«

»Ronny? Kenn ich nicht.« Die ersten Orgeltöne erklangen.

»Na klar kennst du ihn. Ich hatte ihn beim Geburtstag von Onkel Hartmut dabei«, flüsterte ich rüber.

»Ach ja. Aber dieses grässliche Ereignis habe ich vollständig aus meinem Gedächtnis verbannt«, sagte Oma und blickte kurz zu Onkel Hartmut, der, in ein Gebet vertieft, eine Bank hinter uns saß. »Vermutlich bittet er um einen ordentlichen Krieg«, sagte Oma.

»Er gedenkt seiner toten Kameraden«, zischte Elsbeth nach vorne.

»Er sollte lieber der Frauen und Kinder gedenken, die dank seines Krieges …«

»Es ist nicht sein Krieg gewesen!«

»Krieg ist immer männlich«, sagte Oma und wandte sich mit den Worten »Mal sehen, was für ein Märchen er uns dieses Jahr erzählt« dem Pastor zu.

Als wir zu Hause ankamen, war mein Bruder schon da. Zu unser aller Überraschung hatte er nur Nina mitgebracht.

»Wo ist denn deine Mutter?«, fragte Mutter und dachte sofort daran, dass Beate schon wieder im Gefängnis sein könnte.

»Mama wollte lieber bei Horst bleiben, ich wollte aber lieber bei euch sein«, sagte Nina.

»Horst? Ist das nicht dein halbnackter Mitbewohner?«, fragte Mutter ihren Sohn mit weit aufgerissenen Augen. Michael nickte und wollte das Thema offensichtlich nicht weiter vertiefen.

»Mama hat Horst für sich entdeckt«, sagte Nina und fuhr sich zweideutig grinsend mit der Zunge über die Lippen.

Unsere Eltern schüttelten nur den Kopf und gingen zum Weihnachtsessen über. Kartoffelsalat mit Würstchen. Meine Mutter hatte sich auf Ninas Essgewohnheiten eingestellt und ihr einen Teller nur mit Gurken hingestellt. Bis vor kurzem noch musste sie sich die begehrten Gurkenstücken aus dem Kartoffelsalat heraussuchen.

»Danke, Oma Eva«, sagte Nina strahlend und machte sich über die Gurken her, als seien sie eine kulinarische Besonderheit. Unsere Eltern hatten sich inzwischen an ihr seltsames Enkelkind gewöhnt.

Nicht so Onkel Hartmut. Dass dieses »ungehorsame, nur angenommene Kind« an einem Familienfest teilnahm, erzürnte ihn. Er fand es unerhört, dass mein Bruder sich um ein Kind kümmerte, das nicht »sein eigen Fleisch und Blut« war. »Sitz wenigstens gerade«, versuchte er Nina in rüdem Ton zu maßregeln.

Doch ein ehemaliges Kinderladenkind ließ sich von so einem Ton nicht erschüttern.

»Wie bist du denn drauf?«, fragte sie nur, legte ihren Kopf auf dem Tisch ab und sah Onkel Hartmut – von unten nach oben blickend – an.

»Früher hätte es das nicht gegeben!«

»Früher! Früher, da hatten wir einen Verrückten am Ruder und …«, begann Oma.

»O nein, dieses Jahr feiern wir Weihnachten in Frieden«, fuhr unsere Mutter sofort dazwischen, noch bevor sich eins der gefürchteten Streitgespräche entwickeln konnte. Sie drückte Vater das Glöckchen in die Hand. »Los, Dieter, mach Bescherung!«

Vater läutete das Glöckchen und sagte: »Na, dann wollen wir doch mal sehen, was der Weihnachtsmann in diesem Jahr …«

Nina stürzte zum Baum, bevor er den ersten Satz beendet hatte. Onkel Hartmut vergrub sein Gesicht in den Händen und murmelte, er ertrage diese Göre nicht mehr lange. Nina klappte hastig alle Kärtchen an den Geschenken auf. »Ich hab meins!«, rief sie Sekunden später und war überglücklich.

Normalerweise war es Vaters Aufgabe, die Geschenke zu verteilen. Aber er ließ Nina gewähren, denn im tiefsten Inneren war er fest davon überzeugt, dass Nina nichts für ihr Verhalten konnte. »Sie kann es eben nicht anders. Kein Wunder bei der Mutter«, sagte er nur.

Nachdem Onkel Hartmut seiner Frau im Vorjahr einen formschönen Toaster geschenkt hatte, waren wir gespannt, zu welchem Haushaltsgerät er sich diesmal hatte hinreißen lassen. Als Tante Elsbeth ihr mittelgroßes Päckchen in der Hand hielt, schlossen wir Wetten ab.

»Bügeleisen«, sagte Oma sofort.

»Mixer«, tippte mein Bruder.

»Nein, es ist was anderes, was ganz Schönes – aber ich verrate nichts«, sagte Mutter, die wusste, dass Tante Elsbeth sich nach heizbaren Lockenwicklern sehnte. Mutter hatte Onkel Hartmut den Tipp gegeben, um ein ähnliches Fiasko wie beim letzten Mal zu vermeiden. Immerhin war Elsbeth ihre Schwester, und sie wollte, dass auch sie endlich mal ein schönes Geschenk bekam. Diese heizbaren Lockenwickler waren irre schwer und nur von einer dünnen weißen Schutzschicht umgeben. Sie steckten in einem kleinen Kasten auf runden Heizstäben, an denen man sich ständig die Finger verbrannte. Die Folge war, dass man Mutter morgens mindestens einmal »Autsch« aus dem Badezimmer rufen hörte. Dennoch waren heizbare Lockenwickler damals der Renner.

»Vielleicht ist es eine hohle Nuss?«, warf ich grinsend in die Runde.

»Quatsch! Ich denke, es ist ein Kofferradio«, sagte Vater.

Wir irrten uns alle. Es war ein Eierkocher, mit dem man sage und schreibe acht Eier gleichzeitig kochen konnte.

Oma schüttelte den Kopf. »Für acht Eier? Bist du verrückt, Hartmut?«, fragte sie und nahm ihrer Tochter den Eierkocher vom Schoß.

Tante Elsbeth sah dem Gerät missmutig hinterher. Ihr Mann hatte ihre geheimsten Wünsche offensichtlich nicht erkannt. »Danke«, sagte sie und gab ihrem Mann einen matten Kuss.

»Na ja, so viel Eiweiß spritzt der auch nicht mehr durch die Gegend«, sagte Oma.

»Mutti!«, rief Elsbeth empört. Nina fragte, was unsere Oma damit meinte.

»Dafür bist du noch zu klein«, sagte ich nur und machte eine abwertende Handbewegung.

Vater bückte sich rasch zum Baum und nahm das nächste Geschenk, bevor Nina weitere Fragen stellen konnte. Umständlich faltete er das Kärtchen auf. Ich hatte schon längst gelesen, dass es für mich war, aber ich ließ Vater seine Gewohnheiten. »So, dann wollen wir doch mal sehen, für wen dieses Geschenk hier abgegeben wurde. Der Name beginnt mit einem M.« Erwartungsvoll blickte er in die Runde.

»Mao Tse-tung!«, rief mein fröhlicher Bruder.

»Meisel, Inge Meisel«, stimmte Oma lachend ein.

»Ach, ihr seid ja … Hier, Monika, für dich«, sagte Vater.

Vorsichtig löste ich die Tesastreifen ab. Ich hatte

keine Ahnung, was es sein könnte. Ich hatte keinen Wunschzettel geschrieben, denn dafür fand ich mich zu alt. Dann endlich hielt ich etwas in der Hand, von dem ich seit langem geträumt hatte, Tag und Nacht, im Stehen und im Liegen: eine knallenge rot-schwarze Hose, längs gestreifte. Ich zog sie sofort an und musste zwischendurch immer wieder aufspringen, um mich im Flurspiegel zu betrachten. »Juchuh!!!« Ich war völlig begeistert. Auch weil ich wusste, dass meine Eltern lange über diese Hose diskutiert hatten. So etwas Verrücktes kauften sie nicht einfach so. Es fiel ihnen schwer, umso dankbarer war ich, dass sie es getan hatten!

»Die war teuer, pass also gut darauf auf«, mahnte Mutter.

Ich fiel meinen Eltern vor lauter Freude um den Hals. »Danke! Ihr seid die Größten.«

»Das sind wir immer, wenn es was gibt«, sagte Vater und kniff lächelnd ein Auge zu.

Von Oma bekam ich einen silbernen Parker-Füller geschenkt. Damit trat ich endlich aus der langjährigen Pelikan-Knechtschaft aus. Kaum einer dachte bei Pelikan noch an den Vogel. Heerscharen von Kindern sahen nur einen roten oder blauen Füller vor sich. Der Parker war dagegen etwas ganz Besonderes, schlank, silberfarben. Andächtig klappte ich das Etui auf.

»Ich habe was eingravieren lassen«, sagte Oma grinsend. Ich nahm den Füller vorsichtig in die Hand. Auf der Hülle stand: *Wuchtbrumme*.

Mutter hatte am Ende der Bescherung eine Glasfiberlampe auf ihrem Schoß stehen, deren Spitzen sich farblich immer wieder veränderten. Wenn man mit der Hand vorsichtig über die Lampe fuhr, wedelten die Glasfiberstäbchen wie eine sanfte Welle hin und her. Ein echter Hingucker.

Und Oma? Oma wusste nicht, was sie von ihrem Geschenk halten sollte. Alle hatten zusammengelegt, und in vier Wochen würde sie stolze Besitzerin eines riesengroßen Farbfernsehers sein, dessen Highlight eine Fernbedienung war.

»Und ich soll wirklich nicht mehr aufstehen zum Umschalten?«, hatte sie misstrauisch gefragt.

»Nein.«

»Aber dann sitze ich ja die ganze Zeit.«

»Richtig, du kannst alles vom Sessel aus machen. Und stell dir vor, wenn wir in ein, zwei Jahren mehr Programme haben, dann kann man die auf dem Fernseher auch empfangen. Das ist eine Investition in die Zukunft«, sagte Mutter zufrieden.

»Noch mehr Fernsehprogramme? Wozu denn das, wir haben doch schon vier«, sagte Oma.

»Vielfalt ist das Zauberwort«, erklärte Vater.

»Und wie wird diese Vielfalt finanziert? Durch Werbung. Du wirst keinen Film, keine Nachrichtensendung, keine Sportübertragung mehr ohne Werbeunterbrechung finden. Das wird wie in Amerika«, sagte mein Bruder missmutig.

»Dass du wieder alles madigmachen musst, war ja klar«, sagte mein Vater.

»Der Film hat kaum begonnen, und schon kommt ein Werbespot«, fuhr Michael fort.

»Stimmt das? Der Film wird unterbrochen?«, fragte Oma ungläubig.

»Aber doch nicht mitten im Film, Michael, ich bitte dich, das macht doch keiner mit! Du musst nicht alle Menschen, die fernsehen, für grundsätzlich dumm halten«, widersprach mein Vater.

»Oder stell dir vor, Gerd Müller legt den Ball auf den Elfmeterpunkt, er läuft an und dann – Werbung, so wird es sein«, beharrte mein Bruder auf seiner madigen Meinung.

»Gerd Müller schießt keine Elfmeter«, gab Hartmut zurück.

»Von mir aus legt sich Günter Netzer den Ball zurecht …«

»Noch so ein langhaariger Penner«, unterbrach Hartmut.

»… und ihr werdet nicht sehen, ob er den Ball im Netz versenkt. Weil euch ein Werbespot um die Ohren fliegt«, sagte mein Bruder.

»Unsinn, das sieht sich doch dann keiner an. Sie werden den Werbespot am Ende des Spiels und nach dem Film bringen, und dann ist gut«, wehrte Onkel Hartmut ab.

»Und einen Spot zwischen zwei Filmen kann man aushalten, oder?«, sagte mein Vater.

Hartmut nickte. »Dein Vater hat ausnahmsweise vollkommen recht«, sagte er.

»Wer sagt euch, dass es bei einer Werbung bleibt?«

»Mein Gott, Michael, dann sind es vielleicht zwei Werbespots, aber mehr sicherlich nicht. Schließlich macht man den Fernseher nicht an, um Werbung zu sehen«, sagte Vater gereizt.

Mir war die Diskussion vollkommen egal. Mich interessierte viel mehr, was aus Omas altem Fernseher werden würde. Es war eine kleine Kiste, schwarzweiß. Die Sender mussten von Hand mit einem Feinabstimmungsknopf und der kleinen Antenne nachgestellt werden, und wenn man den Programmschalter drehte, wackelte das ganze Gerät. Aber das war egal, Fernseher blieb Fernseher.

»Was passiert mit dem kleinen Fernseher?«, fragte ich.

»Das würde mich auch interessieren«, warf Nina ein.

»Der kann nicht weit transportiert werden«, sagte ich sofort, um ja keine falschen Vorstellungen bei Nina aufkommen zu lassen.

Meine Eltern sahen sich an, dann nickte Vater und sagte: »In Gottes Namen, wenn Oma nichts Besseres damit vorhat, kannst du das alte Ding haben.«

Erwartungsvoll blickte ich Oma an. »Nur wenn du mir versprichst, nicht jeden Abend vor dem Kasten herumzuhängen!«, sagte sie zu mir.

Ich kreuzte meine Finger zum Schwur. »Großes Ehrenwort.«

»Dann sollst du ihn haben.«

*

Die Tage zwischen Weihnachten und Silvester verbrachte ich damit, mich auszuruhen. Ich kann nicht genau sagen, wovon ich mich ausruhen musste, aber ich schlief beinahe täglich bis mittags, was mein Vater für unanständig hielt.

Ich schlurfte in meinem formschönen dunkelgrünen Schlafanzug, mit dem ich auch im Raumschiff Enterprise hätte auftreten können, durch die Wohnung. Meine Eltern waren arbeiten, und ich stellte mir vor, dass das meine Wohnung wäre. Natürlich wären dann weder die Couch noch der quietschende Tisch da gewesen. Neben der Couch stand eine Lampe mit länglichem rotem Schirm, an dem lange silberne Fransen hingen. Der Hit war, dass man mit einem Tritt auf den Schalter die erste Glühbirne im Fuß der Lampe, der aus einer Glaskugel bestand, zum Leuchten brachte.

Beim zweiten Tritt ging das Licht in der Glaskugel aus und dafür im roten Schirm an. Das Licht aus dem knallroten Schirm tauchte das Wohnzimmer in eine zwielichtige Atmosphäre. Ich fuhr mit dem Finger über die silbernen Fransen des Schirms und fragte mich, wofür Eltern ein derartig bizarres Licht brauchten.

Ich öffnete den Kleiderschrank meiner Eltern. Die Sachen hingen ordentlich an einer Kleiderstange. In der Schrankhälfte meines Vaters war alles nach Farben sortiert, bei meiner Mutter nach der Länge. Ich stellte mir vor, wie es wäre, wenn hier ein riesiges offenes Regal stünde, davor ein weißer Flokati, an der Decke ein Papierballon, über dem ein buntes indisches Tuch hing ... Ach ja, es könnte ein so schöner Raum sein.

In der Küche lag ein Einkaufszettel mit der Bitte, die Rabattmarken nicht zu vergessen. Ich sah aus dem Fenster. Auf der anderen Straßenseite stand Mäuseschwänzchen und verabschiedete gerade Ronny. Er setzte seinen Helm auf und fuhr auf dem Moped davon. Ich riß das Fenster auf: »Huhu!«

»Komm mal rüber, ich muss dir was zeigen«, schrie sie zurück.

Gerne doch, dachte ich, stolz, meine neue Hose vorführen zu können. Ich zog meine rot-schwarz gestreifte Neuheit an und machte mich auf den Weg. Mäuseschwänzchen würde staunen. Doch als sie die Tür öffnete, platzte mir fast die Netzhaut vom Auge.

»Mal ehrlich, Moni, sieht das nicht rattenscharf aus?!« Mäuseschwänzchen drehte sich einmal im Kreis und fuhr sich mit den Händen über eine knallenge, hochgradig glänzende, türkisfarbene Hose. Darüber trug sie eine Art Unterhose in schrillem Gelb. Das Oberteil war ebenfalls glänzend, hauteng und so rot wie der Lampenschirm meiner Eltern. Das Ganze wurde in der Taille von einem giftgrünen Gürtel zusammengehalten. Um die Stirn wand sich ein schmales Bändchen in der Farbe der Hose. An den Knöcheln hingen knallrote Wollsocken.

»Was ist das?«, fragte ich überrascht.

»Na, wie sehe ich aus?!«, fragte Mäuseschwänzchen aufgeregt zurück. Mir fehlten die Worte. Sie drehte sich noch einmal um die eigene Achse und klatschte sich selber Beifall. »Hat mir Ronny zu Weihnachten geschenkt, süß, oder?«

So langsam hatte sich meine Netzhaut an die schrille Farbkombination gewöhnt, und ich fand die Sprache wieder. »Wo geht man damit hin?«, fragte ich und dachte an Fasching.

»Zum Aerobic!«

»Aerobic? Das ist nicht dein Ernst.«

»Doch. Meine Mutter kommt auch mit«, erklärte Mäuseschwänzchen mit leuchtenden Augen.

Da ich spürte, wie sehr sie das Ganze beglückte, riss ich mich zusammen und unterdrückte einen Lachanfall. »Na ja, wenn es dir gefällt, hübsch«, sagte ich nur und trat endlich ein.

»Und du? Was hast du bekommen?«

»Die Hose, cool, was?«

»Von Tom?« Die Frage versetzte mir einen kleinen Stich, ähnlich wie der Anblick von Ronny und Mäuseschwänzchen in der Kirche.

Ich schüttelte den Kopf. »Wir haben mit so spießigen Ritualen nicht viel am Hut«, sagte ich.

»Ich finde das nicht spießig. Ich finde es toll, wenn der eigene Freund einem was zu Weihnachten schenkt.« Mäuseschwänzchen drehte sich zum Spiegel, zupfte am Stirnband herum und meinte: »Dem Ronny ist nichts zu teuer für mich.«

»Was machst du eigentlich Silvester?«, fragte ich.

»Ronny kommt, und wir werden uns einen gemütlichen Abend machen – einen ganz gemütlichen Abend zu zweit ...«

»Silvester zu zweit? Warum kommt ihr nicht mit auf die Fete in Toms WG?«

»Ronny will das bestimmt nicht. Er hält nichts von Feiern, wo alle immer nur trinken, kiffen und laut Musik hören.«

»Aber wir werden viel Spaß haben.«

»Den haben wir zu zweit auch ... Außerdem muß Ronny Neujahr auf der Tankstelle arbeiten«, erklärte Mäuseschwänzchen.

»Der muss Neujahr arbeiten? Kann es sein, dass sein Vater ihn einfach nur ausbeutet?«

»Du witterst überall gleich Ausbeutung und Verrat. Aber Ronny macht das gerne, und so ist es nun mal, wenn man Unternehmer ist. Und weißt du, was er mir noch geschenkt hat?«

»Einen Toaster?«, fragte ich mehr sorgenvoll, als ironisch.

Mäuseschwänzchen schüttelte den Kopf. »Nein. Aber du musst schwören, es keinem zu verraten. Schwörst du?«

Ich war gespannt wie ein Flitzebogen. Was nur hatte Ronny ihr so Geheimnisvolles geschenkt? Ich dachte an etwas Unanständiges. Vibrator, Kondome mit Geschmack, Liebeskugeln, so etwas in der Richtung. »Ich schwöre, nichts zu verraten. Nun zeig schon«, sagte ich ungeduldig.

»Hier.« Strahlend zog sie eine Single hervor. Es handelte sich um »Ein bisschen Frieden« von Nicole. Der

Teenager hatte im Frühjahr mit einer weißen Gitarre und Engelsgesicht den Grand Prix gewonnen. Mir lief es eiskalt den Rücken hinunter.

*

Die Silvesterfete in Toms WG war ziemlich schräg. Schon ab 22 Uhr sah man die Hand vor Augen nicht mehr. Rauchschwaden zogen durch die Wohnung. Hinzu kam, dass Pereramoler meinte, das bengalische Feuerstäbchen würde eine friedvolle Atmosphäre herstellen. Da konnte man noch so oft die Balkontür aufreißen und mit Major Tom versuchen, die »ground control« zu erreichen, der Fußboden war nur noch zu erahnen.

Die Organisation des Essens hatte auch nicht ganz funktioniert. Die Jungs hatten das selbst in die Hand nehmen wollen, mit der Folge, dass es Buletten ohne Salat und Butter ohne Brot gab. Der Aufschnitt war überschaubar und das Knabberzeug in eine riesige unhandliche Schüssel geschüttet worden.

»Meine Kommilitonin hat gesagt, man verteilt das Knabberzeug in Schüsseln. Wir haben eben nur die eine Schüssel«, verteidigte sich Willi. Zu alldem hatten sich in den letzten Tagen wieder Berge von schmutzigem Geschirr angesammelt, der Menge nach zu urteilen mussten Gäste ihren Abwasch mitgebracht haben. Das Schild mit der Aufschrift »Lebe jetzt, spül später« war durchgestrichen, und darunter stand: »Spül nie, leb immer.«

Es gab also keinen ernsthaften Grund, sich in der Küche aufzuhalten. Dennoch zog dieser Ort die meisten magisch an – vermutlich, weil man hier sein eigenes Wort noch einigermaßen verstehen konnte. Die wenigen Stühle waren heiß begehrt, und wer einmal auf einem saß, konnte sich glücklich schätzen.

Tom lehnte sich neben mich an die Wand. »So, jetzt machen wir uns mal ins bayrische Nirvana auf«, sagte er und reichte mir eine Flasche Bier. Das Einzige, wofür die WG-Männer reichlich gesorgt hatten, waren Getränke. Tom trug einen selbstgestrickten bunten Ringelpullover. Zu dem Zeitpunkt dachte ich allerdings noch, seine Mutter habe ihn gestrickt.

Nachdem die Revolution der 70er Jahre nicht wirklich erfolgreich gewesen war, wendete man sich verstärkt dem Tanzen und dem Kiffen zu. Wobei man auf bestimmten Feten nicht persönlich an einem Joint ziehen musste, es reichte durchaus, sich in derselben Wohnung zu befinden …

Tom hatte sich inzwischen zum Meister im Keksebacken gemausert. Allerdings waren seine Kekse nicht gerade von der Sorte, die meine Mutter begeistert hätte: klein, rund, leicht verbrannt, aber dafür mit zauberhafter Wirkung … Das Tanzen richtete sich nach der jeweiligen Musik. Wenn einen blaue Augen, von wem auch immer, sentimental machten oder Joe Cocker seine letzten 30 Bier in die Stimme legte, dann reckte man die Arme zum Himmel und hopste wie unter Strom hin und her. Bei Led Zeppelin versuchte man durch schnelles Hin-und-her-Drehen des Kopfes in Ohnmacht zu fallen oder, wenn man kniete und die Haare lang genug waren, den Boden zu wischen. Wenn Tangerine dream eine Synthesizer-Wolke in den Raum zauberte, ging das Ganze in ein meditatives Stehen über. Es gab aber auch Musik, bei der man verwirrt von der Tanzfläche taumelte. ELOY gehörte dazu. Eine Band, die sich vorgenommen hatte, in jedem Lied mindestens zwei Millionen Rhythmuswechsel unterzubringen.

Wenn man vom Tanzen und der fulminant stickigen Luft nass genug geschwitzt war, zog es einen wieder in die Küche, wo man an den Keksen knabberte und andächtig den philosophischen Ergüssen von Menschen in knisternden Rollkragenpullovern lauschte.

»Nicht Aufklärung ist die Befreiung des Menschen aus seiner selbstverschuldeten Unmündigkeit, sondern Revolution.«

»Aber wie soll diese Revolution aussehen?«

»Man könnte alle Ampeln auf Rot stellen«, schlug jemand vor.

Wir näherten uns Mitternacht, noch zehn, neun, acht ... Eine Frau ging direkt auf Tom zu, gab ihm einen verdächtig intensiven Kuss auf den Mund. »Steht dir gut, mein Pullover«, sagte sie zu ihm und sah dann mich an. »Du musst Monika sein. Hallo, ich bin Maria«, schrie sie in den Countdown hinein und umarmte mich, als würden wir uns schon ewig kennen. Ich war wie erstarrt. Die Frau fuhr mir durch die Haare und meinte, ich solle mich mal locker machen, es sei alles in Ordnung. Drei, zwei, eins ... Prost Neujahr.

Tom umarmte mich, als gebe es Maria nicht. Ich war noch immer wie erstarrt und bekam plötzlich einen unglaublichen Hass auf diesen geringelten Pullover. Sachte drückte ich Tom von mir weg.

»Was hast du?«, fragte er verstört.

»Nichts«, sagte ich und wusste gleich, dass es in der Situation die dümmste aller Antworten war.

»Das fühlt sich aber gerade ganz anders an.«

»Ich bin überfordert«, brachte ich hervor, während die anderen in bester Laune auf das Jahr 1983 anstießen.

»Wegen Maria?«

»Nein, wegen dem Osterhasen«, gab ich pampig zurück.

Tom lächelte mich an und fragte, was denn eigentlich mit Ludger sei.

»Das ist doch nichts Ernstes«, erwiderte ich.

»Das mit Maria ist auch nichts Ernstes«, sagte Tom daraufhin und küsste mir wieder die Knie, vielleicht auch meinen Verstand weich.

Er zog ein kleines Päckchen hervor. »Für meine Süße«, sagte er und gab mir einen weiteren Kuss.

Ich begann zu zittern, ohne zu wissen, wovon. Vielleicht waren es diese Küsse, vielleicht Marias Blick, vielleicht die Folge des Biers oder des letzten Kekses. »Danke«, antwortete ich und begann das Päckchen auszupacken. Ich hatte vor lauter Zittern Mühe, die kleine Pappschachtel aufzuklappen. An einem Lederband hing ein Schlüssel, der Wohnungsschlüssel der WG.

»Du bist jederzeit herzlich willkommen«, sagte Tom, der plötzlich doch wieder mein Prinz war.

*

Als ich am nächsten Tag nach Hause kam, saßen meine Eltern im Wohnzimmer und lauschten dem Neujahrskonzert der Wiener Philharmoniker im Fernsehen.

»Na, ihr zwei, habt ihr gestern die SFB genutzt?«, fragte ich grinsend.

»Das heißt der SFB«, korrigierte meine Mutter.

»Nein, die SFB – sturmfreie Bude«, erklärte ich und grinste weiter.

»Hör auf, so dumm zu grinsen«, sagte meine Mutter und schlug mir scherzhaft auf den Kopf.

»Wie war es denn in dieser Wohngemeinschaft?«, fragte mein Vater, und man sah ihm an, dass er bei »dieser Wohngemeinschaft« an einen Haufen langhaariger, schlechtrasierter und übelriechender Männer dachte.

»Nett«, antwortete ich.

»Haben sie inzwischen Gardinen an den Fenstern?«, wollte Mutter wissen.

»Nö.«

»Also, wenn ihr da Hilfe braucht, ich mache das gerne«, sagte Mutter.

»Gab es Alkohol?«, fragte Vater.

»Ja.«

»Viel?« Im Hintergrund arbeiteten die Wiener Philharmoniker.

»Mensch, Papa, ich war nicht bei der Heilsarmee. Ich war auf einer richtigen Fete. Da wird geknutscht, getrunken, getanzt, gekifft ...«

»Drogen! Ich habe es gewusst. Du gehst da nie wieder hin!«

»Papa, ich werde in diesem Jahr 18, dann gehe ich hin, wo ich will.«

»Dass junge Menschen jetzt schon mit 18 volljährig sind, habe ich noch nie verstanden«, tobte mein Vater, als sei ich für dieses Gesetz verantwortlich. Vater trauerte noch der Zeit nach, als man erst mit 21 Jahren volljährig war. Wenn es nach ihm ginge, dann dürfte man wohl frühestens mit 30 volljährig werden, dachte ich. »Wenn mich mal einer fragen würde, dann würde hier manches anders aussehen im Land!« Aber niemand fragte meinen Vater, und so ging ich direkt auf die Volljährigkeit zu, von der ich mir eine radikale Wende in meinem Leben versprach. Zwar hatte ich keine Ahnung, wohin sich mein Leben wenden sollte, aber irgendetwas Radikales würde es schon sein, dachte ich.

Meine Mutter umarmte mich und wünschte mir ein gutes neues Jahr, um gleich wieder von mir zurückzuprallen. »Mein Gott, hast du in einer Kneipe übernachtet?«, fragte sie.

»Ich sagte schon, ich war nicht bei der Heilsarmee.«

Mutter wedelte theatralisch mit der Hand vor ihrem Gesicht herum. »Zieh bloß die Sachen aus. Das muss ja in die chemische Reinigung. Übrigens, Marina war kurz hier und wollte dich sprechen. Ich habe ihr erzählt, dass du uns nicht mehr sagst, wann du nach Hause kommst«, fuhr sie mit leichtem Vorwurf in der Stimme fort.

»Noch so ein Unding. Das Kind treibt sich in irgendwelchen Drogenhöhlen herum und kommt und geht, wann es will«, sagte Vater.

»Ich war in keiner Drogenhöhle. Ich war in einer Wohngemeinschaft«, gab ich zurück.

»Das ist doch dasselbe. Da muss man sich nicht wundern, wenn du mal endest wie Christiane F.«, sagte mein Vater sorgenvoll. Seit er sich die Verfilmung des Bestsellers »Christiane F. Wir Kinder vom Bahnhof Zoo« angesehen hatte, war er voller Angst, dass ich auch eines Tages so enden könnte. Ich war gleich dagegen gewesen, dass er sich den Film ansah, aber er wollte sich »über die Jugend informieren«, und das musste ich jetzt wieder ausbaden. »Man muss ein Auge auf euch haben. Ihr wisst einfach noch nicht, was euch schadet«, sagte er.

»Mein Gott, Papa, jetzt übertreib nicht so. Ihr habt doch gewusst, wo ich bin!«, wehrte ich mich.

»Aber nicht, bis wann, und es gab dort Drogen!«

»Die ich nicht konsumiert habe!«, sagte ich und hatte

nicht das Gefühl zu lügen. Denn Haschisch galt bei uns nicht als Droge, schon gar nicht in Form eines harmlosen Kekses.

»Noch nicht.«

»Hauptsache, unser Sonnenschein ist wieder wohlbehalten hier«, sagte Mutter, als sei ich aus einem Kriegsgebiet zurückgekommen.

»Ich geh dann mal zu Marina«, sagte ich.

»Wann kommst du wieder?«, fragte Vater scharf.

»Ich denke, in 73 Minuten wieder hier zu sein, und bitte schon jetzt um Nachsicht, falls es 75 Minuten werden sollten.«

*

Das Strahlen in Mäuseschwänzchens Augen war dem Gesichtsausdruck einer verirrten Seerobbe gewichen. Traurig schob sie mich in ihr Zimmer.

»Was ist los?«, fragte ich direkt.

»Ronny und ich wollten uns doch einen netten Abend machen, und da habe ich mir etwas angezogen ...« Sie fingerte ein knappes schwarzes Oberteil aus 100 Prozent Polyester hervor, das am Ausschnitt mit goldenem Faden bestickt und ziemlich durchsichtig war.

Ich pfiff kurz auf. »Das sieht doch toll aus!«

»Selbst genäht«, sagte sie in einem jammernden Ton.

»Aber hallo, da hast du doch bestimmt ultrascharf drin ausgesehen!«

»Von wegen, ultrascharf ... Ronny hat getobt und gesagt ...« Sie schluchzte auf.

»Was hat Ronny gesagt?«

»Ich sähe damit aus wie eine Schlampe«, brachte Mäuseschwänzchen hervor. Sie war am Boden zerstört. Ich nahm sie tröstend in den Arm und ahnte, dass Ronny nicht der war, für den Mäuseschwänzchen ihn hielt.

*

Mein letztes Halbjahreszeugnis war an sich nicht schlecht. Nahezu alles bewegte sich zwischen zwei und drei. Was meine Eltern durchaus verwunderte.

»Wie machst du das nur? Ich sehe dich nie lernen«, sagte Mutter.

»Ich lerne eben anders.«

»Vermutlich bist du in der Schule nicht so vorlaut wie bei uns«, meinte Vater und wusste anhand meiner Tadel selbst, dass das nicht sein konnte.

Trotz der guten Noten gab es jedoch ein ernsthaftes Problem. Was sich schon zehn Jahre zuvor abgezeichnet hatte, wurde nun Gewissheit: Meine mathematischen Fähigkeiten waren begrenzt, sehr begrenzt. Die Folgen waren verheerend. Mit dem Ausfall in Mathematik und der von Feisel zementierten Vier minus in Biologie war meine Zulassung zum Abitur ernsthaft gefährdet.

Das Verhältnis zwischen Feisel und mir war inzwischen zum offenen Krieg geworden, und die Wahrscheinlichkeit, dass ausgerechnet Feisel einlenkte, war gering.

»Wollen doch mal sehen, wer am längeren Hebel sitzt, Monka«, hatte Feisel gesagt und genüsslich in sein stinkendes Käsebrot gebissen. Seit der letzten Notenkonferenz strahlte er mich an, denn er wusste genau um meine brisante Lage. Kurz nach der Hofpause hatte er mich zur Seite genommen und unter vier Augen seine Freude zum Ausdruck gebracht. »Ich habe gehört, deine Zulassung zum Abitur bereitet Schwierigkeiten«, sagte er zufrieden.

»Wenn mir etwas Schwierigkeiten bereitet, dann Sie!«

»Ich habe wirklich alles versucht, dich auf eine glatte Vier zu bringen, aber dieses klitzekleine Minuszeichen ließ sich nicht wegdiskutieren ... Tut mir leid, ehrlich«, sagte er ironisch, und ich hätte ihn am liebsten die Treppe hinuntergestoßen.

»Ihnen tut doch gar nichts leid. Sie sonnen sich in Ihrer Macht. Vermutlich brauchen Sie das, weil Sie sonst ein ganz armseliges, einsames Leben führen«, entgegnete ich in der Gewissheit, mit Feisel allein zu sein.

»So arm, wie dein Leben jetzt schon ist, kann meines nicht mehr werden. Du wirst niemals einen vernünftigen deutschen Jungen finden, das ist schon mal sicher. Zum Glück, denn so eine wie du vergiftet die arische Rasse nur.«

»Lieber eine vergiftete arische Rasse als gar kein Hirn!«

Herr Schmidt kam ganz anders auf mich zu. »Hör zu, Monika, wir müssen etwas unternehmen. Du wiederholst einen Mathematikkurs und strengst dich im aktuellen Kurs so richtig an. Der Feisel wird dich in einen weiteren Ausfall drücken«, erklärte mir mein Lieblingsmathelehrer.

»Aber ich brauche eine Vier«, sagte ich mit schmerzverzerrtem Gesicht.

»Ich weiß – leider bei mir«, seufzte Schmidt.

»Ich weiß nicht, wie das gehen soll.«

»Ich auch nicht. Aber es muss gehen. Wir können uns von so einem Fettwanst«, er meinte Feisel, »nicht dein Abitur nehmen lassen«, sagte Schmidt und legte freundschaftlich seinen Arm um mich. Noch nie hatte ich mich in der Gegenwart eines Mathematiklehrers, die ich grundsätzlich alle für verrückt gehalten hatte, so wohl gefühlt. »Wird schon werden, Monika, wir schaffen das«, sagte Schmidt zum Abschied.

»Wenn es so offensichtlich ist, dass dieser Biologielehrer dich benachteiligt, warum sagt dann keiner was?«, fragte mein Vater, der sich nicht vorstellen konnte, dass es so etwas gab.

»Das ist wie in der Berliner CDU, alles voll Filz«, erklärte ich.

»Du wirst schon deinen Teil beigetragen haben zu der Lage.«

»Du sagst es, einen Teil. Den anderen Teil kannst du bei Feisel suchen!«

»Aber wenn du zum Beispiel in Mathematik besser wärst, dann hättest du das Problem jetzt nicht«, sagte mein Vater.

»Aber ich bin in Biologie nicht so schlecht, wie die Note es aussehen lässt. Ich habe Global 2000 gelesen und zum großen Teil sogar verstanden. Ich benutze keine Spraydosen, ich spare Energie, ich habe persönlich mit Bäumen gesprochen, ich …«

»Du hast was?!«

»Ja, gut, vielleicht habe ich nicht mit den Bäumen direkt gesprochen, aber ich habe versucht, mich in sie einzufühlen. Schließlich lebt so ein Baum auch irgendwie unter uns.«

»Aber was hat das mit deinem Biologielehrer zu tun? Kein Wunder, dass er dich für irre hält.«

»Herrgott noch mal, ich verlange doch nur, dass er als Biolehrer den sauren Regen, das Ozonloch und das Waldsterben ernst nimmt«, überschlug ich mich.

»Ist das denn Bestandteil des Lehrplanes?«

Ich wusste nicht, was ich darauf sagen sollte. Ist das Bestandteil des Lehrplanes? Wie kam mein Vater nur immer auf solche Fragen? »Selbst wenn es nicht Bestandteil des Lehrplanes ist, ist es Bestandteil unseres Überlebens«, gab ich zurück.

»Die Lehrer haben auch ihre Vorgaben, und wenn du den Biolehrer immer zu Themen zwingst, die gar nicht vorgesehen sind, dann wird er ärgerlich«, erklärte meine Mutter. Ich ließ mich theatralisch auf die Couch fallen und stellte mich tot. Sie müsse aber einräumen, dass sie Herrn Feisel bei der letzten Elternversammlung als einen komischen Kauz erlebt habe, fügte meine Mutter hinzu.

Ich schlug die Augen wieder auf. Sah ich da einen Silberstreif am Horizont?

»Eva, wie sprichst du denn von dem Lehrer unserer Tochter?«, fragte mein Vater kopfschüttelnd.

»Der Mann ist so hoch, wie er breit ist«, sagte Mutter, als sei damit alles erklärt.

»Na und?«

»Auch im Geiste macht er mir nicht gerade den hellsten Eindruck ... Er scheint mir – wie soll ich sagen – rechtslastig zu sein.«

»Das ist Onkel Hartmut auch«, gab Vater zu bedenken.

»Aber der unterrichtet nicht Biologie an Monikas Schule«, sagte Mutter.

»Und was soll ich jetzt machen?«, fragte ich meine Erziehungsberechtigten hilfesuchend.

»Du hast gar keine andere Wahl, als die Mathematik für dich zu entdecken«, antwortete Vater.

»Das kommt der Entdeckung des sechsten Kontinents gleich«, sagte ich und stellte mich wieder tot.

»Noch unwahrscheinlicher ist, dass die Sozis bald

wieder ans Ruder kommen und dir dein Abitur schenken«, erwiderte Vater scherzend.

*

Das Wochenende der Bundestagswahl im März erlebte ich, zusammen mit Tom, in der Landkommune meines Bruders. Tom fuhr anschließend zu seinen Eltern.

Nachdem Kohl sich im Herbst über das konstruktive Misstrauensvotum quasi durch die Hintertür an die Macht gebracht hatte, wollte er sich nun nachträglich vom Volk legitimieren lassen. Da niemand von uns ernsthaft damit rechnete, dass die CDU an der Macht bleiben würde, war die Stimmung entsprechend entspannt. Große Hoffnung setzte man dagegen auf die Partei der Grünen.

Am Nachmittag waren unsere Eltern gekommen, um mich abzuholen, nachdem sie, ganz außer der Reihe, ein paar Tage in ihrer »schönen Lüneburger Heide« verbracht hatten. Da der Verkehrsdienst »starken Einreiseverkehr nach Westberlin« angesagt hatte und die Abfertigungszeit in den Grenzkontrollanlagen der DDR circa drei Stunden betrug, beschlossen unsere Eltern, noch einige Stunden auf dem Hof zu verbringen. Sie hofften, am Abend schneller durch das Feindesland der sowjetischen Besatzungszone, kurz SBZ genannt, zu kommen.

Innerhalb der Landkommune wurde eine eigene Abstimmung durchgeführt. Dabei standen neben den gängigen Parteien noch andere Gruppen zur Wahl. Zum Beispiel die AfK, die *Arbeitsgemeinschaft freies Kiffen,* und die MiM-Partei, deren Vorsitz sich Horst und mein Bruder teilten: Monogamie ist Monotonie. Gerade als meine Eltern ankamen, wurden im Hof die Stimmen ausgezählt.

»Hallo, Herr Kleewe«, begrüßte Beate, am Arm von Horst hängend, meinen Vater.

»Ist das nicht diese Beate, die Freundin unseres Sohnes?«, flüsterte er zu mir herüber.

»Ja, auch«, sagte ich.

»Was heißt, ja, auch? Und warum hängt sie am Arm von diesem Oberirren?« Ich kam nicht mehr dazu, meinem Vater die Frage zu beantworten. Aber ich sah seinem Blick an, dass er verwirrt war.

»Tag, Herr Kleewe«, riefen die anderen im Chor.

Mein Vater hob kurz die Hand und sagte: »Guten Tag, alle zusammen«, als wolle er am liebsten vorbeilaufen.

»Wollen Sie auch noch schnell wählen?«

»Wir haben schon per Briefwahl gewählt«, erklärte meine Mutter. Irgendjemand reichte den beiden zwei Wahlzettel. Mein Vater sträubte sich zunächst.

»Ist auch ganz geheim«, sagte Horst und hielt sich die Augen zu.

»Lass uns mitmachen, die geben sonst ja keine Ruhe«, sagte meine Mutter, als handle es sich bei den Hofbewohnern um eine Horde kleiner Kinder.

Die Auszählung der Stimmen sorgte für ungemein viel Heiterkeit. Jeder Strich für die Grünen an der Wand wurde mit Beifall bedacht. Die MiM kam dagegen nur auf zwei Stimmen – mein Bruder und Horst hatten ihre Partei anscheinend selbst gewählt. Die Arbeitsgemeinschaft freies Kiffen fand da schon deutlich mehr Zuspruch. Der Knaller aber waren zwei Stimmen für die CDU. Alle Blicke wanderten zu unseren Eltern.

»Woher wollen Sie wissen, dass wir das waren?«, fragte meine Mutter.

*

Als um 18 Uhr die Wahllokale schlossen und die ersten Hochrechnungen über den Fernseher liefen, waren Entsetzen und Freude gleichermaßen groß. Der Balken der CDU wuchs in die Höhe und kam erst bei über 48 Prozent zum Stehen. Es herrschte betretenes Schweigen.

»Der Wähler weiß eben, was gut für das Land ist«, sagte mein Vater strahlend.

»Unsinn, der Wähler legitimiert nur die Handlungen, die später gegen ihn unternommen werden«, erwiderte mein Bruder.

»Ach, wenn dir ein Wahlergebnis nicht passt, musst du gleich wieder einen dieser dummen Sprüche erfinden«, sagte mein Vater, dem die Genugtuung über den CDU-Sieg aus allen Poren quoll.

»Der dumme Spruch ist nicht von mir«, sagte mein Bruder und verfolgte, wie wir alle, die mageren Balken der SPD und der FDP.

»Sondern? Vermutlich von Karl Marx«, entgegnete mein Vater ironisch.

»Nein, von Herbert Wehner«, sagte mein Bruder.

Das Erstaunen meines Vaters ging in dem frenetischen Jubel unter, der ausbrach, als der Balken für die Grünen auf über fünf Prozent anstieg. Damit würden sie zum ersten Mal in den Deutschen Bundestag einziehen! Im Fernsehen lagen sich Joschka Fischer, Petra Kelly und Otto Schily in den Armen und schienen es selber kaum fassen zu können. Hans-Jochen Vogel, der Spitzenkandidat der SPD, versuchte sein Möglichstes, die dramatische Niederlage schönzureden, und Kohl strahlte mit den Scheinwerfern um die Wette. Dann kam ein Ohr ins Bild. Wie sich rasch herausstellte, gehörte es Hans-Dietrich Genscher.

Die Mitglieder der Landkommune taten es den Grünen gleich und umarmten einander. Mittendrin meine Mutter, die im tiefsten Innern Otto Schily für einen »schnittigen Mann« hielt.

»Eva, was redest du da?«, fragte mein Vater.

»Er sieht doch ganz gepflegt aus, oder?«, sagte sie.

»Nur weil der kurze Haare hat und ein Jackett trägt, gehört er noch nicht zur bürgerlichen Mitte!«, mahnte Vater.

»Wer weiß, vielleicht ist der nur in der falschen Partei«, erwiderte Mutter schwärmerisch. Während Vater unsere Mutter ansah, als ob sie unter Drogen stünde, stimmte Horst die Internationale an. Mein Vater war entsetzt und musste sich hinsetzen.

Mutter machte sich in der Zwischenzeit an den Abwasch.

»Eva, du sollst nicht immer den Dreck dieser Leute hier wegräumen«, sagte Vater.

»Wir haben doch auch mitgegessen«, entgegnete Mutter und machte weiter.

»Eine undefinierbare Pampe, eine Fenchelknolle, mit der man Kugelstoßen hätte machen können, und in Sand gewendete Kartoffeln«, gab mein Vater das Menü zum Besten.

»Die undefinierbare Pampe waren Dinkelkornbuletten mit Karotten«, erklärte Mutter.

»Buletten? Bei mir war das Pampe.«

»Sie waren eben ein bisschen zerfallen, aber sonst nicht so schlecht«, sagte Mutter.

Man sah Vater an, dass er Angst hatte, Mutter würde das zu Hause nachkochen wollen. »Damit kann man

Karnickel ernähren, aber keinen Mann!«, gab er mürrisch zurück.

Horst trat zu meiner Mutter. »Na, Frau Kleewe, wieder voll im haushälterischen Einsatz«, sagte er und tätschelte ihr kurz die Schultern.

»Das ist bei mir genetisch so festgelegt«, antwortete sie und reichte dem verdutzten Oberkommunarden einen gespülten Teller.

Nachdem meine Mutter ihrer genetischen Bestimmung hinreichend nachgegangen war, brachen meine Eltern mit mir auf ins freie Berlin.

*

Auf der Rückfahrt malte sich mein Vater die kommende Regierungszeit aus, als stünde ihm ein Karibik-Urlaub bevor. »Das wird eine richtig schöne Zeit«, schwärmte er.

»Abwarten, Vater, abwarten«, sagte ich nur.

Doch mein Vater schwärmte weiter. »Endlich ein Mann von Format. Er wird die Probleme lösen und unsere Wirtschaft wieder ordnen«, sagte mein Vater, so als ob die Wirtschaft lediglich ein unaufgeräumtes Zimmer sei.

»Der Dicke wird das Bonzensystem auch nicht auflösen«, gab ich nach vorne.

»Wie du immer redest. Bonzensystem, das ist so eine seltsame Sprache, Kind. Was soll das sein?« Meine Mutter drehte sich fragend um. Sie ahnte, wenn Vater und ich dieses Gespräch fortsetzten, würden wieder die verbalen Fetzen fliegen.

»Bonzen, das sind Leute, die dem kleinen Mann das Geld aus der Tasche ziehen und dabei immer reicher werden. So einer wie Ludgers Vater zum Beispiel.«

»Dein Vater würde sicher gerne verstehen, was du unter dem Bonzensystem verstehst, aber das müsste dann in einem ganz ruhigen, sachlichen Ton ablaufen, verstehst du? Also denk erst mal gut über alles nach, bevor du weiterredest«, flehte Mutter, die hilflos mit ansah, wie meinem Vater am Steuer der Kamm schwoll.

Ob ich »gut« überlegte, sei mal dahingestellt, aber ich überlegte lange, sehr lange. Dann setzte ich mich im Wagenfond aufrecht hin und sagte: »Ich werde Vater das Bonzensystem erklären, wenn er endlich mal richtig erwachsen wird und seine reaktionären Scheuklappen abnimmt.« Mutter sackte auf ihrem Beifahrersitz zusammen, Vater schnappte nach Luft. Wenn wir nicht gerade in der SBZ unterwegs gewesen wären, hätte er angehalten und mich rausgeworfen. Aber das ging jetzt nicht so einfach. Kein Parkplatz weit und breit, und selbst wenn, hätte er dort nie angehalten. Denn auf den Parkplätzen warteten sogenannte 150-prozentige DDR-Bürger, die den ganzen Tag nichts weiter zu tun hatten, als einem freien Westberliner Fluchthilfe zu unterstellen. Unser nächster Haltepunkt war die Berliner Grenze, 150 Kilometer weit entfernt.

Mutter tätschelte Vater vorsichtig das Knie und sagte: »Lass nur, Dieter, sie weiß nicht, was sie da sagt.« Vater schwieg, aber ich sah seinem Gesicht an, dass er kochte. Mutter drehte sich wieder zu mir um und meinte nur: »Freundchen, wir sprechen uns noch!« Während der nächsten 150 Kilometer herrschte eisiges Schweigen.

An der Grenze war kein Stau mehr, und wir konnten direkt an eines der Abfertigungshäuschen heranfahren. Da ich inzwischen über 16 Jahre alt war, hatte ich ein eigenes Visum, was mich stolz machte, meinen Vater aber ungemein aufregte. »Das machen die nur, damit sie mehr Geld kassieren.« Denn für jedes ausgestellte Durchreisevisum bekam die DDR von der Bundesregierung Geld. Bei der Höhe des Betrages gingen die Meinungen auseinander. Im Hause Kleewe lag der vermutete Betrag bei 5 DM. Wir drei glaubten also, mal wieder 15 DM in das marode DDR-System gepumpt zu haben, was meinen Vater an den Rand des Wahnsinns trieb. »Da muss ich Geld bezahlen, um durch mein eigenes Land zu fahren! Das ist doch verrückt!«

»Papa, die DDR ist nicht dein Land, es ist ein eigener Staat mit eigener Währung, eigener Hymne und einem ganz anderen politischen System.«

»Das ist Geschichtsklitterung! Wir sind ein Land, und eines Tages werden wir es auch wieder sein«, entgegnete Vater.

»Jetzt fang du auch noch mit dem Blödsinn an, wach auf, Vater. Wir sind zwei Länder. Es gibt eine Menge Menschen, die haben nicht einmal mehr den Mauerbau erlebt, geschweige denn das Kriegsende. Also lass es gut sein«, sagte ich, wie man ein ungezogenes Kind ein letztes Mal ermahnt.

Als wir endlich auf der Avus fuhren, fiel unser Blick auf den Funkturm. Mittig ragte er am Horizont über die Autobahn. Das war das endgültige Zeichen zum sicheren Wiedereintritt ins freie Berlin. Als wir in Höhe der Avus-Tribünen waren, stellte meine Mutter den RIAS an. »Kannst du bitte den SFB anmachen?«, fragte ich von hinten. Der RIAS war von den Amerikanern indoktriniert, glaubte ich, nicht umsonst hieß er ja »Rundfunk im amerikanischen Sektor«, und so hörte ich lieber den »Sender Freies Berlin«.

»Wenn es sein muss«, sagte Mutter und drehte das Rädchen auf die Frequenz vom SFB.

Nach ein paar Sätzen stellte Vater den RIAS wieder ein. »Du wirst sicherlich verstehen, Monika, dass ein reaktionärer Vater mit Scheuklappen nicht diesen linken Sender hören kann.«

*

Das Frühjahr ging seinen geordneten Gang. Mit jedem Tag rückte die entscheidende Mathematikklausur näher. Herr Schmidt hatte mich immer mal wieder beiseitegenommen und alles gegeben, um mir Rechenwege als ganz normale Tatsachen zu verkaufen. Ich tat mich dennoch schwer.

»Das ist kein Hokuspokus, Monika, du musst nur logisch denken.«

Daniel, unser Oberpunk, hatte mit mir gelernt und am Ende verzweifelt gefragt, ob ich wirklich das Abitur brauchte. »Moni, abhängen kannst du doch auch ohne Abitur.«

Ich tätschelte ihm lachend die völlig zerschlissene Lederjacke. Sie glich einem Kettenladen, und seine Ohrläppchen dienten als stille Reserve für Sicherheitsnadeln.

Mäuseschwänzchen hielt immer großen Abstand zu Daniel, aus Angst, er könne sie »mit irgendwas Juckendem« anstecken. »Dass du mit dem lernen kannst«, hatte sie nur staunend gesagt und sich geschüttelt.

Am Klausurtag saß jeder an seinem eigenen Platz. Außer mir. Schmidt hatte mich ganz nach hinten gesetzt, ausgerechnet neben Ludger. »In der Nähe von dem Idioten bleibe ich nicht«, hatte ich sofort protestiert. Mit dem Typen war ich fertig bis in die Steinzeit, und das hatte ich ihm in den letzten Wochen deutlich gezeigt.

Ludger hatte die Augen verdreht, doch Herr Schmidt drückte mich sanft auf den Stuhl. »Du bleibst hier sitzen«, hatte er ungewohnt grob gesagt.

Nachdem ich mich eine Stunde lang an den Aufgaben vergangen hatte, verwandelte sich alles in ein Feld voller Hieroglyphen. Ludger schob mir einen Zettel rüber. O nein, von so einem würde ich mir jetzt nicht helfen lassen. Ich hatte auch meinen Stolz. Ich warf den Zettel zu ihm zurück. Daniel hatte die kleine Aktion mitbekommen und glaubte nicht, was er da sah. Ein paar Minuten später startete Ludger einen erneuten Versuch. Ich zischte ihn an: »Lass das, du Blödmann!«, und warf den Zettel erneut zurück. Er segelte zwischen unseren beiden Tischen auf den Boden. In dem Moment stand Schmidt zwischen uns. Er sah mich finster an. Das war es dann wohl, dachte ich. Betrugsversuch, sechs, Ende, aus. Wenigstens würde ich dieses Frohnauer Bürschchen mit in den Abgrund reißen. Ich schob meine Stifte in die Federtasche.

Schmidt bückte sich und hob den Zettel auf. Ludger rechnete weiter über seinem Blatt, als sei nichts geschehen. Ich sah Schmidt an, er blickte kurz um sich. Dann legte er Ludgers Zettel direkt auf meinen Arbeitsbogen und meinte verärgert: »So blöde kann man doch nicht sein«, und ging. Es war die komplette Lösung einer Aufgabe.

Daniel zischelte mir zu: »Mach jetzt keinen Fehler, sonst mach ich dich platt, Kleewe!« Ich schrieb die Aufgabe unter seinem drohenden Blick ab. Am Ende stand eine rettende Drei minus unter der Klausur.

Herr Schmidt und ich begegneten uns nach der Klausur wie gute alte Freunde. »Na, Monika, hat sich doch gelohnt, die Lernerei ... Ich kann es kaum erwarten, Herrn Feisel davon zu erzählen«, juchzte er.

»Der wird sich vor Wut sein Käsebrot quer in den Rüssel schieben«, stimmte ich mit ein. So weit, so gut. Aber es fiel mir unendlich schwer, mich bei Ludger zu bedanken. Ich hätte den Ausfall auch selber vermieden, redete ich mir ein, wohl wissend, dass eher mein Vater Bundeskanzler geworden wäre, als dass ich eine Vier in Mathematik geschrieben hätte.

Wie immer in solchen Situationen ging ich zu Oma und fragte um Rat. Für sie war die Lage eindeutig. »Das hat der Ludger doch ganz toll gemacht«, sagte sie und freute sich.

»Aber seine Eltern haben ihm den Umgang mit mir verboten.«

»Na und, der Junge kann doch nichts für seine Eltern. Du bist nur zu stolz, um dich zu bedanken, das ist alles«, sagte Oma.

»Nein, er ist mir nur zu doof.«

»Seit wann knutscht meine Enkeltochter mit doofen Jungs herum?!«

»Ich knutsche doch gar nicht mehr mit ihm!«

»Dann wird es aber mal wieder Zeit. Und wenn du es nur machst, um seine Eltern zu ärgern ... Der Junge mochte dich doch, und das kann er nicht einfach so abstellen.«

»Wer weiß«, sagte ich und staunte über Omas Gedanken.

»Quatsch. Du kannst das doch mit deinem Tom auch nicht abstellen. Das ist wie eine kleine Wunde, an der man immer wieder herumkratzt, egal ob der Ringelpullover von Martina ist oder nicht«, sagte Oma.

»Maria! Sie heißt Maria!!!«, entgegnete ich eine Idee zu laut und war plötzlich ganz schlecht gelaunt.

»Keine Sorge, so einer wie Tom wird auch noch eine Martina kennenlernen.«

»Mensch, Oma, jetzt hör aber mal auf!«, schimpfte ich.

»Siehst du, ich sage doch: Wunde«, meinte Oma und machte sich auf in die Küche. Zerknirscht folgte ich ihr. Unterwegs murmelte sie: »Und immer wenn etwas Gras über die Sache gewachsen ist, kommt ein Kamel, das alles wieder herunterfrisst.«

»Und nun?«, fragte ich.

»Und nun trinken wir eine schöne Tasse Kakao mit richtig viel Sahne«, schlug Oma vor. Ich sah ihr zu wie einer Außerirdischen. Dann haute sie Sahne in die Tassen, als wolle sie uns ins Zuckerkoma treiben. »Erzähl mal, was gefiel dir denn an Ludger?« Ich glaube, es lag nicht nur an der Sahne, dass ich so rasch ins Schwärmen geriet.

*

Es dauerte noch ein paar Tage bis ich mich überwinden konnte, Ludger anzusprechen. Ausgerechnet Feisel half mir dabei. Die letzte Biologiestunde hatte ich sausen lassen, was mir eine unentschuldigte Fehlstunde mehr auf dem Zeugnis bringen würde. Aber das war mir inzwischen egal. Ich ertrug dieses rollende Käsebrot einfach nicht mehr.

»Na, Monka, haben wir während der letzten Stunde mal wieder die Welt gerettet?«, begrüßte er mich voller Ironie.

»Solange Sie da drauf sind, unmöglich«, gab ich zurück und setzte mich. Die anderen lachten.

»Dir wird das Lachen schon noch vergehen!« Er

rollte zu seinem Tisch und holte sein Notizbuch hervor. »Dann fass doch mal die letzte Stunde zusammen!«

»Da war ich nicht da«, sagte ich.

»Na und?! Du bist hier in der Oberstufe und nicht in der Grundschule, also los. Ich höre, Monka.« Ludger zeigte hinter Feisels Rücken auf eine vertrocknete Pflanze an der Seite.

»Sie haben über Pflanzen gesprochen«, sagte ich.

»Und weiter?«, fragte Feisel. Ludger machte eine Bewegung wie beim Essen und Trinken.

»Und darüber, wie sich Pflanzen ernähren«, fuhr ich stammelnd fort. Das Ganze begann der Klasse Spaß zu machen.

»Und wie tun sie das?!«, fragte Feisel harsch. Ludger machte die typische Bewegung des Fotografierens. Ich wusste nicht weiter. In die Luft schrieb er Buchstaben. S Y N … Feisel drehte sich zu ihm um, und er musste abbrechen. Ich überlegte krampfhaft – Kamera, Syn. Was gab es denn für Wörter mit Syn? Synchron, Syndrom …

Mäuseschwänzchen nahm all ihren Mut zusammen und flüsterte mir zu: »Foto …«

»Marina, du bist nicht dran! Also, Monka, ich höre«, sagte Feisel und trommelte auf unserem Tisch herum.

Ich überlegte immer noch Syntax. Synapse … Synthese, schoss es mir durch den Kopf. »Die Pflanzen ernähren sich durch Photosynthese«, sagte ich schließlich breit grinsend.

»Offensichtlich hat sich heute die halbe Klasse entschlossen, dir unter die Arme zu greifen«, sagte Feisel missmutig und warf sein Notizbuch enttäuscht zurück auf den Lehrertisch.

Ludger reckte den Daumen zum Zeichen des Sieges

in die Höhe, und ich lächelte ihn an. Ich war erleichtert, ihm endlich wieder freundlich in die Augen sehen zu können. Er schien ebenso erleichtert zu sein, und ich spürte, wie er immer wieder meinen Blick suchte. In der Pause ging ich zu ihm, gab ihm einen Kuss auf die Wange und sagte einfach: »Danke!«

»Gern geschehen«, erwiderte Ludger und hinderte mich am Weggehen. Scherzhaft versuchte ich mich ihm zu entwinden. Kaum dass ich einen Schritt weg war, zog er mich wieder an sich. Das Ganze machten wir zweimal, beim dritten Mal trat Ronny schnaubend zu uns. Ludger duckte sich vorsichtshalber, und ich hob abwehrend die Hand.

»Schon gut, Ronny, es ist alles bestens«, sagte ich und ließ mich widerstandslos von Ludger umarmen.

»Du weißt ja auch nicht, was du willst«, meinte Ronny und wandte sich ab.

»Du hast total bescheuerte Eltern«, sagte ich zu Ludger.

»Da kannst du recht haben«, antwortete Ludger.

»Na ja, du kannst ja nichts für deine Erziehung«, tröstete ich ihn großmütig.

»Moni, mir tut das alles wirklich furchtbar leid«, sagte Ludger.

»Mir auch«, erwiderte ich, ohne genau zu wissen, was mir eigentlich leidtun sollte.

»Mir hat die ganze Zeit was gefehlt«, sagte Ludger und sah mir tief in die Augen. Ich bekam weiche Knie. Dann endlich küssten wir uns, und ich wusste, dass mir auch was gefehlt hatte.

In dem Moment lief Feisel an uns vorbei. »Ludger! Was wird das?!«, fuhr er ihn an.

»Etwas sehr Schönes«, sagte Ludger, nahm meine Hand und zog mich aus dem Flur fort.

»Was sollte das eben, mischt der sich jetzt schon in dein Liebesleben ein?«, fragte ich.

»Er wohnt zwei Häuser weiter und wird meinen Eltern jetzt brühwarm erzählen, was er gesehen hat«, sagte Ludger.

»Oh«, sagte ich nur.

»Gut so«, erwiderte Ludger und küsste mich wieder.

*

Als ich mit Ludger nach Hause kam, trafen wir zuerst auf meinen Vater. Er begrüßte Ludger vorsichtig mit: »Guten Tag, junger Mann.«

»Tag, Herr Kleewe.«

»Hat sich der Tom die Haare schneiden lassen?«, flüsterte Vater mir sichtlich irritiert zu.

»Mensch, Papa, das ist Ludger«, zischte ich zurück. Für mich lagen zwischen Tom und Ludger Welten, aber mein Vater schien nicht in der Lage, die beiden auseinanderzuhalten.

»Der ist aber gewachsen«, sagte Vater entschuldigend.

Dann kam Mutter aus der Stube. Als sie Ludger sah, verschlug es ihr die Sprache.

»Überraschung!«, rief ich grinsend.

»Tag, Frau Kleewe«, sagte Ludger und deutete ein Nicken mit dem Kopf an.

Meine Mutter fand ihre Sprache wieder. »Dieses vornehme Getue kannst du dir bei uns sparen! Was willst du überhaupt hier?«

»Mama, lass gut sein«, sagte ich.

»Was soll das? Erst ist er, ich zitiere, ›der größte Arsch auf der ganzen Welt‹, dem du am liebsten, ich zitiere wieder, ›die Eier abschneiden‹ wolltest, und jetzt stehst du mit ihm im Flur, als sei nichts gewesen«, schnaufte Mutter.

Ludger zuckte vor Schreck zusammen. »Ich habe das alles so nicht gewollt, Frau Kleewe«, stammelte Ludger.

»Das überlegt man sich vorher. Wer meine Tochter verletzt, verletzt auch mich, hast du das verstanden?«, fragte Mutter und trat einen Schritt näher an Ludger heran. Ich war so überrascht von Mutters Reaktion, dass ich nur staunend danebenstehen konnte.

»Eva! Monikas Freunde sind bei uns immer herzlich willkommen«, sagte Vater und nahm Ludger die Jacke ab.

»Du sagst es, Freunde – und nicht Feiglinge!«

Wir zogen uns lieber in mein Zimmer zurück. Diesmal störte Mutter uns nicht.

Es war Vater, der nach einer Stunde anklopfte und uns Schnittchen brachte.

»Meine Frau beruhigt sich schon wieder«, sagte er entschuldigend zu Ludger, als handle es sich bei Mutter um eine Nervenkranke, die nur vergessen hatte, ihre Tabletten zu nehmen.

*

Mäuseschwänzchen konnte es nicht glauben. Ihr entging nichts, und sie folgte schon früh dem Motto: Der liebe Gott sieht alles, die Nachbarschaft noch mehr. »Ich dachte, ich träume, als ich Ludger an der Bushaltestelle gesehen habe«, sagte sie mit weit aufgerissenen Augen.

»Wieso?«, stellte ich mich doof.

»Monika, wo soll der schon gewesen sein, hier in unserer Gegend. So einer verlässt doch sein schönes Frohnau nur unter Zwang oder wegen dir! Er war wieder bei dir, stimmt's?«, sagte sie vorwurfsvoll. Ich nickte nur. »Über Nacht?«, fragte sie sorgenvoll.

»Nein.«

»Und was ist mit Tom?«, fragte sie weiter.

»Was meinst du?«

»Bist du mit Tom etwa auch noch zusammen?«

»Was heißt, etwa auch noch? Sie sind beide ganz süß, und außerdem kenne ich Tom seit ewigen Zeiten«, sagte ich, während wir in den Bus stiegen.

»Monika, das kann nur Komplikationen geben«, mahnte Mäuseschwänzchen.

»Nein, es ist ganz unkompliziert mit Tom, warum sollte ich mich von ihm trennen?«

»Man kann nicht immer alles haben im Leben. Da muss man sich eben entscheiden! Ich finde das gar nicht gut, was du da treibst!«

Ich sah sie lange an. Was war nur los mit ihr? Hatte sie etwa mit meiner Mutter gesprochen, oder war es Ronny, der in ihrem Hirn die Fäden zog? »Hast du Ronny von Ludger erzählt?«, fragte ich.

»Natürlich habe ich das! Ronny und ich haben schließlich keine Geheimnisse voreinander!« Ich verstand zwar nicht, was mein Verhältnis mit ihrer Offenheit Ronny gegenüber zu tun hatte, spürte aber, dass Mäuseschwänzchen tief getroffen war. »Was ist los mit dir? Da sind zwei nette Jungen, ich kann mich eben nicht entscheiden, und allen geht es gut. Wo ist das Problem?«

»So etwas tut man nicht.«

»Sagt wer?«

Mäuseschwänzchen knabberte nervös an ihren Nägeln. »Wer hat gesagt, so etwas tut man nicht?«, fragte ich noch einmal.

Ganz leise sagte Mäuseschwänzchen: »Ronny.«

»Spinnt der jetzt völlig?!«

»Immerhin hat er dich vor Ludgers Zudringlichkeit beschützt.«

»Ich hatte ihn nicht darum gebeten«, gab ich zurück.

»Und jetzt bist du doch mit ihm zusammen. Da fühlt Ronny sich gar nicht gut mit. Wie steht er denn jetzt vor den anderen da?«, fragte Mäuseschwänzchen vorwurfsvoll.

»Wenn das seine einzige Sorge im Leben ist, herzlichen Glückwunsch«, sagte ich.

Auch Mutter war völlig verändert, seit Ludger wieder in unserer Wohnung aufgetaucht war.

»Ich würde das ja am liebsten dem Tom erzählen«, hatte sie gedroht.

»Mach doch, du Moralapostelin«, hatte ich nur lachend gesagt, und das hatte meine Mutter so aufgebracht, dass sie seither nur das Allernötigste mit mir gesprochen hatte.

Vater wollte »möglichst bald eine Lösung dieser chaotischen Gemengelage«, als befände ich mich auf irgendeinem unmöglichen Schlachtfeld.

»Sieh mal, Monika. Das mit Ludger und Tom schafft doch nur Unruhe«, hob er eines Abends an.

»Bei wem?«, fragte ich.

»Bei dir.«

»Du meinst, bei euch?«

»Du kannst dir ja vorstellen, dass deine Mutter und ich nicht begeistert sind. Nachher endest du noch so wie dein Bruder. Das wollen wir vermeiden. Wir denken dabei nur an dich.«

»So, wie hat denn Michael geendet?«, fragte ich interessiert.

»Du weißt genau, was ich meine. Dieses Sodom und Gomorrha mit den Frauen, das geht doch so nicht. Nie weiß man, wer als Nächstes an seinem Arm hängt.«

»Abwechslung schadet bestimmt nicht. Michael und ich verstehen nicht, wie ihr so lange zusammen sein könnt – da muss doch was faul sein ... Immer mit dem gleichen Partner, wie haltet ihr das aus? 25 Jahre Eva, 25 Jahre Dieter, war euch das nie zu viel?«, fragte ich, auf der Suche nach dem Haken im Leben unserer Eltern.

»Nein!«

»Keine Sekunde?«

»Niemals, auch keine Sekunde.«

»25 Jahre, jeden Morgen das gleiche Gesicht ... Papa, ich bitte dich, das ist doch nicht normal.«

*

Die Silberhochzeit unserer Eltern wurde natürlich zu Hause, wie immer an dem langen Tapeziertisch, gefeiert. Der Platz war begrenzt. Daher baten die Eltern uns, »keine Frauen, Kinder und jungen Männer« mitzubringen, als würden wir Heerscharen von Partnern verwalten. Wir nahmen es gelassen hin.

Zur Feier des Tages hatten Freunde eine kleine Diashow zusammengestellt. Oma stöhnte auf: »O Gott, hoffentlich ist die nicht so lang!« Denn eine Diashow erforderte damals Sitzfleisch. Besonders weil der ach so geniale automatische Schlittentransporter des Diaprojektors immer mal wieder in die falsche Richtung transportierte. Und wenn die Richtung mal stimmte, blieb das Dia unter lautem Rattern zur Hälfte vor dem Lichtkegel hängen. Rötrötrötrötrötrötröt ... Nichts ging mehr, also Licht an. Dann fummelten kräftige

Männerhände ewig an dem feinen Schlitz herum, um das Dia zu retten. Frauen nutzten die Pause zum Besuch der Toilette, und die übrigen Männer genehmigten sich noch einen »klitzekleinen Schluck«.

»So, weiter geht's … das Dia hatten wir schon … so, jetzt aber … richtige Richtung …« Klick, klick, röträtrötrötrötröt … »O nein, nicht schon wieder …«

Besonders schlimm war so ein Diavortrag von frisch heimgekehrten Urlaubern. Sie waren angefüllt mit Erlebnissen, an denen nun alle teilhaben sollten, und hatten zu dem Zweck Unmengen von Bildern gemacht, mit denen sie ganze Wohnzimmer hätten tapezieren können.

»Und hier seht ihr die Palmen vor dem Hotel, von vorne … aber da kommt noch ein besseres Bild … in Wirklichkeit sehen die viel größer aus … Klick … der Schatten da rechts, das ist mein Sohn … Klick … und dann hier die Palmen, von oben gesehen … Klick … und seht ihr, hier ganz hinten, der rote Punkt … Klick … ist ein bisschen schwierig zu erkennen, hier sieht man es besser … Klick … das war unser Mietwagen … Klick … hier noch mal die Palmen von der rechten Seite … Klick … von der linken Seite … ist es nicht herrlich … und hier der Mietwagen von der Seite …«

Der Diavortrag zur Silberhochzeit unserer Eltern war zum Glück anders. Ganz anders. Er zeigte uns eine Seite an den Eltern, die wir nie für möglich gehalten hatten: Sie waren auch mal jung gewesen! Auf einem Dia balancierte Vater in Badehose einen Apfel auf der Stirn, Mutter lag ihm zu Füßen und applaudierte. »Der Apfel der Sünde«, rief Oma, alles lachte.

Auf den alten Dias sahen Vater und Mutter ganz anders aus. Sie wirkten überhaupt nicht wie unsere Eltern, sondern wie normale junge Menschen, die Spaß haben.

Auf einem Dia sah man zwei Frauen auf den Schultern von zwei Männern sitzen. Vater trug eine fremde Frau, und Mutter saß auf den Schultern eines anderen Mannes. Alle lachten, die Frauen winkten in die Kamera.

»Einer trage des anderen Last«, rief Oma und schlug sich auf die Schenkel.

»Wer ist denn der Mann unter Mutter?«, fragte mein Bruder. Klick, das nächste Dia.

»Moment mal, mach noch mal zurück«, sagte ich. Die Vorführer hörten nicht auf uns und setzten den Vortrag fort. Klick. »Was war denn das eben?«, fragte ich in die Dunkelheit hinein. Niemand reagierte.

»Da war doch eben was falsch, oder?«, sagte mein Bruder. Klick.

»Jetzt seid endlich mal still!«, zischte mein Vater. Klick. Als das Licht wieder anging, grinsten alle vor sich hin.

Mein Bruder und ich sahen fragend Oma an. »Eure Eltern sind erst später in die Heilsarmee eingetreten«, sagte sie augenzwinkernd.

*

Die großen Sommerferien standen bevor. Es sollten die letzten sein, endlich. Ich hatte schon jetzt das Gefühl, keine Schülerin mehr zu sein. Zur Schule gingen Kinder und Jugendliche, aber doch nicht Erwachsene. Noch ein klitzekleines Halbjahr, und ich war erlöst.

Feisel würde sich ein neues Opfer suchen müssen, Schmidt, mein kleiner geliebter Mathematiklehrer, würde sich dank meines Abgangs einen Herzinfarkt ersparen, und Silvan Patrice, unser verrückter Kunstlehrer, könnte die nächste Generation für Kunst begeistern – oder auch nicht.

Und ich? Ich hatte keine Ahnung, wie es mit mir weitergehen würde. Nach dem Abitur wollte ich erst mal so richtig entspannen. Meine Vorstellung von Entspannung war verknüpft mit dem Erwerb eines Interrailtickets, mit dem man vier Wochen quer durch Europa fahren konnte. Während einen der Zug von A nach B brachte, schlief man und sparte so auch noch die Unterkunft. Dabei würde ich jede Menge neue Menschen kennen- und lieben lernen. Und meine Persönlichkeit würde sich während tagelanger Fahrten in schlechtbelüfteten Zügen so weit entwickeln, dass ich anschließend wüsste, was ich studieren wollte. So weit meine Pläne.

Nachdem ich meinen Eltern diese, wie ich fand, grandiosen Pläne beim Abendbrot unterbreitet hatte, sahen sie mich an, als hätte ich einen Aufruf zum Gruppensex ans Schwarze Brett im Haus genagelt.

»Du willst was machen?!«, fragte Vater mit gerümpfter Nase.

»Durch Europa fahren ... Ihr wisst doch: Reisen bildet.«

Meine Mutter verschluckte sich, und mein Vater starrte mich an, als habe er eine Erscheinung. »Wie kommst du denn auf den Unsinn?«, fragte er schließlich, nachdem meine Mutter ausgehustet hatte.

»Das ist so, wenn man 18 ist und sein Abitur in der Tasche hat. Dann will man raus in die Welt, was erleben, Lebenserfahrung sammeln, heranreifen, die ganze Palette eben«, erklärte ich seelenruhig.

»Noch bist du nicht 18«, sagte Vater.

»Aber in sechs Wochen«, gab ich leicht gereizt zurück.

»Und bis dahin geht die Erziehungsgewalt immer noch von uns aus«, erwiderte Vater.

»Du sagst es, Erziehungsgewalt«, antwortete ich pampig und betonte das Wort Gewalt, als wohnte ich im Folterkeller.

»Monika!«, sagte meine Mutter scharf.

»Ist doch wahr!«

»Genug. Ich will von derlei Blödsinn nichts weiter hören. Du machst dein Abitur, und danach kannst du dich ein paar Tage hier entspannen«, sagte mein Noch-Erziehungsberechtigter.

»Hier? Wie soll ich mich denn hier entspannen?!«

»Man kann hier auch viele schöne Dinge unternehmen. Schwimmen gehen, mal wieder ein Museum besuchen, ins Kino gehen …«

»… und so ganz nebenbei könntest du dein chaotisches Beziehungsleben in Ordnung bringen«, ergänzte Mutter.

»Da sagt deine Mutter was Wahres! Und jetzt Schluss mit dem ganzen Unsinn«, sagte Vater und widmete sich wieder seinem Abendbrot.

Seit einigen Jahren hatte es keinen Sinn mehr, mit meinem Vater zu diskutieren. Es gab nur wenige Dinge, in denen wir uns einig waren. Dazu gehörte, dass meine Mutter den besten Kartoffelsalat der Welt machte. Außerdem fanden Vater und ich, dass man an der Ampel auf Grün zu warten hatte, wenn kleine Kinder danebenstanden. Einig waren wir uns auch darin, dass man aufzustehen hatte, wenn ein älterer Mensch im Bus einen Sitzplatz suchte. Das waren aber auch schon alle Gemeinsamkeiten.

Ich sah optimistisch in meine Zukunft, während sich Vater ernsthafte Sorgen um die Jugend machte. »Wie kann man denn nur singen: ›Hurra, hurra, die Schule brennt‹? Und warum will jemand ein Eisbär sein am kalten Polar?«, fragte er verzweifelt.

»Mensch, Papa, das sind doch nur Sinnbilder für etwas.«

»Sinnbilder … Komischer Sinn. Was soll nur aus dir werden?«

»Irgendwas werde ich schon werden«, versuchte ich ihn zu beruhigen.

»Was, bitte schön, soll das für ein Beruf sein, irgendwas?«, fragte mein Vater in den Raum hinein, ohne eine Antwort von jemandem zu erwarten.

Doch ich stand kurz vor meinem 18. Geburtstag, und da hat man, auch unaufgefordert, das Bedürfnis, dem Vater die Welt zu erklären. »Bleib doch mal ganz locker, Papa. Du siehst das alles viel zu eng«, sagte ich und zerrte an meinem kurzen schwarzen Minirock herum, als könnte ich ihn dadurch um den entscheidenden Zentimeter von anzüglich zu anständig verlängern.

»Wie meinst du das, ich sehe alles viel zu eng?«, erkundigte sich mein Vater.

»Wie soll man denn in unserem Alter schon wissen, was man die nächsten 40 Jahre seines Lebens machen will? Das ist doch der völlig verkehrte Zeitpunkt.«

Jetzt mischte sich meine Mutter ein. »Wann ist denn der richtige Zeitpunkt?«, fragte sie staunend. Sie hatte mit 16 Jahren eine Lehre im Büro angefangen und war bis zum heutigen Tag dort. Mit ihren Kollegen führte sie so etwas wie eine zweite Ehe. Mein Vater, ebenfalls seit seinem sechzehnten Lebensjahr am selben Arbeitsplatz, hatte den Kopf leicht zur Seite geneigt und wartete sorgenvoll auf meine weiteren geistigen Ergüsse.

»Ich denke, wenn man seine Erfahrungen gesammelt hat und spürt, was einem Spaß macht. Dann erst weiß man, was man werden will«, erklärte ich und wühlte in meiner bunten Stofftasche, auf der Suche nach einem Labello.

»Spaß?! Monika, es geht hier nicht um Spaß«, sagte mein Vater.

»Worum denn dann?«

»Dass man sich auch mal was leistet«, warf meine Mutter ein und streichelte den gekachelten Couchtisch, dessen Kurbel beim Hochdrehen von Tag zu Tag stärker quietschte.

»Vielleicht ist Spaß das falsche Wort. Seine Persönlichkeit nach seinen eigenen Vorstellungen zu entfalten, das trifft die Sache wohl besser«, unternahm ich einen weiteren Versuch, meinem Vater die Jugend von heute zu erklären.

»Dafür muss man aber erst mal eine Persönlichkeit haben!«

»Die versuche ich mir ja gerade aufzubauen«, gab ich zurück.

»Indem du mit dem Zug durch Europa fährst? Also, Monika, wenn du Schaffnerin werden willst, das kannst du einfacher haben, und dafür brauchst du nun weiß Gott kein Abitur«, sagte Vater. Er erhob sich und ging auf den Balkon, um zu rauchen. Während er die Balkontür öffnete, drehte er sich noch einmal zu mir. »Und im Übrigen darf ich dich daran erinnern, dass wir nicht Rockefeller sind.«

*

Die Zeugnisübergabe bot keinerlei Überraschungen mehr für uns. Wir wussten unsere Noten, wir wussten, wer die Zulassung zum Abitur verpasst hatte, und wir wussten auch, dass Feisel sich über meine Zulassung schwarzärgerte.

»Mit ist nicht klar, Monka, warum du befähigt wirst, das Abitur abzulegen.«

»Und mir ist nicht klar, was Sie befähigt, ein Abitur abzunehmen«, sagte ich nur und wandte mich ab.

Für einen Jungen aus Frohnau hatte Ludger ein miserables Zeugnis. Überwiegend Dreien und Vieren, nur eine Eins in Mathematik. »Oh, da werden deine Eltern aber nicht gerade begeistert sein«, sagte ich zu ihm.

»Die sind sowieso von nichts begeistert, was ich mache«, erwiderte er.

»Das kannst du so nicht sagen. Dass du dich von mir losgesagt hast, hat denen doch bestimmt gefallen«, sagte ich und konnte einen bösartigen Ton nicht vermeiden. Noch immer nagte sein früheres Verhalten an mir. Wenn ich ihn nicht sah, konnte ich es vergessen. Aber wenn er vor mir stand, war es, als sei es gestern gewesen.

Oma meinte nur, ich hätte ein Gedächtnis wie ein Elefant, und das sollte ich mir lieber abtrainieren. »Leute mit einem so guten Gedächtnis werden lange an allem leiden, meine kleine Wuchtbrumme. Also sieh zu, dass du die Dinge klärst und sie dann vergisst.«

Ich tat mein Möglichstes, aber im Falle von Ludger gelang es mir nicht so einfach. »Ich war dir ja nicht fein genug«, maulte ich weiter.

»Kannst du endlich mal aufhören damit!«, gab Ludger genervt zurück.

»Nur weil wir uns wieder küssen, habe ich das nicht vergessen«, sagte ich.

»Aber ich bin doch jetzt mit dir zusammen!«

»Wie gnädig, dass du dich wieder zu mir herabgelassen hast! Aber so einfach ist das nicht«, entgegnete ich.

»Was soll das heißen?«, fragte Ludger verunsichert.

»Besonders viel hast du bisher nicht getan, um mich von deiner Liebe zu überzeugen«, antwortete ich. Dabei wusste ich selber nicht, was Ludger hätte tun sollen, damit ich ihm wieder vollends über den Weg traute.

»Immerhin bin ich deiner Mutter unter die Augen getreten«, sagte Ludger.

»Schwieriger wäre es doch wohl, deiner eigenen Mutter unter die Augen zu treten«, konterte ich.

Ludger zerrte mich zu sich heran. »Jetzt hör mir mal gut zu, du … du …«

»Du was?! Na los, sprich es aus!«, tobte ich und wollte weg. Ludger aber hielt mich weiter fest.

Ronny trat vor uns hin. Sofort ließ Ludger mich ängstlich los. Dann sagte Ronny zu mir: »Diesmal musst du deinen Scheiß selber klären.« Und zu Ludger meinte er: »Du Pfeife, zeig ihr endlich, was ein richtiger Mann ist!« Mir fehlten die Worte. Mit offenem Mund starrte ich Ronny hinterher.

Ludger zog mich wieder zu sich heran und küsste mich, als ginge es um Leben und Tod. »So«, sagte er, als habe er gerade unsere Hochzeit beschlossen, »und jetzt fahren wir zu meiner Mutter.«

»Ich denke gar nicht dran!«

»Du kommst mit, und ich werde meiner Mutter sagen, dass ich dich liebe«, erwiderte Ludger mit einer Entschlossenheit, wie ich sie noch nie an ihm gesehen hatte.

»Ich lasse mich zu nichts zwingen! Von niemandem.«

»Monika, ich kann machen, was ich will, immer ist es falsch!«

»Das liegt in deiner Natur, du bist eben ein Mann«, sagte ich voller Überzeugung und machte mich, mit meiner allwissenden Natur, auf den Weg zur Landkommune meines Bruders.

*

In den ersten Ferientagen war ich damit beschäftigt, mich zu zwingen, Ludger nicht anzurufen. Mehrmals schwang ich mich aufs Fahrrad und fuhr zu der vier Kilometer entfernten Telefonzelle, um mit ihm zu sprechen. Aber jedes Mal, wenn ich den Hörer in der Hand hielt, wusste ich nicht mehr, was ich sagen sollte. Alles, was ich mir vorher ausgedacht hatte, war wie weggeblasen. Ich saß ewig vor der Telefonzelle und konnte mich einfach nicht entscheiden. Schließlich wählte ich die Nummer im fernen Frohnau. »Lewander«, flötete Ludgers Mutter in den Hörer. Ich konnte vor Schreck nichts sagen. Nicht im Traum hatte ich daran gedacht, dass Ludger nicht selbst am Telefon sein könnte. »Hallo, hier ist Lewander, wer spricht bitte?« Hilflos sah ich mit an, wie meine Groschen geräuschvoll durch den Schlitz rauschten. Los, frag nach Ludger, sagte ich zu mir. »Hallo?!« Nun frag schon, du Idiot, feuerte ich mich an! Es ging nicht. Der letzte Groschen fiel, klack, die Leitung war unterbrochen. Ermattet wie nach einem 1000-Meter-Lauf hängte ich den Hörer ein und fuhr zurück zum Hof.

»Mensch, Moni, was machst du denn für ein Gesicht«, begrüßte mich Bylle, die Hände tief im Brotteig vergraben.

Mein Bruder sah kurz von seiner kleinen Häkelarbeit hoch. »Was ist los, Schwesterherz?«, fragte er und war sichtlich bemüht, sich nicht die Finger zu brechen.

»Alles ist scheiße, die ganze Welt, einfach alles«, sagte ich missmutig.

»Hast du Stress mit Tom?«

»Nein.«

»Mit diesem Ludger?«, fragte mein Bruder.

»Wer ist Ludger?«, fragte Bylle.

»Der andere Lover in Berlin«, erklärte mein Bruder.

Bylle klatschte vor Freude in ihre teigverschmierten Hände. »Mensch, das ist ja klasse, du hast zwei Freunde! Super.«

»Im Moment macht mir das aber eher Probleme«, sagte ich.

»Unsinn, du musst das dem Typen nur richtig erklären, dann brauchst du dir keine schlechten Gedanken zu machen«, sagte Bylle und hielt mir einen langen Vortrag über befreite Frauen. Mittendrin war Horst dazugestoßen und hörte ihr nun aufmerksam zu. Mein Bruder und er tauschten ab und zu schmunzelnde Blicke aus. Am Ende fragte ich die beiden Männer, ob sie alles verstanden hätten. Sie schüttelten synchron den Kopf.

»Aber das macht nichts, Hauptsache, die Frauen verstehen selbst, was sie da sagen«, meinte Horst. Bylle zeigte ihm einen Vogel. »Ich liebe sie trotzdem«, sagte Horst und tätschelte der Vogelzeigerin freudig den Hintern.

»Ich auch!«, rief mein Bruder rasch und legte sein Häkelzeug erwartungsvoll beiseite.

Bylle gab ihm einen Kuss und sagte lachend: »Ihr seid einfach zu doof für uns. Aber das macht nichts.«

Tom betrat die Küche. »Na, Süße, hast du deinen Ludger erreicht?«, fragte er.

»War nicht da«, log ich. Eigentlich ärgerte es mich, mit welcher Gelassenheit Tom den Namen seines Nebenbuhlers aussprach. Warum flehte er mich nicht an, nur ihn zu lieben? Das konnte doch unmöglich daran liegen, dass er zwei Jahre älter war als ich. Ich sah ihn verträumt an.

»Dieser Blick macht mich schwach«, sagte er und rückte ganz nah an mich heran. »Wo verbringen wir eigentlich deinen 18.?«, fragte Tom mich unter Küssen.

»In Berlin.« Ich musste den Eltern schwören, dass ich an dem Tag wieder da sein würde.

Mein Bruder sah mir an, dass ich wenig begeistert davon war. Aber der 18. Geburtstag war nun mal der letzte Tag, an dem das Kind den Eltern gehörte. So wollte es unsere Tradition. »Da kommen wir mit«, sagte Michael. Ich hatte keine Ahnung, wen er mit »wir« meinte, wusste aber sofort, dass es ein unvergesslicher 18. Geburtstag werden würde.

Die Tage auf dem Hof vergingen wie im Flug, und wir hatten viel Spaß. Eines Abends saßen wir am Lagerfeuer, und Horst rezitierte Gedichte, wie immer im Sommer nur mit einem sparsamen Lendenschurz bekleidet. Ich hatte mich in Toms Arme gekuschelt, starrte ins Feuer und dachte, wie schön doch alles sei.

Plötzlich stand der Bauer von nebenan am Feuer. »Guten Abend! Der junge Mann hier sucht eine Monika.« Ich fühlte mich zunächst nicht angesprochen. Der einzige junge Mann, der mich hier suchen könnte, hielt mich schon im Arm. Wer hieß denn hier noch Monika? Ich sah mich am Lagerfeuer um. Niemand rührte sich vom Fleck. Stattdessen zeigten alle auf mich. Dann trat der junge Mann näher, und ich fiel fast in Ohnmacht: Es war Ludger.

Tom begrüßte ihn zuerst. »Hallo, du musst Ludger sein, schön, dass du da bist. Ich bin Tom.« Sie schüttelten sich die Hände wie alte Freunde. Und nun? Ich war unfähig, mich vom Boden zu erheben. Am liebsten hätte ich mich ins Feuer gerollt. Ludger kniete sich neben mir hin.

»Was machst du denn hier?«, fragte ich mit einer Mischung aus Staunen und Missmut.

»Du hast gesagt, ich hätte bisher wenig getan, um dich von meiner Liebe zu überzeugen. Das wollte ich ändern. Hier«, sagte Ludger und reichte mir ein kleines Geschenk. Ich hielt es zwischen den Fingern wie etwas leicht Zerbrechliches.

Inzwischen war auch Tom bei mir niedergekniet. »Nun mach schon auf«, sagte er liebevoll, als sei das Geschenk von ihm, und streichelte mir über die Haare. Ludger sah Tom irritiert an.

Im Hintergrund rezitierte Horst Bertolt Brecht:

»Meine Herren, mein Freund, der sagte
Mir damals ins Gesicht:
›Das Größte auf Erden ist Liebe‹
Und ›An morgen denkt man nicht.‹«

*

Ludger begriff rasch, in welchem Verhältnis ich zu Tom stand. »Du lässt mich hierherkommen, und dabei bist du mit deinem Freund hier«, klagte er wütend.

»Ich habe nicht gesagt, dass du kommen sollst, du bist doch von ganz alleine gekommen.«

»Ja, weil ich dich überraschen wollte!«

»Na, das ist dir ja zweifelsfrei gelungen. Woher wusstest du überhaupt, wo ich bin?«

»Deine Mutter hat es mir gesagt. Sie war übrigens sehr nett zu mir und hat mir sogar aufgemalt, wie man von der Bushaltestelle hierherläuft«, antwortete Ludger, und man spürte seine eigene Verwunderung über die plötzliche Kooperationsbereitschaft meiner Mutter. In mir kochte es. Ich sah Mutter vor mir, wie sie voller Genuss Ludger den Weg beschrieb, nur damit die beiden Jungs hier aufeinandertrafen. Der drehe ich den Hals um, und der Richter wird mir mildernde Umstände zubilligen, dachte ich. Ein Wunder, dass sie ihn nicht noch hergefahren hatte! Ich wollte sie anrufen, sofort. Es war, als ob eine Bombe in mir explodierte.

»Wo willst du hin?«, rief Tom mir nach.

»Zur Telefonzelle!«, schrie ich und schnappte mir ein Fahrrad.

»Hör auf mit dem Scheiß. Es ist stockdunkel auf der Landstraße, und das Licht geht nicht.« Vor lauter Wut hörte ich nichts mehr. Ich sah nur noch die Telefonzelle vor mir. Nach vier Kilometern würde ich Mutter rundmachen, so rund, dass sie zum Autoreifen taugte!

»Monika, bleib hier, du siehst nichts!«, rief auch mein Bruder mir nach. Aber ich war nicht zu bremsen und radelte los. Keine 500 Meter später stürzte ich in einen stinkenden Straßengraben. Das Fahrrad fuhr noch ein Stück ohne mich auf der Landstraße weiter. Dann fiel es krachend um. Ich lag da und starrte in den Himmel. Hier und da blinkte ein Stern. »Und als Totenlampen schweben nachts die Sterne über mir«, hörte ich mich selber Heine zitieren. Keine Sternschnuppe weit und breit. Das passte ja wunderbar. Selbst der Himmel war gegen mich. Ich weiß nicht, wie lange ich in diesem Graben lag, aber das Liegen beruhigte mich wieder ein wenig.

»Moni?!«, hörte ich Ludger von ferne vorsichtig rufen. Dieser Idiot, von wegen – Moni?! Erst sich beklagen und mich blöde anmachen, und dann sorgenvoll »Moni« rufen ... Und überhaupt, wo war der andere Blödmann, der ach so erwachsene, coole Tom? Vermutlich war der einfach am Lagerfeuer sitzen geblieben und dachte an Martina – oder Maria –, dachte ich schmollend und rührte mich nicht. Ich sah Taschenlampen.

Dann hörte ich Horst. »Wo bist du, Monika?!« Oh, der Oberkommunarde persönlich ist dabei, dachte ich zufrieden. Er entdeckte als Erster das Fahrrad. »Michael, hier ist ihr Rad!«

»Scheiße!«, sagte mein Bruder.

»Süße!«, rief Tom hektisch. Ah, der Obercoole ist also doch dabei, dachte ich noch zufriedener. Dann riefen Ludger und Tom gemeinsam meinen Namen in die Nacht. Am liebsten hätte ich sie noch stundenlang weitersuchen lassen, ihre nervösen Rufe liefen mir wir Öl herunter. Plötzlich stolperte Horst über denselben Stein, der mich so brutal vom Rad geholt hatte, und glitt zeitlupenhaft in den Straßengraben. Einen halben Meter vor mir kam er zum Liegen.

»Hallöchen«, sagte ich nur.

»Hier! Ich hab sie!«, schrie er und wedelte mit seiner Taschenlampe, als habe er ein störrisches Schaf erlegt. Ludger und Tom stürzten zu mir.

»Ist ja schon gut, jetzt übertreibt mal nicht so«, sagte ich und versuchte mich langsam aufzurichten.

Mein Bruder blieb oben am Straßenrand stehen und sagte grölend: »Das ist übrigens der Abwassergraben.« Keine Sekunde später rochen wir es auch.

Doch im Gegensatz zu meinem Bruder konnten wir nicht lachen. Beim Aufstehen spürte ich einen tierischen Schmerz am Bein und klammerte mich an Horsts

Lendenschurz, der augenblicklich riss. Horst rutschte wieder in den Graben zurück. Tom und Ludger hielten mich fest. »Pass doch auf«, fuhr Tom Horst an, als sei der für alles verantwortlich. Ich konnte nicht mehr auftreten und mich nicht entscheiden, auf wen ich mich stärker aufstützen sollte, auf Tom oder Ludger. Dann bereitete mein blöder Bruder dem schönen Treiben der beiden jungen Männer ein Ende. Er setzte mich aufs Rad und schob mich zurück. Mir wäre es natürlich viel lieber gewesen, wenn Tom und Ludger mich höchstpersönlich zurückgetragen hätten. Aber dieser unsensible Bruder hatte nichts mitbekommen von meiner großen Chance.

»Mann, stinkst du«, sagte er nur.

»Sehr witzig«, erwiderte ich und beobachtete Ludger und Tom, die von uns gingen. Sie begannen, miteinander zu reden. »Mann, Micha, jetzt schieb mich doch mal dichter an die beiden ran, ich verstehe nicht, was die reden«, maulte ich meinen Bruder an.

»Musst du auch nicht«, sagte der nur und schob das Rad noch langsamer. Als wir auf dem Hof ankamen, drehte Horst erst mal den Gartenschlauch auf und hielt ihn uns hin. Ludger zierte sich einen Moment, entledigte sich dann aber auch seiner stinkenden Klamotten. Unter lautem Geschrei ließen wir das eiskalte Wasser über uns laufen, und für einen kurzen Moment schien alles ganz einfach zu sein. Wir rubbelten uns gegenseitig trocken, dann fanden wir uns wieder am Lagerfeuer ein.

»Na, alles klar?«, fragte Bylle und zwinkerte mir zu.

»Alles bestens«, sagte ich und setzte mich lieber zu ihr, während Ludger und Tom sich ein Bier teilten. Mit mir schienen sie kein Wort mehr wechseln zu wollen.

*

Die Nacht hatte ich, mit kühlem Wickel am Fuß und heißem Kopf auf dem Kissen, bei Bylle im Zimmer verbracht. Was Ludger und Tom gemacht hatten, wusste ich nicht. Zum Mittagessen tauchten sie gemeinsam auf, irgendwie brüderlich vereint, beide mit leichten Blessuren an den Händen und im Gesicht. Horst klopfte ihnen auf die Schulter, sagte: »Echt cool«, und schob ihnen Stühle hin. Dann warf er eine Packung Aspirin auf den Tisch, aus der sich beide großzügig bedienten.

Sie tupften sich gegenseitig an kleineren Wunden herum und klebten sich vorsichtig Pflaster auf die lädierten Stellen. Alles, was sie taten, machten sie liebevoll. Nach meinem Wohlbefinden erkundigte sich dagegen keiner, was ich allerhand fand. Ich rückte meine riesige Sonnenbrille zurecht und wartete erst mal ab.

»Wir müssen dir was sagen«, hob Ludger schließlich an, während Tom ihm ein Glas Wasser zuschob. Ludger nahm zwei Tabletten ein und trank einen Schluck. Tom tat es ihm nach und trank aus demselben Glas.

Sie haben heute Nacht festgestellt, dass sie schwul sind, dachte ich entsetzt. Lieber Herrgott, nicht das wieder! Meine erste große Liebe hatte sich schon als schwul entpuppt, was mich beinahe in den Wahnsinn getrieben hätte. Und jetzt die beiden ... Wenn dem so ist, werde ich sie erwürgen und anschließend meine Mutter gleich mit, dachte ich. »Was ist denn?«, fragte ich vorsichtig.

»Eine Ménage à trois ist nicht mein Ding«, brachte Ludger hervor. Dieser bornierte Frohnauer Affe, konnte er nicht einfach sagen: Ich will keinen flotten Dreier? Nein, er musste sich gewählt ausdrücken.

»Und ich will keinen weiteren Stress«, sagte Tom und hielt sich die Stirn.

Ludger strich ihm vorsichtig über den Kopf und sagte nur: »Tut mir echt leid.«

»Ist schon okay«, erwiderte Tom.

»Was wollt ihr dann?«, unterbrach ich die beiden ungeduldig.

»Maoam! Maoam!«, rief Horst lachend dazwischen. Noch ein Blödmann, dachte ich nur und sah gespannt zu Ludger und Tom.

»Wir würden gerne ein bisschen Zeit ins Land ziehen lassen und sehen, was sich ergibt«, sagte Tom.

Sehen, was sich ergibt? Wie lange denn? Bis einer von uns dreien stirbt? »Und wie soll das konkret aussehen?«, fragte ich.

»Wir drei werden erst mal Freunde«, sagte Ludger und legte Tom die Hand auf die Schulter.

Der nickte zufrieden. »Ich glaube, wir können uns gut verstehen und auch so viel Spaß miteinander haben, rein freundschaftlich.«

»Rein freundschaftlich? Soll das heißen, ihr habt keinen Sex?!«, fragte Horst entsetzt dazwischen, als habe man ihm einen Operationstermin zur Entfernung seiner Hoden genannt.

»Jedenfalls nicht unter uns dreien«, sagte Tom.

Na klar, nicht unter uns dreien, Tom wird sich mit Maria trösten, dachte ich beleidigt. »Und wie lange soll das gehen?«, fragte ich mürrisch.

»Vier Monate, bis zum Abitur«, erklärte Ludger.

»Und dann?«

»Dann wird einer von uns dreien wissen, was er will«, erklärte Tom.

Ich würde es nicht wissen, so viel stand jetzt schon mal fest. Andererseits war der aktuelle Zustand nicht haltbar. Ich würde Ludger noch tagtäglich sehen, da war es besser, wenn wir uns entspannt in die Augen blicken konnten. Und Tom war ja nicht aus der Welt. »Aber wir sehen uns?«

»Zu dritt.«

»So oft wie möglich.«

»Okay, ich bin dabei«, sagte ich.

Die beiden sprangen jubelnd auf, um gleich wieder auf die Stühle zu sinken und sich die Köpfe zu halten.

»Autsch, mein Kopf, er zerspringt.«

»Meiner auch!«, stöhnte Tom und lehnte sich an Ludger.

»Und wer kümmert sich um meinen Fuß?«, fragte ich scherzend.

»Komm her, und wir sehen, was sich machen lässt«, sagte Tom.

Ich erhob mich und humpelte zu ihnen hinüber. Dann gab ich beiden einen Kuss und sagte: »Willkommen, ihr Krieger.«

»Blöde Krieger, die sich selber beschneiden«, sagte Horst.

*

Als ich am Morgen meines 18. Geburtstags erwachte, war niemand da. Kein Tom, kein Ludger, kein Bruder, niemand. Mein Fuß war noch immer geschwollen. Ich humpelte zum Fenster. Alle saßen im Hof um den Tisch und winkten nach oben.

»Happy birthday, Schlafmütze!!!«

An meinem Platz standen jede Menge Geschenke. Als ich das erste aufmachen wollte, rief Meripara: »Halt! Wann bist du geboren?«

»Heute vor 18 Jahren«, antwortete ich überrascht.

»Nein, ich meine doch, um wie viel Uhr?«

Ich zuckte mit den Schultern. Über die genaue Zeit

hatte ich mir noch nie Gedanken gemacht. Mein Bruder dagegen wusste es. »Abends, 18 Uhr.«

»Woher willst du das wissen? Damals konntest du doch noch nicht die Uhr lesen«, sagte ich.

»Du kennst doch Vaters Spruch: Endlich ungestört Sportschau sehen.«

Ich nickte. »Ja und?«

»Der Spruch ist an deinem Geburtstag entstanden, weil er die an dem Tag nicht sehen konnte.«

»Willst du etwa behaupten, Vater war bei meiner Geburt dabei?!«

»Natürlich nicht, wo denkst du hin? Aber er konnte die Sportschau nicht sehen, weil er Mutter ins Krankenhaus bringen musste, folglich bist du am Abend geboren.«

»Ah ja«, sagte Meripara und faltete bedächtig die Hände.

»Was ist?«, fragte ich verwundert und packte das erste Geschenk aus. Eine Anleitung zum Backen von Dinkelkornplätzchen mit den biologisch-dynamisch korrekten Zutaten.

»Deine biologische Uhr fing erst abends an zu ticken. Du wirst also erst am Abend 18«, erklärte Meripara allen Ernstes.

Ich riss das nächste Geschenk auf. Eine langersehnte Platte von Supertramp. »Ich finde, heute sollte man darüber mal hinwegsehen«, sagte ich und betrachtete andächtig die Platte, so wie man ein neues Haustier betrachtet.

»Gerade an einem solchen Tag darf man nicht darüber hinwegsehen«, erwiderte Meripara beschwörend, als wäre ich durch das weitere Auspacken meiner Geschenke auf dem besten Weg, meinen eigenen Scheiterhaufen zu bauen.

»Also gut, eins hebe ich für heute Abend auf, okay?«

»Na ja, besser als gar nichts«, sagte Meripara. Während Horst mich drängte, sein Geschenk zu öffnen, zog mich die Neugier zu dem von Tom und Ludger.

»Vielleicht solltest du mein Geschenk lieber hier öffnen, weil …«

»Jetzt nerv nicht, Moni hat doch gesagt, sie macht dein Geschenk in Berlin auf«, fuhr Tom Horst an.

»Bitte, von mir aus – ich habe euch gewarnt«, sagte Horst beleidigt und sah zu, wie ich ein buntes indisches Tuch auswickelte.

»Damit du uns immer am Hals hast«, sagte Ludger augenzwinkernd.

*

Nach dem Frühstück, das zeitlich eher einem Mittagessen entsprach, machten wir uns auf den Weg nach Berlin. Da die Landkommune den VW-Bus brauchte, liehen wir uns einen alten gelben VW-Käfer aus. Die Frauen des Hofes hatten in liebevoller Arbeit kleine bunte Blumen darauf gemalt, was ihn wie ein Kinderspielzeug aussehen ließ.

»Tut mir echt leid, aber wir haben nur noch diese heiße Kiste hier übrig«, sagte jemand tröstend.

»Ist doch wunderbar«, erwiderte mein Bruder, ohne zu ahnen, was es mit der »heißen« Kiste auf sich hatte. Er bezog den Ausspruch auf die verrückte Farbgestaltung und die kitschigen Blumen. Aber es dauerte nicht lange, bis wir am eigenen Leibe spüren konnten, dass damit keinesfalls die äußere Bemalung des Fahrzeuges gemeint war. Mein Bruder saß mit der rotgewandeten Meripara vorne, Tom, Ludger und ich klemmten, oder besser klebten, hinten aneinander. Der Heizungsregler ließ sich nicht verstellen. Unglücklicherweise stand der Hebel auf Rot, sprich heizen.

»Und es war Sommer«, begann Tom einen Peter-Maffay-Song anzustimmen. Noch lachten wir, aber das Lachen sollte uns schon bald vergehen. Der Gipfel war, dass sich nur die Scheibe auf der Beifahrerseite einen Spaltbreitbreit öffnen ließ. Auf der Fahrerseite bewegte sich die Scheibe, auch nach Anwendung von roher Gewalt, keinen Millimeter.

»Das halt ich keine drei Stunden aus«, sagte Meripara und versuchte durch den winzigen Schlitz auf ihrer Seite ein wenig Sauerstoff in ihre Nase zu ziehen. Mein Bruder wollte sich eine Zigarette anzünden.

»Bist du verrückt, Micha?!«, rief Tom von hinten.

»Ich will euch nur helfen, glaubt mir«, sagte er, zündete sich den Glimmstängel an und verwies auf den Bohnensalat vom Morgen.

Kaum dass er es ausgesprochen hatte, stöhnte Ludger auf: »O mein Gott, Hilfe, ich ersticke!«

»Mensch, Michael, reiß dich zusammen«, sagte ich, die auch langsam der unguten Geruchswolke, die sich in den Fond des Wagens fraß, gewahr wurde.

»Es ist ein Alptraum«, sagte Meripara und schob ihre Nase so nah wie möglich an den rettenden Fensterschlitz. Ich kramte in meiner bunten Stofftasche und tupfte mir ein paar Tropfen Nanu-Nana-Billigpatschuli auf den Hals, was die Lage nicht unbedingt verbesserte.

»Anhalten!«, rief Ludger schließlich verzweifelt. Wir fuhren gerade in die Grenzkontrollanlagen ein. »Michael, bitte halt an, mir wird schlecht!«, sagte Ludger flehend.

»Gleich, wir müssen erst an dem Vopo vorbei«, antwortete Michael und fuhr langsam weiter.

Tom drosch meinem Bruder auf den Rücken. »Mensch, halt an, dem ist wirklich schlecht«, sagte er. Neben mir begann Ludger zu würgen, er war so grau wie das Abfertigungshäuschen.

»Halt an!!!«, schrie ich. Michael bremste, Meripara riss die Tür auf und fiel vor lauter Hektik aus dem Auto, direkt auf ihre Lippe. Ich drückte den Sitz nach vorne und stolperte über die am Boden liegende Meripara ins Freie.

»Aua!«, schrie sie. Ludger stolperte ebenfalls heraus, stützte sich irgendwo ab und übergab sich zitternd. Tom hielt seinen Kopf.

»Mensch, Alter, was ist denn los, bist du schwanger?«, witzelte mein Bruder.

Inzwischen kamen zwei Volkspolizisten auf unsere kleine Gruppe zu. »Was fällt Ihnen ein, hören Sie sofort auf damit!«, schrie einer von ihnen und lief auf Ludger zu.

Tom versuchte deeskalierend auf sie einzuwirken. »Entschuldigung, aber ihm ist plötzlich schlecht geworden, und da haben wir …«

»Aber doch nicht an unserem Kontrollhaus!«, unterbrach ihn der Grenzer.

»Es ging nicht mehr anders«, keuchte Ludger und übergab sich gleich noch mal.

Der andere Volkspolizist forderte uns auf, den Kofferraum zu öffnen. Michael ging nach vorn. »Ich sagte Kofferraum!«, schrie der Mann des Volkes.

»Das ist der Kofferraum«, sagte Michael und öffnete die Haube.

Der Mann warf einen kurzen Blick hinein und kommandierte anschließend: »Rechts heranfahren! Und Sie schlafen Ihren Rausch woanders aus«, sagte er, an Meripara gewandt. Sie saß auf dem Boden ans Auto gelehnt und betastete ihre dicke Lippe. Ludger stützte sich bei Tom ab, und die Grenzorgane der DDR gaben uns ausreichend Zeit, frische Luft zu tanken …

Mit etwas mehr als zwei Stunden Verspätung durften wir endlich in den Transit Westberlin einfahren. Wir hielten an jedem Parkplatz an, um frische Luft ins Auto zu lassen. An jeder Toilette tränkten wir mein indisches Tuch mit kaltem Wasser und banden es Ludger um den Kopf.

Die Heizung lief auf Hochtouren, der Käfer knatterte, mein Bruder rauchte, um uns vor schlimmeren Gerüchen zu bewahren, Meripara begann Mantras zu singen, und ich hielt zwei Hände fest, eine von Ludger, eine von Tom.

*

»Gab es Probleme an der Grenze?«, rief meine Mutter uns besorgt zu, als wir endlich zu Hause waren.

»Eher mit dem Auto«, antwortete ich.

»Kein Wunder, wenn die Wagen nicht regelmäßig in die Inspektion gebracht werden«, sagte mein Vater zur Begrüßung und nahm uns ein paar Sachen aus der Hand.

Dann kam Mutter in den Flur, sich die Hände an der Schürze abwischend. Als sie gewahr wurde, dass Tom und Ludger dabei waren, wischte sie ihre Hände immer weiter ab. Sie konnte überhaupt nicht aufhören mit der Wischerei und brachte kein Wort hervor.

»Hallo, Frau Kleewe«, sagte Tom.

»Guten Tag, Frau Kleewe«, sagte Ludger.

»Tag«, erwiderte Mutter knapp und bekam ihren Mund nicht zu.

Dann lugte Tante Elsbeth um die Ecke in den Flur. »Da ist ja unser Geburtstagskind«, sagte sie freudig und kam auf mich zu. Kurz bevor sie mich umarmte, prallte sie wieder zurück.

»Wie riechst du denn?«, fragte sie und rümpfte die Nase.

»Die Heizung im Auto ließ sich nicht abstellen«, erklärte ich.

»Und dann riecht man so?!«

»Ja.«

»Na, gut, dass wir kein Auto haben«, sagte Elsbeth dankbar.

Oma rief aus dem Wohnzimmer: »Jetzt kommt doch endlich mal rein in die gute Stube!«

»Was haben Sie denn mit Ihrer Lippe gemacht?«, fragte Onkel Hartmut Meripara, die von meiner Mutter einen Eiswürfel bekommen hatte und sich damit quasi meditativ über die Lippe fuhr.

»Draufgefallen«, antwortete sie nur.

»Wo haben Sie Ihr Kind gelassen?«, fragte Onkel Hartmut weiter.

»Ich habe keine Kinder«, erwiderte Meripara. Man sah, wie es in Onkel Hartmut arbeitete. Aber vorerst überlegte er still weiter. Dann fiel sein Blick auf Tom und Ludger. »Und wer sind die beiden?«, fragte er.

»Das sind meine Freunde, Tom und Ludger«, erklärte ich. Mutter fing sofort wieder an, ihre sauberen Hände nervös an der Schürze abzuwischen.

»So, so, deine Freunde«, wiederholte Onkel Hartmut skeptisch. Dann sah er wieder Meripara an. »Jetzt fällt es mir wieder ein, Sie haben eine Tochter!«

»Ich habe keine Kinder«, wiederholte Meripara, noch immer mit dem Eiswürfel an der Lippe.

»Keine Kinder? Doch, Ihre Tochter heißt Nina, nicht wahr?« Meripara schwieg. »Sie heißt doch Nina, oder?«, bohrte Onkel Hartmut weiter.

»Das ist die Tochter von Michaels anderer Freundin, der Beate«, erklärte Oma genüsslich, als habe sie ihren verhassten Schwiegersohn beim Gedächtnistraining vorgeführt.

»Da muss man sich über den Verfall der Sitten nicht wundern, wenn hier jeder mit jedem … Und jetzt fängt die Kleine auch schon so an!«, sagte er erbost und zeigte mit dem Finger auf mich.

»Wenn ich daran erinnern darf, ich bin nicht mehr die Kleine, ich werde heute Abend 18!«

»Heute Abend?«, fragten meine Eltern im Chor.

»Ja, ich bin am Abend geboren, also hat meine biologische Uhr am Abend angefangen zu ticken«, erläuterte ich.

»Biologische Uhr?«, fragten meine Eltern wieder im Chor. Meripara sah sich genötigt, einige Erläuterungen bezüglich der inneren Uhr des Menschen, der ur- und uhrzeitlichen hormonellen Prozesse im Körper und deren Zusammenhang mit dem Stand der Sonne im dritten Haus von Mars und Merkur abzugeben.

»Entschuldigung, aber wie heißen die Drogen, die Sie einnehmen?«, fragte Oma. Meripara ignorierte die Frage und schloss mit der Feststellung, dass ich demzufolge erst gegen 18 Uhr Geburtstag hätte.

»Wie kommt sie denn auf 18 Uhr?«, fragte Vater erstaunt.

»Du konntest abends die Sportschau nicht sehen wegen Monis Geburt«, sagte Michael.

»Abends? Monika? Das Mädchen ist morgens geboren. Pünktlich um sieben Uhr zum Dienstbeginn.«

»Aber du hast doch immer gesagt, das Mädchen ist mitten in der Sportschau gekommen«, stammelte mein Bruder überrascht.

»Von meinem Cousin die Tochter, die ist mitten in der Sportschau gekommen, das stimmt. Ich musste seine Frau doch ins Krankenhaus fahren, weil er auf Montage war. Weißt du das denn nicht mehr, Michael?«

»Nicht mehr so ganz«, räumte mein Bruder ein.

»Ich sehe es vor mir, als ob es gestern war. Paul Breitner legt sich den Ball zurecht, die Mauer muss korrigiert werden, es ist die letzte Chance, und plötzlich ruft sie an und sagt: Dieter, es geht los. Da wusste ich, es wird ein Mädchen!«

»Wieso?«, fragte ich.

»Ein Kind, das mitten in einer Sportübertragung kommt, kann nur ein Mädchen sein! Das würde ein Junge niemals wagen.«

»Ah ja«, sagte ich nur.

»Aber du hast gewusst, was sich gehört, bist ja auch meine Tochter«, fuhr mein Vater scherzend fort und lächelte mich augenzwinkernd an.

Vorwurfsvoll sah ich meinen Bruder an. Ich fühlte mich von ihm um mein letztes Geschenk betrogen. »Du Blödmann, dann hätte ich Horsts Geschenk schon längst auspacken können!«

»Ich bitte um Vergebung«, erwiderte Michael und reichte mir Horsts Geschenk.

»Da bin ich aber gespannt, was dir dieser Oberirre schenkt«, sagte meine Mutter.

»Und ich erst!«, sagte Vater, nicht ahnend, dass er gleich zwei Millimeter von einem Herzinfarkt entfernt sein würde. Alle Blicke waren auf die längliche Box gerichtet. Auf einem kleinen Kärtchen stand: Für schlechte Zeiten.

Er wird mir doch nicht ein Fläschchen selbstgebrannten Schnaps zum 18. schenken, dachte ich und klappte die Box auf. Sofort klappte ich sie wieder zu. Ich spürte, wie mir heiß wurde.

»Und?«, fragte Vater gespannt. Mir brach der Schweiß aus.

»Was ist es denn nun?«, fragte Mutter ungeduldig. Ich schluckte und fühlte mich wie gelähmt.

»Du machst es aber spannend«, meinte Oma.

»Nun zeig schon her!«, sagte Mutter schließlich, riss mir die Box vom Schoß und holte das Geschenk heraus.

»Was ist das?«, fragte Tante Elsbeth. Mein Bruder und Meripara grölten, dass die Wände wackelten. Es war ein Vibrator. Mein Vater schnappte nach Luft, meine Mutter ließ das Gerät fallen wie eine heiße Kartoffel. Oma nahm es interessiert in die Hand und sagte nur: »Prima, der kann wenigstens immer.«

*

Es dauerte lange, bis sich meine Eltern von dem Schock erholt hatten. Die vorher angekündigte Übergabe eines besonderen Geschenks verzögerte sich deswegen bis nach dem Essen. Beim Essen brachen Meripara und mein Bruder immer wieder in herzhaftes Lachen aus. Tom und Ludger versuchten, so gut es eben ging, über den Dingen zu stehen.

Schließlich stieß Mutter Vater in die Seite und forderte ihn auf, etwas zu sagen.

»Mach du mal«, sagte er, erschöpft vom Essen und dem vorherigen Schock.

Mutter schlug an ein Glas. Sie freue sich, dass wir heute hier versammelt seien, um meinen 18. Geburtstag gebührend zu begehen. »Wir haben lange überlegt, womit man dir eine Freude machen kann.«

»Noch ein Freund«, warf Oma lachend ein.

»Mutti!«, rief meine Mutter empört und schüttelte den Kopf. Sie räusperte sich und suchte nach den passenden Worten. »Also, dein Vater, deine Oma, Onkel Hartmut und Tante Elsbeth und ich natürlich haben zusammengelegt … Moment mal.« Sie verschwand in der Küche. Nach einer Weile kam sie mit einem großen zugebundenen Briefumschlag zurück.

»Hier, von uns allen. Herzlichen Glückwunsch, Sonnenschein!«, sagte Mutter und drückte mich.

»Sonnenschein … Sie ist ja wohl mehr ein Gewitter«, sagte Hartmut und prostete mir dennoch zu.

»Lieber ein Gewitter als gar kein Sturm im Leben«, erwiderte Oma.

»Prost«, sagten alle anderen und erhoben ihr Glas.

Vorsichtig löste ich das Band und öffnete den Umschlag. Als ich den Inhalt sah, war ich überglücklich und sicher, den grandiosesten 18. Geburtstag zu haben, den man sich nur denken konnte. Es war ein Interrailticket. »Danke!!!«

*

Der Beginn des letzten Halbjahres war geprägt von Panikmache. Aus unerfindlichen Gründen schienen plötzlich fast alle davon überzeugt zu sein, das Abitur nicht bestehen zu können. Selbst Schüler, die bislang zu den Besten gehört hatten, saßen ängstlich im Aufenthaltsraum. Wie es zu dieser miesen Stimmung kommen konnte, ist nicht mehr nachvollziehbar.

Vielleicht war es die Rede unseres Direktors, in der er von der »besonderen Verantwortung« sprach, die ausgerechnet auf unseren Schultern laste. Mehrfach forderte er uns auf, »sehr gut zuzuhören«, »die Ohren zu spitzen« und »mit aller gebotenen Aufmerksamkeit« seine Worte anzuhören. »Die gesamte Schulverwaltung hat ein Auge auf die Gesamtschulen geworfen. Hören Sie gut zu: Noch immer herrscht dort der Glaube, dass ein Abitur am Gymnasium mehr wert sei. Genau deswegen werden unsere Abiturfragen mit größter Aufmerksamkeit geprüft. Mit anderen Worten, unsere Fragen müssen dem Wesen einer Reifeprüfung mehr als gerecht werden! Sie werden schwer sein, sehr schwer, vergessen Sie das nicht. Aber ich setze auf Ihren Stolz, erst der zweite Jahrgang zu sein, der hier sein Abitur ablegt. Sie werden die Speerspitze sein im Aufbrechen der alten Schulstrukturen.«

Mit jedem seiner Sätze sank unsere Zuversicht. Am Ende seiner zwanzigminütigen Rede krallte Mäuseschwänzchen ihre Hand in meinen Arm und sagte: »Gott sei Dank will Ronny so bald wie möglich Kinder haben.«

Auch Ludger war infiziert von der aufkommenden Depression. »Wenn ich das Abitur nicht packe, schickt mich mein Vater ins Internat.«

»Internat?«, fragte ich entsetzt. Ein Internat bedeutete für mich Gefängnis. Ein elitäres Gefängnis, in dem sich der freie Geist in der Besenkammer versteckt hatte und knutschende Menschen von der Schule verwiesen wurden.

»Mein Vater hat da schon eins im Blick«, sagte Ludger traurig.

»So weit lassen wir es nicht kommen. Mit der Eins in Mathematik bist du schon mal ganz gut dran«, versuchte ich ihn aufzumuntern und nahm ihn in den Arm. Gerade als wir uns küssen wollten, zuckte Ludger zurück.

»Was ist?«, fragte ich irritiert.

»Wir haben eine Abmachung mit Tom«, mahnte er und versuchte sich zurückzuziehen. Ich hielt ihn fest. »Lass los«, bat Ludger etwas zu laut.

In dem Moment lief Ronny an uns vorbei und sagte nur: »Ihr seid ja beide nicht ganz dicht!« Ich ließ Ludger los und fragte mich, ob Ronny vielleicht recht hatte.

Im Aufenthaltsraum trafen wir unter anderem auf Daniel, der sich aus den letzten Krümeln seines Drum-Päckchens eine Zigarette drehte.

»Na, Ludger, wie fühlt man sich denn so als Speerspitze?«, fragte er grinsend.

»Irgendwie nicht gut«, antwortete Ludger und gab Daniel Feuer.

»Und du, Moni, gut zugehört?«, fragte er und spuckte einen Tabakkrümel in den Raum.

»Ich habe jede Silbe von ihm aufgesogen«, gab ich spaßend zurück. Ich weiß nicht, was mich in dem Moment geritten hat. Es war eine Entscheidung des Augenblicks, eine Momentaufnahme meines Charakters, ein idiotischer Gedanke, ein unüberlegter, spontaner Einfall. Ich griff mir einen Bleistift, stieg auf den Stuhl an der Tür und malte rechts und links vom grauen Lautsprecher, aus dem der Pausengong tönte und Ansagen unseres Direktors drangen: *hört, hört*!

Daniel reichte mir einen roten Filzstift hoch. »Mal das größer, das kann man ja so kaum lesen.« Ohne nachzudenken, tat ich es. hört, hört! »Fetter!« **hört, hört!**.

Daniel klemmte sich den schiefen Glimmstängel zwischen die Lippen und klatschte begeistert Beifall. Dann griff er sich einen anderen Filzstift und schrieb an die Tür: **hört weg!** Plötzlich geriet das Ganze außer

Kontrolle. Jeder nahm einen Filzstift, irgendwoher tauchten wasserfeste schwarze Edding-Stifte auf, die breitesten wasserfesten schwarzen Edding-Stifte, die es gab. Am Ende der Pause waren alle Wände des Aufenthaltsraumes übersät mit komischen Sprüchen, deren Witz nur verstand, wer Zeuge der Rede gewesen war. **Hört Radio Eriwan. Hört hin. Heute schon gehört? Abgehört. Rektoren hören alles. Gehörlos unter Hörenden.**

Jeder von uns wollte die größeren Buchstaben benutzt haben, und so versuchten wir uns gegenseitig zu überbieten. Ludger brachte die romantische Komponente hinein: **Hör auf dein Herz. Hör nicht auf andere. Liebe hört Herzschlag.** Ich schrieb noch: **Männer, lernt hören!** Daniel blieb seiner Haltung treu und schrieb: **Nur nicht hören ist schöner. Gehorsam hört auf. Wer hört, ist selber schuld.**

Da kam ein anderer Mitschüler und staunte, was wir in der kurzen Zeit alles an die Wand gebracht hatten. »Was soll das sein?«, fragte er. Daniel antwortete, indem er das Wort **KUNST!** an die Wand schrieb. An jede freie Stelle der Wand schrieben wir **KUNST!**

Gerade als wir zufrieden unser Werk betrachteten, trat Sigmar Breith, unser wassergewellter Deutschlehrer, ein. Er suchte seine Schüler, die vermutlich im künstlerischen Rausch den Gong überhört hatten. »Hier seid ihr, darf ich euch zum Unterricht bitten?«, fragte er, noch lachend. Dann sah er die Wände und sagte: »Ach du Scheiße!«

»Gefällt es Ihnen?«, fragte Daniel naiv.

»Seid ihr verrückt geworden?!«

»Wieso?«, fragte ich, die langsam ahnte, dass die Aktion Folgen haben könnte.

Breith ging wortlos hinaus, kehrte nach zwei Sekunden zurück, betrachtete die Wände noch einmal und sagte dann: »Es ist also wahr. Ihr Idioten, wenn das der Rektor sieht, seid ihr die längste Zeit hier Schüler gewesen.« Wir schluckten alle drei gleichzeitig. »Wir wischen das wieder ab«, sagte ich rasch.

»Aber ruck, zuck«, sagte Breith und ging. Ich begann mit dem Finger über die Wand zu reiben. Nichts passierte. Ich nahm etwas Wasser, immer noch nichts.

Plötzlich stand der Hausmeister in der Tür. »Habt ihr Freistunde?«, fragte er. Wir nickten nur und bauten uns vor ihm auf. »Nun lasst mich mal durch, das Fenster schließt nicht richtig. Ich soll das reparieren«, sagte er mürrisch und drängte uns zur Seite. Dann schrie er auf. Ein Schrei, der durch Mark und Bein drang. Eine Minute später stand der Direktor fassungslos in unserem neugestalteten Aufenthaltsraum.

»Und was jetzt?«, fragte Daniel, nachdem der Direktor ohne ein weiteres Wort den Raum verlassen hatte.

»Ich fürchte, das werden wir bald erfahren«, sagte Ludger.

*

Am nächsten Tag hing ein Zettel am Aufenthaltsraum. »Dieser Raum bleibt wegen mutwilliger Zerstörung bis auf weiteres geschlossen.« Meine Eltern hatten einen blauen Brief im Kasten. Mir war übel.

»Das ist ja nett, dass uns die Schule deine Abiturzulassung schriftlich schickt«, sagte mein Vater, nichts Böses ahnend. Mir wurde noch übler.

»Ich glaube nicht, dass es da um meine Abiturzulassung geht«, stammelte ich, während ich zusah, wie mein Vater den Brief öffnete.

»Worum soll es denn sonst gehen? Aus dem Alter, wo

man Unsinn in der Schule anstellt, bist du doch raus. Mit 18 weiß man sich zu benehmen«, sagte Vater und begann den Brief zu lesen. Als er fertig war, rückte er seine Brille zurecht und fragte sich unschuldig, was das Ganze bloß sollte.

»Ich meine, wenn andere den Raum beschädigen, was haben deine Mutter und ich damit zu tun?«, fragte er, noch immer fest von der Unschuld seiner Tochter überzeugt.

Mutter nahm den Brief und las ihn ebenfalls. »Sachbeschädigung durch Ihre Tochter … Das ist doch ein Irrtum, der sich bestimmt rasch aufklären lässt«, sagte sie nur und legte den Brief zur Seite. Ich wusste nicht, wie ich es ihnen erklären sollte. Schon gar nicht, nachdem mein Vater gesagt hatte, das Beschmieren von Wänden sei »blöder Kinderkram«. Beim Abendbrot war ich ungewöhnlich still. Ich klärte meine Mutter nicht über ihr Hausfrauenjoch auf, mein Vater durfte ohne Widerspruch Kohl huldigen, ich saß gerade am Tisch und bedankte mich für das Essen. »Du bist ja so handzahm«, sagte mein Vater lächelnd.

»Nimm dir doch noch ein Brot«, forderte Mutter mich auf.

»Nein, danke, mir ist übel.«

»Wieso denn?«, fragte Mutter, plötzlich hellwach.

»Ich muss euch was sagen«, flüsterte ich vor mich hin.

»Was Schlimmes?«, fragte Vater besorgt.

Ich nickte und flüsterte weiter: »Etwas ganz Schlimmes. Ihr werdet mich hassen.«

Meine Mutter schlug mit der Hand auf den Tisch und schrie hysterisch: »Ich habe es gewusst!«

»Was denn?«, fragte Vater irritiert.

»Sie ist schwanger!!!!«, schrie Mutter, als würde

man sie erstechen. Ich war so überrascht von ihrem Ausbruch, dass ich zusammenzuckte und nichts entgegnen konnte.

»Das darf doch nicht wahr sein! Monika!!!«, schloss sich mein Vater, weiß wie die Wand, dem hysterischen Geschrei meiner Mutter an.

»Aber ich wollte doch nur …«

»Nichts aber! Jetzt ein Kind – wie kann man nur so dumm sein!!! Und du willst aufgeklärt sein?! Warum musst du dir dein Leben kaputtmachen«, setzte Mutter, noch immer schreiend, nach. Sie faltete verzweifelt die Hände und meinte, sie habe gewusst, dass das nicht gutgehen könne.

»Einer von den beiden Bengels wird zu seiner Verantwortung stehen, dafür sorge ich«, sagte mein Vater und trommelte beinahe ein Loch in den Tisch vor Aufregung. Mutter stand auf und lief schluchzend ins Badezimmer. Ich sah ihr fassungslos hinterher.

»Aber Vater …«

»Ich kümmere mich darum. Egal, wer es war, sie werden dich nicht sitzenlassen!«

»Papa, es ist nur …«

Er nahm meine Hand und meinte: »Mach dir keine Sorgen, mein Kind, wir werden zu dir stehen.« Dann blickte er aus dem Fenster und bemühte sich, nicht zu weinen. Vor lauter Rührung schwieg ich weiter. »Ich muss mal zu deiner Mutter«, sagte er und ging seiner verzweifelten Ehefrau nach. Im Badezimmer entbrannte eine lautstarke Debatte über Verantwortung, sexuelle Revolution und Alimente. Nachdem ich mich einigermaßen von dem Schrecken, den meine Eltern verbreitet hatten, erholt hatte, ging auch ich ins Bad. Vater und Mutter saßen händchenhaltend auf dem schmalen Rand der Badewanne.

»Ihr habt da was falsch verstanden«, sagte ich.

»Was ist daran falsch zu verstehen? Schwanger ist schwanger«, entgegnete Mutter und schnäuzte sich. »Aber wenn das Kind nun schon in den Brunnen gefallen ist, werden wir dir helfen. Schließlich sind wir deine Eltern.«

»Ich bin nicht schwanger«, brachte ich endlich hervor.

»Nicht? Aber eben hast du gesagt …«

»… dass ich euch was Schlimmes sagen muss. Mehr nicht.«

»Aber du hast vorher gesagt, dir ist übel!«

»Dafür gibt es einen anderen Grund.« Ich erzählte meinen Eltern, was in der Schule passiert war.

Sie sahen mich überrascht an. »Und du bist wirklich nicht schwanger?«, fragte Vater noch einmal nach.

»Nein.«

»Gott sei Dank«, sagte Mutter und umarmte mich freudig, als habe sie gerade im Lotto gewonnen.

»Aber das mit dem Aufenthaltsraum …«, versuchte ich noch einmal, meine eigentliche Sorge an die Eltern zu bringen.

»Ach, das kriegen wir schon geregelt«, antwortete Vater, offenbar erleichtert, vom Schlimmsten verschont geblieben zu sein.

*

Überpünktlich erschienen wir in der Schule und warteten vor dem Aufenthaltsraum auf die anderen. Meine Mutter fuhr mit dem Finger über ein Fensterbrett und meinte, hier würde aber auch nicht mehr richtig gewischt. Ludgers Eltern hatten einen Anwalt geschickt, und Daniel hatte den Brief an seine Eltern abgefangen und war allein da.

Dann endlich kam der Direktor, im Schlepptau den Hausmeister, der uns ansah wie Schwerverbrecher. Es dauerte einen Moment, bis er den Raum aufgeschlossen hatte.

»Wenn das Schloss so klemmt, dann muss da mal ein Tropfen Öl rein«, riet mein Vater ihm. Als er den Raum sah, sagte er nur: »Hm, Ölfarbe, geht ganz schlecht ab.«

Mutter las die Worte an den Wänden und meinte, sie könne keine Rechtschreibfehler entdecken.

Der Direktor war fassungslos. »Aber Frau Kleewe, es geht hier doch nicht um Rechtschreibfehler, es geht um Sachbeschädigung!«

»Mein Gott, das bisschen Gekritzel nennen Sie Sachbeschädigung«, versuchte Ludgers Anwalt das Ganze herunterzuspielen.

Daniel rasselte mit seinen Ketten und meinte, er finde nach wie vor, dass es eine »geile Idee« gewesen sei. »Vielleicht ein bisschen viel Schwarz an der Wand, aber sonst nicht schlecht. Hat das eigentlich Patrice schon gesehen?« Die Frage nach dem Kunstlehrer blieb unbeantwortet.

Meine Mutter drückte ihre Nase an die Wand und begann dort entlangzuschnüffeln. »Was macht deine Mutter da?«, fragte mich Daniel mit gerunzelter Stirn.

»Keine Ahnung«, sagte ich und dachte: Lieber Gott, lass sie sofort damit aufhören. Auch der Direktor und Ludgers Anwalt sahen erstaunt ihrem Treiben zu. Der Hauswart holte seine Brille aus dem Blaumann, um sicher zu sein, keiner Sinnestäuschung zu unterliegen. Ich war drauf und dran, im Boden zu versinken, und zerrte Vater nervös am Hemd. »Was macht sie da?«, fragte ich ihn leise.

»Sie riecht an der Wand«, gab Vater zurück, als sei

es das Normalste der Welt, wenn die Mutter einer Schülerin an den Wänden der Schule schnüffelte.

»Das sehe ich, Papa. Aber was wird das?«

Noch bevor mein Vater antworten konnte, ließ Mutter endlich von der Wand ab. Dann stellte sie empört fest: »Hier wird geraucht.«

»Ja, das ist der Aufenthaltsraum für die Schüler der Oberstufe, und die dürfen hier rauchen«, erklärte der Direktor.

»Es ist den Schülern erlaubt, in der Schule zu rauchen?« fragte mein Vater nach.

»Ja, selbstverständlich«, erwiderte der Direktor.

»Das ist doch allerhand! Da verteilt der Senat Hunderte ekelerregender Fotos von Raucherbeinen und Raucherlungen an die Schüler, in jeder Arztpraxis hängt ein Schild, das Schwangeren das Rauchen untersagt, und die Kinder dürfen hier rauchen?!«

»Aber erst ab 16«, versuchte der Direktor eine Rechtfertigung.

»Ab 16! Das sind doch noch Kinder! Haben Sie denn gar kein Ehrgefühl im Leib?« Dem Direktor verschlug es die Sprache.

»Wie ist denn dein Alter drauf?«, fragte Daniel mit ehrlichem Interesse.

»Siehst du doch«, sagte ich nur und sah zu, wie Vater mit seinen Händen über die Wand strich. Er klopfte hier ein bisschen, da ein bisschen, schritt den Raum mit Meterschritten ab und sagte dann schließlich: »Eine Grundierung, zwei Eimer Farbe, drei Rollen, drei Pinsel und vier Stunden Arbeit, dann sieht das hier aus wie neu.«

»Vier Stunden Arbeit?«, fragte Daniel entsetzt.

Meine Mutter sah ihn skeptisch von oben bis unten an und meinte dann: »Für Sie vermutlich acht.«

»Das Fenster hier ist auch kaputt«, stellte mein Vater fest, als nehme er gerade die marode Wohnung in einer Baugenossenschaft ab.

»Das wird demnächst repariert«, beeilte sich der Direktor zu versichern, dem sichtlich unwohl wurde.

»Dann ist doch alles geregelt«, sagte der Anwalt und erklärte, er könne ein Schriftstück aufsetzen, in dem sich die drei betroffenen Schüler bereit erklärten, den alten Zustand des Raumes umgehend wiederherzustellen.

»Unter Ehrenmännern reicht ein Handschlag«, sagte mein Vater und griff nach der Hand des Direktors.

»Aber Herr Direktor, das geht doch so nicht«, stammelte der Hauswart.

»Ich bin Maler und werde die drei beaufsichtigen. Bis nächste Woche ist das hier alles wieder picobello, Hand drauf«, sagte Vater unbeirrt und schüttelte die Hand des Direktors, der nur noch matt nicken konnte. Ich wusste nicht, was mich mehr beeindruckt hatte, die Schlagfertigkeit meines Vaters oder die Sprachlosigkeit unseres Direktors.

»Und die Fensterbretter im Flur müssten Sie auch mal wischen lassen«, sagte Mutter zum Abschied.

*

Silvan Patrice ließ uns das Wort Abitur, egal wie, so oft wie möglich auf eine DIN-A4-Seite schreiben. Während Mäuseschwänzchen das Wort in ihrer Schönschrift Zeile für Zeile aneinanderreihte, machte Ronny es sich leicht: Er schrieb einmal ABITUR in riesigen Buchstaben quer über das ganze Blatt und sagte: »Fertig.«

Ich schrieb es mehrfach kreuz und quer über das Blatt. »Und nun?«

»Ihr ungeduldigen, missmutigen, frühreifen Besserwisser, jetzt wartet es doch mal ab«, tobte Patrice. Seine Offenheit wird mir fehlen, dachte ich. Dann riss er Mäuseschwänzchen das Blatt vom Tisch und sagte: »O Gott, o Gott, hilf mir.« Er fiel vor dem Tisch auf die Knie, faltete die Hände. »Marina, ich flehe dich an, lass doch einmal die Sau in dir raus!!!!«

Ronny erhob sich. »Halt, so bleiben!«, rief Patrice ihm sofort zu. Irritiert blieb Ronny, halb erhoben, stehen. »Seht ihn euch an, ein junger Mann im Aufbruch, herrliches Bild. Und seht ihr hier, diese vibrierenden Muskeln am Unterarm.« Ich hatte das Gefühl, wenn Patrice noch einen Satz sagte, würde gleich was ganz anderes vibrieren. Aber er war nicht zu bremsen. »Ronny, du bist es. Warte – nicht bewegen. Er riss irgendwo ein Blatt Papier ab und skizzierte Ronny in dieser Haltung. Als er fertig war, bedankte er sich herzlich bei ihm, dann ging es weiter. »Los, Lewander, jetzt du, aufstehen! Halt, etwas tiefer … So bleiben!«

Und so malte er jeden von uns in dem Moment des Aufstehens. »Jetzt dreht er völlig durch«, flüsterte jemand. Am Ende der Stunde hatten wir nichts weiter getan, als Patrice beim Zeichnen zuzusehen und Hunderte von Malen ABITUR auf weiße Blätter zuschreiben.

*

Plötzlich war der Morgen der ersten Abiturklausur da. Das ganze letzte Halbjahr schien an uns vorbeigerast zu sein. Feisel kugelte in die Aula, hinter ihm erschien der Direktor mit seiner Sekretärin. Feisel kam zu mir und meinte, er könne es kaum erwarten, meine

Klausur zu korrigieren. Schon oft hatte ich Feisel die Pest an den Hals gewünscht, aber nun hätte ich ihm den Hals am liebsten umgedreht. Direkt am Tisch.

Ludger sah zu mir herüber und machte eine besänftigende Handbewegung. Er und Tom hatten mich schon mehrfach wegen dieses rollenden Biolehrers beruhigen müssen. »Wir werden uns etwas einfallen lassen, an das Feisel noch lange denken wird«, hatte Ludger zuvor vollmundig angekündigt.

»Und was, bitte schön, soll das sein? Ein lebenslanges Käseverbot, das würde ihn treffen. Aber wie wollt ihr das hinkriegen?«, hatte ich resigniert gefragt.

»Jetzt wart halt einfach mal ab, und vertrau uns«, hatte Tom geantwortet und Ludger zugezwinkert. Na ja, wenigstens verstanden die beiden sich prächtig. Auch wenn ich es irgendwie doof fand, dass sie sich gelegentlich ohne mich trafen.

Feisel schaukelte selbstzufrieden nach vorne. Er fragte, ob wir uns gesund und munter fühlten. »Wenn ich so in eure Gesichter schaue, scheinen einige von euch eher blass und voller Angst zu sein. Ich versichere: Nicht zu Unrecht, meine Herrschaften. Aber die Elite wird sich durchsetzen.« Sein Gelaber ging allen gewaltig auf die Nerven. Aber wir ließen es über uns ergehen. Was hätten wir auch sonst tun sollen?

Dann endlich öffnete der Direktor feierlich den versiegelten Umschlag mit den Fragen. Papier mit Wasserzeichen wurde verteilt und noch einmal in aller Deutlichkeit auf die Folgen eines Betrugsversuches hingewiesen. Es klang, als würde der Schummler nicht nur die Chance aufs Abitur verlieren, sondern anschließend auf dem Schulhof vor allen anderen Schülern standrechtlich erschossen.

Dann konnten wir beginnen. Feisel saß mir direkt gegenüber und war wieder dabei, seine Käsebrote zu vernichten. Er grinste mich breit an, und ich erinnerte mich ausgerechnet in diesem Moment an einen Satz, den ich in der Landkommune meines Bruder aufgeschnappt hatte: Lebe dein Gefühl. Und mein Gefühl schrie mich an: Diese Käsekugel wird dich nicht fertigmachen. Zeig es ihm! Geh ins mündliche Abitur, dann wissen alle, wo der Hammer hängt. Ich war wie im Rausch und dachte weiter: Da sitzen Protokollführer, da sitzt der Rektor, da sitzt der gesamte Fachbereich, da sitzt die halbe Welt. Da kann er dich nicht willkürlich beurteilen, herrlich! 20 Sekunden später war die Entscheidung gefallen. 20 Sekunden, in denen ich eine, wie ich fand, grandiose Entscheidung getroffen hatte, für die andere mindestens 20 Stunden gebraucht hätten.

Ich beantwortete nur eine Frage in der Klausur, um ja keine Sechs zu schreiben. Zehn Minuten nach Beginn meiner ersten Abiturklausur gab ich ab. Ein Raunen ging durch den Raum. Die aufsichtführenden Lehrer tauschten hektische Blicke aus, einer kam auf mich zu. »Sie wollen doch nicht etwa schon abgeben?«

»Und wie ich das will.«

»Sind Sie sicher, Monika?«

»Ich war noch nie so sicher!« Dann ließ man mich vor zum Quadratus Imperatus Biologicus, Feisel. Ihm wich das dämliche Grinsen aus dem Gesicht. Ich legte ihm mein Blatt auf den Tisch, neigte mich zu ihm hinrunter und flüsterte: »Wir sehen uns im Mündlichen, Sie quadratisches Käsebrot!« Dann ging ich und fühlte mich so frei wie noch nie in meinem ganzen Leben.

Ich fuhr zu Tom. Er war »irre stolz« auf mich und

kriegte sich vor Begeisterung gar nicht mehr ein. »Und was hat der dicke Biolehrer gesagt?«, fragte er neugierig.

»Gar nichts. Absolut gar nichts. Es hat ihm total die Sprache verschlagen. Stell dir das mal vor. Ich schreibe eine Fünf und mache im mündlichen Abitur eine Eins, ist das nicht ein grandioser Plan?« Tom nickte und war fest davon überzeugt, dass ich es allen zeigen würde.

Wie wenig grandios mein Plan war, stellte sich wenige Wochen später heraus. Wie erwartet hatte ich eine Fünf plus geschrieben. Was ich nicht erwartet hatte, war, dass Feisel meine mündliche Prüfung ablehnen konnte. »Monka, wieso denn ins Mündliche? Du hast doch deine Vornote bestätigt, vier minus, fünf plus, der Unterschied ist nur marginal.«

»Aber ich will ins Mündliche. Ich werde meine Note verbessern, deutlich verbessern.«

»Ich konnte dem Kollegium glaubhaft versichern, dass deine Leistung in der Abiturklausur deinem Wissensstand entspricht und eine mündliche Nachprüfung somit zu keiner Verbesserung führen würde«, sagte Feisel grinsend. Ich stand vor ihm und hatte plötzlich das Gefühl, von einem D-Zug überfahren worden zu sein. Bei dem Gedanken, meinen Eltern die Fünf plus in der Klausur erklären zu müssen, wo ich mich doch für so gut in Biologie hielt, überfuhr mich der D-Zug ein zweites Mal, diesmal in Zeitlupe.

*

»Hier hast du gesessen und bei deiner Großmutter geschworen, wie eine Wahnsinnige für die Bioklausur gelernt zu haben«, sagte meine Mutter und deutete auf den Sessel, als ginge es darum, einen Kriminalfall zu rekonstruieren.

»Habe ich ja auch, aber …«

»Was heißt hier aber? Hattest du nun gelernt?«, fragte Mutter schneidend.

»Ja, schon, aber …«

»Nichts aber. Diese Geschichten mit den Jungs machen dich ganz verrückt. Ich war von Anfang an dagegen!«, sagte Mutter, als habe sie den Eintritt in einen dubiosen Sportverein missbilligt.

»Ich fand das auch nicht gut«, pflichtete mein Vater seiner Frau bei.

»Mein Gott, jetzt kriegt euch mal langsam ein. Eure Tochter hat eine Fünf in Biologie, na und?«, sagte Oma und machte es sich auf der Couch gemütlich.

»Eine Fünf in Biologie! Das wird ihr ein Leben lang nachhängen«, erwiderte Mutter ernsthaft.

»Hauptsache, sie hat gelernt, wie man verhütet«, sagte Oma und bat darum, dass endlich der Fernseher angemacht wurde.

Meine Mutter folgte missmutig der Bitte ihrer Mutter. »Dass du das alles wieder verharmlost, war ja klar, Mutter.«

»Von dieser einen Note geht die Welt doch nicht unter.«

»Vielleicht nicht die Welt, aber ihre Chancen auf dem Arbeitsmarkt«, warf Vater vorsichtig in den Raum.

»Was wollt ihr denn jetzt machen? Monika kreuzigen? Sie bei den Affen wohnen lassen? In einen Einzeller verwandeln lassen?« Ich musste lachen.

Auch mein Vater konnte sich ein Schmunzeln nicht verkneifen. »Vermutlich hast du recht, jetzt ist es sowieso zu spät«, lenkte er schließlich ein.

»Natürlich habe ich recht. Ich bin schon so lange auf der Welt, da weiß ich viel mehr als ihr. Als ihr noch im All herumgeschwebt seid, auf der Suche nach vernünftigen Eltern, da habe ich schon so einiges gewusst.«

»Was denn zum Beispiel?«, fragte ich gespannt.

»Dass es sich nicht lohnt, Dominosteine selber zu machen.«

Jetzt musste auch Mutter lachen, die Stimmung entspannte sich, und wir konnten uns dem Fernseher zuwenden. An diesem Abend kam »Der große Preis« mit Wim Thoelke, und den sahen wir immer alle zusammen, damit ich »mal was Ordentliches lernte«.

Zunächst wurde jeder der drei Kandidaten zu seinem Spezialgebiet befragt. Das konnte alles Mögliche sein, Hans Moser, Hans Albers, Grimms Märchen, die Stubenfliege, die Ostgoten und so weiter. Dann stiegen die Kandidaten in ihre futuristischen halbgeöffneten Kugeln und arbeiteten im Mittelteil der Sendung Fragen aus verschiedenen Bereichen an einer Wand ab. Besonders spannend war die Risiko-Frage: »Ihre Mitspieler haben 1400 DM beziehungsweise 1800 DM. Sie selbst haben 2200 DM. Wie viel setzen Sie?« Und wenn dann einer antwortete: »Ich setze 2150 DM«, waren auf den Sitzen daheim die verschiedensten Kommentare zu hören.

»Der kann den Hals nicht vollkriegen«, sagte Mutter.

»Alles oder nichts, entweder – oder. So kaputt und so kaputt«, meinte Oma.

Wenn hingegen einer sagte: »Ich bleibe vorsichtig und setze 100 DM«, wurde er von Oma schon mal als »Feigling« beschimpft, von Vater dagegen als »weiser Mann« tituliert.

Zwischendurch kam ein alter Postbote auf die Bühne gehinkt und verkündete die Gewinner einer Lotterie, an der meine Eltern immer teilnahmen.

»Dass der alte Mann immer noch arbeiten muss«, staunte Oma bei jeder Sendung aufs Neue.

»So, diesmal sind wir Gewinner, ich spüre es schon im kleinen Zeh«, sagte Mutter und setzte sich aufrecht hin, als käme gleich ein Kamerateam herein.

»Hast du auch den Absender deutlich geschrieben, Eva?«, fragte Vater, als könne das Ganze einzig und allein an einer schlechten Schrift scheitern.

»Was denkst du denn von mir! Natürlich, Dieter«, erwiderte Mutter beleidigt. Und dann wurden die Gewinner vorgelesen. Die gesamte Bundesrepublik schien zu gewinnen, aber nur selten jemand aus Berlin.

»Wahrscheinlich hat der Russe den Postsack wieder abgefangen«, sagte Oma voller Überzeugung.

»Ausgerechnet den mit unserem Los?!«, fragte ich scherzend.

»Na klar, sonst hätten wir doch endlich mal gewinnen müssen«, erklärte Mutter.

Dann wählte der Kandidat die nächste Frage. »Ich wähle Heimat 100.«

»Glücksfrage.« Ein kleines Schweinchen erschien auf der Tafel.

»500 DM gehören Ihnen, wenn Sie mir sagen können, wo die Langerhans'schen Inseln liegen.«

»In der Bauchspeicheldrüse«, rief ich, als habe mir Wim Thoelke die Glücksfrage persönlich gestellt. Der Kandidat zögerte. Ob er die Frage noch einmal hören könne?

»O Mann, was gibt es da noch mal zu hören? In den Langerhans'schen Inseln wird Insulin produziert, das ist in der Bauchspeicheldrüse«, sagte ich und stach aufgeregt meiner Mutter in den Bauch, »ungefähr hier.«

»Aua!«, schrie sie auf.

»Tut mir leid, da muss ich passen«, sagte der Kandidat.

Und dann las Wim Thoelke mit der Ernsthaftigkeit eines Buchhalters die Antwort an seinem Pult ab: »Die Langerhans'schen Inseln liegen in der Bauchspeicheldrüse. Sie produzieren das überlebenswichtige Insulin.«

Ich klatschte in die Hände und jubelte. »Seht ihr, ich habe es gewusst!«

»Aber woher?«, fragte Vater, der es kaum glauben konnte, dass seine Tochter eine Glücksfrage beim Großen Preis richtig beantwortet hatte.

»Das ist Biologie, da bin ich total gut drin«, sagte ich.

»Und warum hast du dann so eine schlechte Abiturklausur geschrieben?«, nahm Mutter das Thema noch einmal auf.

»Weil ich das in dem Moment nicht gefühlt habe«, antwortete ich.

»So, so, du hast in der Abiturklausur etwas nicht gefühlt«, sagte Oma und hielt mir ihre Hand an die Stirn, wie man es tut, um Fieber festzustellen. »Kind, ich fühle auch nicht immer alles«, sagte Oma schließlich und pustete sich über die Hand, als würde meine Stirn vor lauter Fieber glühen.

»Ich wollte es dem Feisel zeigen, vor der ganzen Prüfungskommission. Die hätten sich bestimmt gefragt, warum ich immer so schlechte Noten bekommen habe, obwohl ich doch so gut bin!«, sagte ich.

»Blödsinn, die hätten gedacht, ach, da hat sich die Monika aber wirklich mal ins Zeug gelegt, gut, geben wir ihr eine Drei«, sagte Oma.

Ich sah sie fassungslos an. »Jetzt guck mich nicht so an …«

»Aber …«

»Nichts aber, du musst noch viel lernen im Leben, Monika.«

Meine Eltern glaubten mir zwar, dass Herr Feisel »ein unangenehmer Lehrer« sei, plädierten aber immer für »Anpassung statt Krawall«.

»Dazwischen gibt es nichts?«, fragte ich konsterniert.

»Nichts, was dir in der Schule weiterhilft«, sagte Oma.

*

Die letzten Schulwochen gestalteten sich entspannt. Wir hatten keinen wirklichen Unterricht mehr. Und wenn doch, dann war die Zahl der teilnehmenden Schüler überschaubar, sehr überschaubar. Was schlichtweg daran lag, dass inzwischen alle volljährig waren und sich somit auch selber entschuldigen konnten.

Die Einzige, die davon keinen Gebrauch machte, war Mäuseschwänzchen. Sie wollte ihre Fehltage »so gering wie möglich« halten. Meine Fehltage interessierten mich ungefähr so wie die Frage, ob es menschliches Leben auf dem Mars gibt.

Nachdem die Abiturklausuren vorbei waren, schien das Leben stillzustehen. Nichts bewegte sich mehr, und wenn, dann tanzend. Wir gingen mitten in der Woche in Diskotheken und Kneipen. Dort diskutierten wir entweder über unsere Zukunft, oder wir redeten unsere Vergangenheit schön. Und bei dem Gedanken, in wenigen Wochen die Schule zu verlassen, kam bereits so etwas wie Wehmut auf.

»Ich hätte nie gedacht, dass mir das so schwerfällt«,

sagte Daniel, dessen größtes Problem es war, sein Punkerdasein bei den Bewerbungen zu verbergen. »Jetzt mache ich mir die Haare schon glatt, und trotzdem nehmen die mich nicht«, klagte er nach diversen erfolglosen Vorstellungsgesprächen.

»Vielleicht solltest du die Sicherheitsnadel aus deiner Augenbraue ziehen«, schlug jemand vor.

»Niemals, der Schmerz da oben hat mich für mein Leben geprägt. Das soll nicht umsonst gewesen sein!«, entgegnete Daniel, offensichtlich empört über ein solches Ansinnen.

Wir hatten ein paar Tage zuvor minutenlang einen Eiswürfel auf seine Augenbraue gehalten, um sie taub werden zu lassen. Die Idee, die Sicherheitsnadel vor dem Durchstechen der Augenbraue in eine Feuerzeugflamme zu halten, stammte von mir. Ich hatte gehört, dass Feuer Bakterien abtötet. Ronny erklärte sich bereit, den »finalen Durchstoß« auszuführen. Wir anderen hielten Daniel fest, sicherheitshalber. Falls er sich doch bewegte, würden wir ihm sein Augenlicht retten. Es ging auch alles glatt, bis auf den Umstand, dass Daniel ohnmächtig wurde. Als er wieder zu sich kam, wimmerte er vor Schmerzen, wollte aber auf gar keinen Fall, dass die Nadel wieder herausgezogen wurde. Inzwischen war die Schwellung weg und die Entzündung nur noch direkt an der Einstichstelle zu erahnen.

»Okay, dann behalt deine Nadel. Vielleicht liegt es auch nur an der abgetragenen Jeansjacke«, sagte ich. Wobei »abgetragen« die vornehme Umschreibung für ein zerfetztes Stück Stoff war, von dem nur noch Insider wussten, dass es sich um eine Jeansjacke handelte.

»Die habe ich doch nicht beim Vorstellungsgespräch

an. Mensch, Moni, so blöde bin ich auch wieder nicht!«, empörte sich Daniel.

»Was hast du denn für eine Jacke an bei den Gesprächen?«, fragte ich nach, denn ich traute Daniel nicht wirklich zu, dass er sich richtig vorstellen konnte.

»Meine Lederjacke natürlich«, antwortete er. Ich stöhnte auf. Der einzige Unterschied zur zerfetzten Jeansjacke war, dass die Lederjacke schwarz war und auf der Rückseite die Gesichter von einigen Herren prangten, die auch in der Geisterbahn hätten arbeiten können.

»Mann, du Idiot, die ist doch genauso zerfetzt wie deine Jeansjacke.«

»Ist sie nicht! Sie hat kein einziges Loch!«, verwahrte sich Daniel gegen meine Einschätzung.

Mäuseschwänzchen hatte sich bei der Bundesanstalt für Angestellte, kurz BfA, um eine Ausbildung zur Versicherungskauffrau beworben. Ich hatte keine Vorstellung, wofür das gut sein sollte.

»Damit ich Ronny später im Büro unter die Arme greifen kann«, hatte sie freudig gesagt.

»Im Büro? Du meinst, Tankstelle.«

»Ja. Aber wenn es gut läuft, wird Ronny die Kfz-Werkstatt ausbauen, und dann haben wir Angestellte, die verwaltet werden müssen.«

»Und was machst du, wenn das mit Ronny nicht hält?«

»Es wird halten«, sagte Mäuseschwänzchen mit einer Überzeugung, um die ich sie ehrlich beneidete.

Meine Eltern bekamen leuchtende Augen, wenn sie an die BfA nur dachten. »Es ist immer gut, im öffentlichen Dienst zu arbeiten, mit zusätzlicher Rente und dreizehntem Monatsgehalt. Junges Herz, was willst du mehr?«, fragte meine Mutter mich.

»Aber den ganzen Tag in einem Büro sitzen, da wird man doch blöde bei«, sagte ich.

»Monika! Deine Mutter sitzt auch jeden Tag im Büro«, erwiderte Vater.

»Weil sie nichts anderes kennt!«

»Unsinn. Deine Mutter weiß eben, was gut ist. Apropos, wie weit bist du denn eigentlich mit deinen Zukunftsplänen vorangekommen?«, fragte Vater, und er bemühte sich um einen beiläufigen Ton bei diesem heiklen Thema.

»Ich weiß noch nichts«, antwortete ich.

»Immer noch nicht!?«

»Mein Gott, Papa, was heißt ›Immer noch nicht‹? Du tust ja gerade so, als ob ich seit Jahren herumhänge«, sagte ich genervt.

»Genau das möchte ich auf jeden Fall vermeiden. Ich will nicht, dass meine Kinder nur von heute auf morgen leben, und deswegen möchte ich gerne wissen, was du dir für deine Zukunft vorstellst!«, entgegnete er, schon nicht mehr ganz so entspannt.

»Michael hat doch auch keine Vorstellung von seiner Zukunft. Er lebt entspannt im Hier und Jetzt, von einem Tag zum nächsten, immer hübsch der Reihe nach.«

»Aber nicht auf unsere Kosten! Wir sind schließlich nicht Rockefeller«, sagte Vater angespannt. Es war Unsinn, aber in mir reifte der Entschluss, Rockefeller gleich nach der Zeugnisübergabe zu ermorden.

*

Meine Eltern und Oma saßen in der Aula und starrten auf die Bühne, als sei dort ein UFO gelandet. Dabei war ich es nur, die lässig auf die Bühne trabte und ihr Zeugnis in Empfang nahm. An den Wänden hingen die Zeichnungen von Patrice. Wir alle in einer Bewegung des Aufbruchs. Der Gang zur Bühne war mit dem von uns gemalten ABITUR-Papier ausgelegt. Als Einzige bemühte sich Mäuseschwänzchen, nicht auf die Bögen zu treten, alle anderen liefen darüber wie auf einem Galateppich.

Innerlich war ich total aufgeregt. Der Direktor schüttelte mir die Hand und meinte, es bereite ihm eine besondere Freude, dass auch ich es geschafft hätte. Ich war mir nicht sicher, ob er das ernst meinte oder ob er einfach nur erleichtert war, mich los zu sein.

»Die Freude ist ganz auf meiner Seite«, gab ich zurück, und diesmal wusste der Direktor nicht, wie er das verstehen sollte.

Da Ludger im Alphabet gleich nach mir kam, standen wir nebeneinander auf der Bühne. Seine Mutter saß in einem ihrer berühmten Wallewalle-Kleider in der ersten Reihe und spielte nervös mit ihren Handschuhen. Vermutlich war es ihr unerträglich, dass ihr Sohn an einer verrufenen Gesamtschule sein Abitur gemacht hatte. Statt eines von ihr erhofften kleinen klassischen Konzertes bot die Schulband Rock. Herr Lewander verzog keine Miene und schien ebenfalls froh zu sein, dass auch diese Feier ein Ende haben würde.

Zum Abschluss gab es noch ein paar mahnende Worte eines Menschen aus der Schulverwaltung, und dann endlich waren wir frei. Vor der Schule wartete Tom. Ludger und ich gingen zu ihm. »Herzlichen Glückwunsch!«, sagte er und meinte uns beide. Wir drei umarmten uns und ließen einander lange nicht los.

Meine Mutter wippte ungeduldig mit dem Fuß. »Dauert das noch lange?«, fragte sie.

»Die vier Monate sind um«, sagte Ludger.

»Genau«, sagte Tom.

»Ich weiß«, antwortete ich und sah beide an. Ich hatte keine Entscheidung getroffen, weder im Kopf noch im Bauch.

Vater, dessen größte Sorge es zu sein schien, dass wir uns vor den Schultoren die Klamotten vom Leibe reißen könnten, rief: »Mach keinen Knick in das Zeugnis!«

»Wollt ihr warten, bis ihr aneinander festgewachsen seid?«, fragte Oma.

»Ich kann nichts sagen. Könnt ihr euch nicht entscheiden?«

»Wir sollen entscheiden?«, fragten beide gleichzeitig.

»Um was für eine Entscheidung geht es denn?«, fragte Mutter, die jetzt endlich nach Hause wollte, um den Nachbarn stolz mein Zeugnis zu zeigen. Die Fünf in Biologie war längst vergessen.

»Es ist nichts weiter, Mutter.«

»Dann können wir doch jetzt endlich los«, sagte Oma und machte sich auf den Heimweg.

»Wir sehen uns heute Abend auf der Fete!«, rief ich im Gehen, drehte mich aber dann noch einmal um und gab beiden einen Kuss.

»Monika, ich glaub, mein Hamster bohnert!!!«, schrie Mutter entsetzt.

*

Die Eltern waren »herzlich« eingeladen, an der abendlichen Abiturfeier teilzunehmen, aber nur sehr wenige machten davon Gebrauch. Für die meisten war es schlichtweg unvorstellbar, mit einer Horde von frischgebackenen, qualmenden Abiturienten, die alles besser wussten, den Raum zu teilen. Meinem Vater war es vollkommen unverständlich, warum wir wieder in Kreuzberg feierten. Kreuzberg war für ihn der Inbegriff von Verwahrlosung. »Muss das sein?«, fragte er angewidert.

»Das ist eine ganz nette Kneipe. Die haben auch eine Tanzfläche«, sagte ich.

»Eine Tanzfläche? Ach, Dieter, da könnten wir doch mal wieder eine flotte Sohle aufs Parkett legen«, sagte Mutter, die bei Tanzfläche an einen großen Raum dachte, durch den sie mit Walzerschwüngen gleiten könnte. Sie riss Vater aus seinem Sessel.

»Ach nein, Eva, bitte nicht!«, wehrte er sich halbherzig.

»Komm schon. Und eins, zwei, schließen …« Mein Vater folgte ihr schließlich schwebenden Schrittes. Ich war erstaunt, was meine Eltern konnten. Allerdings wurde auch rasch klar, dass die vorhandene Tanzfläche in der Kneipe ihrem Platzbedarf nicht entsprechen würde. Es war die Zeit, in der wir nur wenig Raum zum Tanzen benötigten. Ein kleines Viereck, 50 mal 50 Zentimeter, reichte schon, um sich auf der Stelle hin und her zu wiegen oder hüpfenderweise die Arme in den Himmel zu recken. Tanzschritte, wie meine Eltern sie gerade ins Wohnzimmer zauberten, störten da nur.

»Die Tanzfläche ist sehr klein«, gab ich zu bedenken.

»Dann ist es auch keine Tanzfläche«, sagte meine Mutter beleidigt und ließ von meinem Vater ab.

»Da wird eben anders getanzt, nicht so ausladend, eher punktuell«, erklärte ich.

»Vermutlich, weil ihr im Drogenrausch nicht mehr richtig gehen könnt«, unterstellte Vater.

»Die wenigsten nehmen Drogen«, sagte meine Mutter.

»Woher willst du das wissen?«, fragte Vater.

»Sonst hätten doch nicht so viele ihr Abitur bestanden!«

Aber Vater ließ sich nicht von seiner skeptischen Haltung abbringen. »Wenn ich nur schon an diese Hottentottenmusik denke ... das ist doch nichts für uns ... immer dieses elektronische Gepiepe ... und dann diese hirnlosen deutschen Texte ... das kann jeder Grundschüler schreiben«, nölte Vater.

»Aber es ist die Feier für die Schüler, da wird so etwas gespielt«, sagte ich.

»Eben drum. Warum müssen wir uns dem aussetzen?«, fragte Vater, als rechne er mit Folter.

»Ihr müsst euch dem ja nicht aussetzen«, gab ich fast schon erleichtert zurück.

Denn eins war klar: Unter der Aufsicht meiner Eltern würde ich mich nicht frei bewegen können. Ein schmutziger Tellerrand oder eine verbogene Gabel, und Mutter würde in die Küche stürmen und den Koch zur Rede stellen. Vater würde von einer Ohnmacht in die andere fallen, und ich müsste den anderen dauernd erklären, dass meine Eltern eigentlich ganz nett seien.

»Wärst du sehr traurig, wenn wir nicht mitkommen?«, fragte Vater fast schon flehentlich.

Ich gab ihm einen Kuss auf die Stirn. »Nein, mach dir mal einen romantischen Abend mit Mutter zu Hause«, sagte ich grinsend und trat so lange auf den Fußschalter der Lampe, bis der rote Schirm das Wohnzimmer in ein zweideutiges Licht tauchte.

*

Die Abschlussfete wurde zum Knaller, was ich in erster Linie Tom und Ludger verdankte. Zunächst tanzte ich Blues mit Ludger. Wobei es natürlich nicht um den Tanz an sich ging, sondern darum, drei Minuten hauteng aneinandergepresst den Atem des anderen, manchmal auch die Lippen, am Hals zu spüren. Anfangs war ich enttäuscht, dass Tom nicht da war, aber Ludger tröstete mich und sagte: »Er hat noch zu tun mit seinen Eltern.«

»Sicher?«, fragte ich und fürchtete, dass er statt mit seinen Eltern, die zu Besuch da waren, mit Maria zu tun hatte.

Und wenn Tom kam, was dann? Ich fühlte mich wie ein schlingerndes Schiff. Als Tom um 21 Uhr immer noch nicht da war, ging ich zum Telefon beim Damenklo. Aber statt Tom rief ich Oma an. Im Hintergrund hämmerte die Musik, vom Waschraum her hörte man kreischende junge Frauen. »Wuchtbrumme, was ist das für ein Krach?«

»Das ist die Fete.«

»Es klingt wie Krieg«, sagte Oma. Ronny und Mäuseschwänzchen kamen an mir vorbei. Sie ging aufs Klo, er wartete davor auf sie.

»Tom ist nicht hier«, schrie ich in den Hörer.

»Bei mir ist er auch nicht«, sagte Oma nur. Ronny stand noch immer an der Schwelle zum Mädchenklo. »Was mach ich denn jetzt?«, schrie ich gegen den Lärm an.

»Abwarten«, antwortete Oma.

»Abwarten? Aber wie lange denn?!«

»Bis er kommt, oder bis du gehst«, sagte Oma. Manchmal ging sie mir mit ihren Sprüchen auch auf die Nerven. »Ach Mensch, Oma, jetzt hilf mir doch mal!«

»Du hast es dumm angefangen, Kind.«

»Wieso?«, fragte ich erstaunt.

»Die hätten nie voneinander erfahren dürfen, dann hättest du das Problem jetzt nicht«, sagte sie.

»Aber das wäre doch total gemein«, rief ich in den Hörer. Oma schwieg. »Oma?«

»Ich sag dir jetzt mal was: Es ist vollkommen egal, wie du es machst. Es wird sowieso irgendwann Ärger geben.« Mäuseschwänzchen kam zurück. Sofort nahm Ronny wieder ihre Hand und geleitete sie in den Gastraum. Ein Wunder, dass er nicht noch mit auf die Toilette geht, dachte ich.

Dann sah ich, wie Ludger mir hektisch zuwinkte. »Oma, ich muss Schluss machen«, rief ich.

»Mit wem?«, fragte sie irritiert.

»Mit dir, ich glaube, Tom ist gekommen.«

»Monika?!«, rief Oma.

»Ja?«

»Ich werde alles gut finden, was du machst, hast du mich verstanden?«, sagte sie leicht nervös.

»Danke, Oma.«

Beim Auflegen hörte ich noch, wie Oma nun ihrerseits in den Hörer schrie: »Wirklich alles!«

Ich ging zu Ludger. »Wo ist Tom?«

»Er steht noch vor der Tür. Ich muss dir was sagen«, meinte Ludger und hielt mich fest.

»Was denn?«

»Tom und ich haben eine kleine Überraschung für dich vorbereitet.«

»Was denn?«

»Das kann ich dir nicht sagen, dann wäre es doch keine Überraschung mehr. Aber du musst jetzt mal tun, was ich dir sage – ausnahmsweise. Egal, was Tom und ich nachher sagen und machen: Wir lieben dich.« Was hatten sie vor, sich zu duellieren? Mich zum Mond zu schießen? Ich sah Ludger tief in die Augen und versuchte irgendwas in ihnen zu lesen. Aber alles, was ich sah, war ein gutgelaunter Klassenkamerad, dem der Schalk im Nacken saß. »Und noch was, Moni ... Du wirst dich vielleicht ärgern, erst mal, aber es ist alles nicht so gemeint, wirklich nicht ... Es wird alles einen Sinn ergeben – vertrau uns.«

Dann kam Tom herein. Ich musste zweimal hinsehen, um zu glauben, was ich da sah. Seine langen Haare waren ab. Mit den kurzen Haaren wirkte er wie aus einer anderen Welt. Ich wollte zu ihm hin, aber Ludger hielt mich fest. »Nein, bitte nicht«, zischte er. Ich sah zu, wie Tom an uns vorbeilief. Er setzte sich an die Bar, direkt neben Feisel.

»Was wird das?«, fragte ich Ludger.

»Das wird deine Überraschung ...« Ich verstand nichts, sah dem Treiben aber nun gespannt zu.

Nach einer halben Stunde kam Tom auf uns zu und zerrte Ludger an die Bar, ohne mich eines Blickes zu würdigen. Ich lief ihnen hinterher, aber Tom hielt mich auf Abstand. »Hast du nicht schon genug Schaden angerichtet?«, fuhr er mich an. Ich blieb wie angewurzelt stehen und sah, dass Feisel sich über die kleine Abfuhr freute. Dann wandte Tom sich Ludger zu und meinte, er habe ihm schon so oft gesagt, dass ich nichts für ihn sei. »Das ist doch kein anständiges deutsches Mädchen!« Ich traute meinen Ohren nicht, blieb aber ruhig.

Tom unterhielt sich angeregt mit Feisel, während Ludger wie ein begossener Pudel danebenstand. Tom bot ihm einen Keks an. »Nun nimm schon, mit Käsestreifen, extra für dich von meiner Frau. Sie gratuliert übrigens herzlich zum Abitur!«

»Ich hasse Käsekekse, lass mich in Ruhe, du Spießbürger«, gab Ludger zurück.

»Da haben Sie es wieder, seit er mit dieser Monika herumhängt, ist er nicht wiederzuerkennen«, sagte Tom und bot Feisel wie nebenbei einen Keks an.

Der griff sofort zu. »Das glaube ich Ihnen sofort«, sagte er und stopfte den Keks in sich hinein. Er habe ja auch immer vor Monika gewarnt, und überhaupt, diese neuen Frauen würden die Ordnung in diesem Land zerstören.

»Ich meine, dass es Frauen mit Abitur gibt, wird man nicht verhindern können. Aber mal ernsthaft, Herr Feisel: Müssen sie deswegen auch noch studieren? Wo bleibt da die Familie?«, fragte Tom ernsthaft.

»Sie sprechen mir aus der Seele, junger Mann«, sagte Feisel und griff nach dem nächsten Keks.

Zwischen Tom und meinem Biolehrer entspann sich ein Gespräch über Zucht und Ordnung, über Auslese, deutsche Grenzen, Ausländerpolitik und Liedgut. »Das ist doch hier auch keine Musik mehr, dieser Krach, unmöglich. Das gemeinsame Singen von Heimatliedern, und ich meine damit richtige Heimatlieder, hat noch keinem geschadet«, fuhr Tom fort.

»Genau! Was sind wir früher durch die Wälder gezogen … und gesungen haben wir, herrlich«, sagte Feisel und bemächtigte sich der kleinen Büchse mit den Keksen. »Ich darf doch?«

»Bitte, bitte. Mein kleiner Cousin weiß eben die gute deutsche Backkunst nicht zu würdigen!«

»Du braune Socke«, sagte Ludger und wandte sich von den beiden ab. Ich ging ihm nach.

»Was gibt Tom ihm da für Kekse?«

»Selbstgemachte«, antwortete Ludger bedeutungsvoll.

»Ist da wirklich Käse drin?«

»Nicht nur«, sagte Ludger und griff sich seine Jacke.

»Wo willst du hin?«

»Ich muss mal kurz telefonieren – bin gleich wieder da.«

»Aber hier hinten beim Klo ist doch auch ein Telefon«, sagte ich.

»Ich muß draußen telefonieren«, erwiderte Ludger nur und verschwand.

Während ich tanzte, bestellte Tom Bier für Feisel und sich. »Danke, junger Mann.« Sie unterhielten sich wie alte Freunde.

Eine weitere halbe Stunde später vergaß Feisel alles um sich herum. Er begann ein Liedchen zu summen. Tom summte vorsichtig mit und schlug Feisel freundschaftlich auf die Schulter. »Wunderbar, Herr Feisel. Mit Ihrem Korpus singen Sie doch bestimmt einen Bass, der Aufmerksamkeit erregt, oder?« Ludger kam zurück in die Kneipe und stellte sich neben der Musikanlage auf.

»Sie hätten mich mal früher hören müssen! Ein Raunen ging durch den Raum, wenn ich gesungen habe.«

»Der Raum bebte?«, fragte Tom begeistert.

»Der Raum und die Frauen!«

Feisel begann sich vorsichtig hin und her zu wiegen. Er knöpfte sein Hemd halb auf. Seine Fleischberge wölbten sich unappetitlich vor. Tom stimmte leise ein Lied an.

»Das kenne ich!«, rief Feisel erfreut. Ludger drehte

die Musikanlage ganz langsam herunter. Eine Minute später stand Feisel vor der Bar und sang inbrünstig das Horst-Wessel-Lied*. Seine Augen strahlten, seine Pupillen waren auffallend verändert, die Augen leicht gerötet. Das übrige Lehrerkollegium war konsterniert. Alle Versuche, seinen Gesang zu unterbrechen, wehrte Feisel rüde ab. Er kam richtig in Stimmung und forderte das entsetzte Kollegium auf mitzusingen. Marschierend bewegte er sich durch die Kneipe und grinste zwischen den Strophen, als habe sich ein langes Sehnen endlich erfüllt. Feisel war in einer anderen Welt, aus der ihn schließlich die Polizei zurückholte ...

*

Tom, Ludger und ich lagen uns lachend in den Armen. »Hast du super gemacht«, sagte Ludger anerkennend.

»Dank deiner genialen Vorbereitung«, gab Tom die Anerkennung zurück. Wir waren in bester Laune, und keiner konnte sich an dem Abend vorstellen, ohne die beiden anderen zu sein. Es war fast Mitternacht. Wir saßen auf dem Kreuzberg und starrten auf die schlafende Stadt.

»Und nun?«, fragte ich.

»Jetzt fahren wir zu Tom«, schlug Ludger vor.

»Und überraschen meine Eltern?«, fragte der lachend.

»Ach, Mist, an die habe ich gar nicht mehr gedacht ... Zu Monika können wir auf keinen Fall, ihre Mutter reißt mich in Stücke«, sagte Ludger.

»Und zu deinen Eltern wollen wir eigentlich auch

* Zuerst Kampflied der SA, später Parteilied der NSDAP, in der BRD seit 1945 verboten.

nicht, oder?«, fragte Tom vorsichtig. Ludger schüttelte den Kopf. »Bloß nicht. Wenn dein Kumpel nach Indien geht, nehme ich sofort das Zimmer in deiner WG«, sagte Ludger zu Tom.

Dann hatte ich eine Idee. Wir stiefelten hinunter und gingen zur Telefonzelle.

»Welcher Wahnsinnige ruft mich um die Zeit an?«, stöhnte Oma am anderen Ende der Leitung.

»Ich, Monika.«

»Wer auch sonst ... Was gibt es denn, meine kleine Wuchtbrumme, haben sie dich beide sitzengelassen?«, fragte Oma und gähnte.

»Oma, du hast gesagt, du würdest alles gut finden, was ich mache«, begann ich vorsichtig.

»War ich da nüchtern?«, fragte sie scherzhaft.

Ich nahm meinen ganzen Mut zusammen. »Könnten wir heute bei dir übernachten?«

Sie zögerte einen Moment, dann fragte sie: »Wie viele sind denn ›wir‹?«

»Drei.«

»Na ja, besser als 30. Ich lege den Schlüssel unter die Matte, Bettzeug ist im Schrank, und seid leise, ich brauche meinen Schlaf«, sagte sie und legte rasch auf, vermutlich weil sie zum ersten Mal Angst vor ihrer eigenen Courage bekommen hatte.

Als wir mitten in der Nacht bei Oma ankamen, schnarchte sie, dass die Wände wackelten.

»Um Himmels willen, wie soll man dabei schlafen? Damit kann man ja Tote erwecken«, stellte Tom lachend fest und begann die Decken zu beziehen. Ludger half ihm. Auf dem Tisch lag ein Zettel: Frühstück gibt's um acht. Wir lachten, weil wir nicht glauben konnten, dass die schnarchende Frau von nebenan das ernst meinte.

»Deine Oma ist echt witzig«, sagte Ludger und knipste das Licht aus.

Wie witzig Oma in Wahrheit war, konnten wir am nächsten Morgen um Punkt acht Uhr feststellen. »Guten Morgen, Frühstück!«, rief sie und zog die schweren Vorhänge mit einem Ratsch zur Seite. Sie riss die Fenster auf und begrüßte die Vögel draußen. »Hallo, Piepmätze! Schön singt ihr – trili, trila, tschiep, tschiep, tschiep ...« Keiner von uns dreien traute seinen Ohren. Und während Oma trillernd den Tisch deckte, setzten wir uns langsam auf.

»Oma, es ist acht Uhr!«, jammerte ich und zog mir die Decke über den Kopf.

»Richtig, und ich möchte, dass die Herren vollständig bekleidet sind, wenn sie das Bett verlassen«, sagte Oma und ging, selber noch schlaftrunken, wieder in die Küche. Und während wir sofort wieder im Bett einschliefen, nickte Oma an ihrem Küchentisch ein. Eine Stunde später klingelte es Sturm an der Tür. In der Küche fiel etwas zu Boden, und ich hörte, wie Oma rief: »Ach, du Scheiße.« Dann schlurfte sie zur Tür und öffnete.

»Mensch, Mutti, wir haben den ganzen Morgen versucht, dich anzurufen, dauernd ist besetzt«, sagte meine Mutter vorwurfsvoll. Ich war einer Ohnmacht nahe.

»Dann habe ich den Hörer heute Nacht wohl nicht richtig aufgelegt«, erklärte Oma.

»Heute Nacht?«, fragte Vater, und ich hörte, dass er die Tür schloss.

»Ja, Monika hatte angerufen.«

»Ist Monika etwa bei dir?«, fragte meine Mutter, die geglaubt hatte, ich würde bei Ludger übernachten.

»Ja.«

»Warum hat sie uns dann nicht Bescheid gesagt?«, fragte sie beleidigt.

»Das kannst du sie selber fragen, sie liegt im Wohnzimmer«, sagte Oma. Ludger wurde weiß wie die Wand. Und noch bevor er sich wenigstens ein T-Shirt überziehen konnte, stand Mutter vor unserem Bett.

»Hallo, Mutti«, sagte ich und winkte ihr zu, als stünde sie am andern Ende der Straße.

»Dieter!!!«, schrie meine Mutter, als würde sie gerade überfallen und brauchte dringend Hilfe.

Mein Vater eilte herbei und blieb wie angewurzelt auf der Türschwelle stehen. »Das glaube ich jetzt nicht«, stammelte er.

Oma drängelte sich mit einem Tablett an ihm vorbei.

»Wie kannst du das zulassen, Mutti?«, fragte meine Mutter, die langsam ihre Sprache wiederfand.

»Was denn?«

»Na … also … das hier!«, sagte Mutter und zeigte mit dem Finger auf Tom, Ludger und mich.

Oma überging die Frage und meinte nur: »Wollt ihr auch ein Glas Milch?«

Vater musste sich inzwischen am Türrahmen festhalten. Am liebsten hätte er hineingebissen. Vorsichtig trat er einen Schritt näher an die Couch. »Der da ist Ludger. Aber wer ist der kurzhaarige Mann daneben?«, fragte er mit vor Schreck geweiteten Augen.

»Aber Herr Kleewe, erkennen Sie mich denn nicht? Ich bin es, Tom.«

Mein Vater trat noch näher heran. »Ach ja, der Tom, sehr schön«, stellte Vater fest, fürs Erste erleichtert, sich nicht noch einen dritten Namen merken zu müssen.

»Aber wie soll das nur enden?«, fragte Mutter verzweifelt.

»Das werden wir früh genug erfahren«, sagte Oma und fügte hinzu: »Die langen Loden sind ab. Das ist doch schon mal ein schöner Anfang.«

ENDE

Manuela Golz

Ferien bei den Hottentotten

Originalausgabe

ISBN 978-3-548-26416-5
www.ullstein-buchverlage.de

»Wenn meine Mutter von Herrn Kennedy sprach, hatte ich immer das Gefühl, dass sie viel lieber ihn geheiratet hätte als meinen Vater. Aber das Schicksal hatte anderes mit ihr vor.«
Monika ist zwölf und wächst Ende der 70er Jahre in einer typischen Westberliner Familie auf. Spießige Eltern, Schrankwand und Wagenradlampe, Tagesschau um 20 Uhr, mit dem Ford auf der Transitstrecke ... Als ihr großer Bruder in eine Landkommune in Westdeutschland zieht – zu den »Hottentotten«, wie ihr Vater sagt – und Monika kurz darauf ihre Sommerferien dort verbringen darf, verändert sich ihr Leben schlagartig ...

UB337

Conni Lubek

Entlieben für Fortgeschrittene

Roman

Originalausgabe

ISBN 978-3-548-26808-8
www.ullstein-buchverlage.de

Curd ist wieder da! In *Anleitung zum Entlieben* liebte Lpunkt einen Mann, der ihre Gefühle nicht erwiderte. In *Entlieben für Fortgeschrittene* ist der Fall schon diffiziler. Dick, der Holländer, liebt Lpunkt. Problem diesmal: Er ist verheiratet. Mit einer anderen. Was nun?
Eine neue Herausforderung für Lchen und Curd Rock, die wie gewohnt tapfer kämpfen, wenn es um den Menschen ihres Herzens geht. Und so aussichtslos ist es diesmal gar nicht – oder doch?

»Tolles Lesefutter mit Suchtgefahr. Liebeskummer kann so schön sein …« *Young* über *Anleitung zum Entlieben*

UB527

Anette Göttlicher

Die Melonenschmugglerin

Roman

ISBN 978-3-548-26685-5
www.ullstein-buchverlage.de

Mitte 30 und endlich vom Traummann schwanger … da muss man doch einfach glücklich sein! Nicht so Charlotte: Denn mit dem Bauch wächst auch das Chaos in ihrem Leben und vor allem in ihrem Herzen. Ist Frank wirklich der Richtige? Oder ist ihr bester Freund Tom eigentlich nicht schon lange die Liebe ihres Lebens? Sind vielleicht allein die Hormone schuld an dieser Verwirrung? Und so steht Charlotte auf einmal – in einer Lebensphase, in der doch alles klar sein sollte – mit einem Baby im Bauch zwischen zwei Männern.

»Göttlicher erzählt frech-poppig über das Durchwurschteln zwischen zwei Männern. Entspannung pur!« *Bild.de* über *Paul darf das!*

UB512